JACK HIGGINS

DIE TEUFELSROSE

Roman

Aus dem Englischen
von Jürgen Bavendam

PAVILLON VERLAG
MÜNCHEN

PAVILLON TASCHENBUCH
Nr. 02/188

Titel der Originalausgabe
TOUCH THE DEVIL

Umwelthinweis:
Das Buch wurde auf
chlor- und säurefreiem Papier gedruckt.

Taschenbuchausgabe 11/2001

Der Pavillon Verlag ist ein Unternehmen der
Heyne Verlagsgruppe, München
http://www.heyne.de
Printed in Germany 2001
Umschlagillustration: IFA Bilderteam/Horizon
Umschlaggestaltung: Nele Schütz Design, München
Satz: Pinkuin Satz und Datentechnik, Berlin
Druck und Bindung: Elsnerdruck, Berlin

ISBN 3-453-20624-X

Prolog

Vietnam 1968

Der Rettungshubschrauber schwebte in tausend Fuß Höhe über das Delta. Der schwer armierte Geleithelikopter, ein Huey Cobra, hielt sich links von ihm. Es sah nach Regen aus, die Wolken über dem Dschungel hingen tief, und am fernen Horizont grollte Donner.

In einer Ecke der Rettungsmaschine saß Anne-Marie Audin mit geschlossenen Augen an eine Kiste voll Lazarettmaterial gelehnt. Sie war eine zierliche Frau mit olivfarbenem Teint und schwarzen Haaren, die – eine Konzession an die Lebensumstände an der vietnamesischen Front – millimeterkurz geschnitten waren. Sie trug eine offene Fallschirmspringerjacke, ein Buschhemd aus Khaki und lange Hosen, die in französische Fallschirmspringerstiefel gesteckt waren. Das Auffallendste an ihr waren die beiden Kameras, zwei Nikons, die sie an Lederriemen um den Hals trug; die großen Taschen ihrer Jacke enthielten nicht etwa Munition, sondern verschiedene Objektive und Dutzende von 35-Millimeter-Filmen.

Der junge Sanitäter, der neben dem schwarzen Zugführer saß, musterte sie mit unverhohlener Bewunderung. Die beiden oberen Knöpfe ihres Buschhemds waren offen und gaben den Ansatz der festen Brüste frei, die sich leicht hoben und senkten, während sie schlief.

»Lange her, seit ich so was gesehen habe«, sagte er.

»Kann man wohl sagen, Junge.« Der Zugführer reichte ihm eine Zigarette. »Wo die schon überall gewesen ist! Letztes Jahr ist sie sogar mit dem Fünfhundertdritten in Katum gesprungen. Sie hat alles hinter sich, was du dir vorstellen kannst. Vor sechs oder sieben Monaten hat *Life* einen Bericht über sie gebracht. Sie ist aus Paris, kannst du das fassen? Und aus einer von den Familien, denen ein großes Stück der Bank von Frankreich gehört.«

Der Junge riss erstaunt die Augen auf. »Was, zur Hölle, macht sie dann hier?«

Der Zugführer griente. »Mich darfst du nicht fragen. Ich weiß nicht mal, was *ich* hier mache.«

»Haben Sie eine Zigarette für mich?«, fragte Anne-Marie.

Ihre Augen sind grüner als alles, was ich je gesehen habe, dachte der Zugführer, als er ihr eine Schachtel zuwarf. »Behalten Sie sie.«

Sie schüttelte eine heraus und zündete sie mit einem alten, aus einer Messingpatrone gefertigten Feuerzeug an, schloss dann wieder die Augen, ließ die Zigarette zwischen zwei Fingern nach unten baumeln. Der Junge hatte natürlich Recht gehabt. Was machte sie hier, die junge Frau, die alles hatte? Einen Großvater, der sie vergötterte, einer der reichsten und mächtigsten Industriellen Frankreichs. Einen Vater, der Indochina überlebt hatte, um dann in Algerien zu fallen, Colonel der Infanterie, fünfmal dekoriert, Ritter der Ehrenlegion. Ein wirklicher Held und tot, wie es sich für einen Helden ziemt.

Ihre Mutter, die sich nie von dem Schlag erholt hatte, war zwei Jahre später mit dem Auto bei Nizza verunglückt. Anne-Marie dachte oft, das Steuer sei in jener Nacht auf der Gebirgsstraße absichtlich herumgerissen worden, damit der Porsche über die Böschung in die Tiefe stürzte.

Armes kleines reiches Mädchen. Ihr Mund verzog sich zu einem ironischen Lächeln, ihre Augen waren noch geschlossen. Die Häuser, die Villen, das Personal, die feinen englischen Schulen und dann die Sorbonne; ein Jahr in der erstickenden Universitätsatmosphäre hatte ihr gereicht. Ach ja, nicht zu vergessen die Affären und der kurze Drogenflirt.

Was sie gerettet hatte, war die Kamera. Seit ihrer ersten Kodak, mit acht Jahren, hatte sie eine Schwäche für Fotografie gehabt, die sich im Lauf der Jahre zu »Anne-Maries kleinem Hobby« entwickelte, wie ihr Großvater sich ausdrückte.

Nach der Sorbonne hatte sie mehr daraus gemacht. Sie hatte sechs Monate bei einem der besten Pariser Modefotografen gelernt, war dann als fest angestellte Fotografin zu *Paris-Match* gegangen. In nur einem Jahr hatte sie sich einen Namen gemacht, aber es war nicht genug gewesen, nicht annähernd genug, und als sie darum gebeten hatte, nach Vietnam geschickt zu werden, hatte man sie ausgelacht.

Also hatte sie gekündigt, um frei zu arbeiten, und hatte ihren Großvater in einer langen, hartnäckigen Diskussion schließlich so weit gebracht, seinen enormen politischen Einfluss geltend zu machen, um ihr vom Verteidigungsministerium die notwendigen Papiere zu verschaffen. An jenem Tag hatte eine neue Anne-Marie vor ihm gestanden: ein Mädchen von rücksichtsloser Entschlossenheit, das ihn überraschte. Ihn wider Willen mit Bewunderung erfüllte. Sechs Monate, hatte er gesagt. Höchstens sechs Monate, und sie hatte es versprochen, aber schon damals hatte sie ohne jeden Zweifel gewusst, dass sie das Versprechen nicht halten würde.

Sie hielt es nicht, denn als die Zeit um war, war es zu spät, um kehrtzumachen. Sie war berühmt, ihre Fotos erschienen in den großen europäischen und amerikanischen Zeitschriften. *Time, Paris-Match, Life,* alle hatten diese verrückte französische Göre, die in Katum mit den Paras abgesprungen war, unter Exklusivvertrag nehmen wollen. Das Mädchen, dem kein Job zu strapaziös oder zu gefährlich war.

Was sie auch gesucht haben mochte, sie fand jedenfalls heraus, was der Krieg war – zumindest in Vietnam. Keine Bilderbuchschlachten. Keine Fanfarenstöße, kein fernes Trommelrühren, das die Herzen schneller schlagen ließ. Sondern blutige Straßenkämpfe bei der Tet-Offensive in Saigon; die Sümpfe im Mekong-Delta, die Dschungel im zentralen Hochland. Die Geschwüre an den Beinen, die sich wie Säure durch den Knochen fraßen und Narben hinterließen, die nie verschwinden würden.

Und so war sie hierher gekommen, in diesen Hubschrauber. Den ganzen Morgen hatte sie bei strömendem Regen in Pleikic auf eine Transportmöglichkeit nach Din To gewartet, bis der Sanitätstrupp sie auflas. Gott, war sie müde, müde wie noch nie in ihrem Leben. Vielleicht habe ich das Ende von etwas erreicht, dachte sie. Sie runzelte die Stirn. Und dann stieß der Zugführer einen lauten Ruf aus.

Er hing in der offenen Tür und zeigte nach Osten, wo eben, ein paar hundert Meter weiter, eine Flamme in den Himmel geschossen war. Der Hubschrauber schwenkte in die Richtung und ging tiefer, gefolgt von dem Huey Cobra.

Anne-Marie war aufgesprungen und stand nun gebückt neben dem Zugführer, spähte hinunter. Am Ende eines Reisfelds lag ein brennendes Hubschrauberwrack, daneben erkannte sie mehrere reglose Körper. Der Mann, der auf dem Damm stand und verzweifelt winkte, trug eine amerikanische Uniform.

Der Rettungshubschrauber ging tiefer, der Geleithelikopter kreiste über ihnen, und Anne-Marie steckte ein Objektiv auf eine Nikon, lehnte sich an die Schulter des Zugführers, um nicht hinauszufallen, und fing an zu knipsen.

Er wandte den Kopf und lächelte ihr zu, und als sie dann nur noch 30 Meter hoch waren, wurde sie sich, seltsam gelassen, bewusst, dass das Gesicht, das sie im Sucher hatte, vietnamesisch war – nicht amerikanisch. Ein paar schwere Maschinengewehre eröffneten aus dem etwa 50 Meter entfernten Dschungel das Feuer, und aus dieser Entfernung konnten sie das Ziel nicht verfehlen.

Der Zugführer, der in der offenen Tür stand, hatte keine Chance. Kugeln schlugen in ihn hinein und warfen ihn nach hinten, gegen Anne-Marie, die auf die Lazarettkisten gedrückt wurde. Sie schob den Toten zur Seite und ging auf ein Knie. Der junge Sani kauerte in der anderen Ecke, hielt einen blutigen Arm, und als eine neue MG-Garbe das Cockpit durchsiebte, hörte sie den Piloten aufschreien.

Sie taumelte nach vorn, hielt sich an einer Verstrebung fest; im selben Augenblick ruckte der Helikopter heftig hoch, und sie stürzte durch die offene Tür in das schlammige, überschwemmte Reisfeld. Der Hubschrauber hüpfte zehn oder zwölf Meter hoch, kippte scharf links ab und explodierte in einem großen Feuerball. Ein paar Sekunden regnete es schrapnellgleich brennenden Treibstoff und glühend heiße Metallsplitter.

Anne-Marie rappelte sich auf und stand schmutzbedeckt auf dem schmalen Deich, vor dem Mann in amerikanischer Uniform, der ein Vietnamese war. Das Gewehr, das er auf sie gerichtet hielt, war ein sowjetisches AK 47. Sechs oder sieben Vietnamesen mit Strohhüten und weiten schwarzen Hosen krochen weiter hinten aus dem Graben und kamen den Damm entlang auf sie zu.

Der Huey Cobra näherte sich endlich, und seine schweren MGs spritzten längs dem Damm Schlamm auf und trieben die Vietkong zurück in den Graben. Als Anne-Marie hochblickte, schwebte der schwere Helikopter genau über ihr; dann kamen 40 oder 50 reguläre nordvietnamesische Soldaten in Khakiuniform auf der anderen Seite des Reisfelds aus dem Dschungel und beschossen den Huey mit allem, was sie hatten. Der Kampfhubschrauber flog auf sie zu, feuerte seine Raketen ab, und die Vietnamesen zogen sich hastig in den Dschungel zurück. Der Hubschrauber wendete und flog einen knappen Kilometer weit fort, nach Süden, um dann das gesamte Gebiet langsam zu umkreisen.

Anne-Marie kauerte am Damm und versuchte, Atem zu schöpfen. Dann stand sie benommen auf. Es war sehr still, und sie blickte sich um, betrachtete den Schauplatz des Gemetzels, die teilweise von Schlamm und Wasser bedeckten Leichen, den ausgebrannten Hubschrauber. Ein Bild der Verwüstung, und 30 oder 40 Meter weiter ein dichter Streifen Schilf. Sie war wohl noch nie so sehr in Gefahr gewesen, und sie war völlig allein, angewiesen auf die Verstärkung, die der Huey Cobra sicher schon per Funk angefordert hatte. Bis dahin konnte sie wirklich nur eines tun.

Die Nikons an ihrem Hals waren schlammbespritzt. Sie holte ein Objektiv aus einer Jackentasche und legte einen neuen Film ein. Sie watete durch knietiefes Wasser und fotografierte, stieß Körper fort, die sich kalt anfühlten, wie Gegenstände. Und dann drehte sie sich um und sah drei Vietkongs, die 15 oder 20 Meter vor ihr standen.

Stille. Die ernsten orientalischen Gesichter zeigten keinerlei Ausdruck. Der Vietnamese in der Mitte, ein Junge von 15 oder 16 Jahren, hob sein AK 47 und richtete es auf Anne-Marie, und sie richtete ihre Nikon auf ihn. Tod, dachte sie. Das letzte Bild von allen. Ein schöner Junge in Schwarz. Über ihren Köpfen grollte Donner, die ersten schweren Tropfen fielen vom Himmel, und dann ertönte durch den Regen ein hoher, sonderbarer Schrei.

Der Vietkong drehte sich langsam um. Hinter ihnen tauchte ein Mann aus dem hohen Schilf auf und bewegte sich mit langen, gelassenen Sprüngen, wie in Zeitlupe, auf sie zu. Er hatte ein Stirnband aus Khaki um den Kopf, an seiner Tarnjacke hingen Handgranaten, das M 16 in seinen Händen feuerte bereits, der Mund war zu jenem wilden Schrei geöffnet.

Reflexartig richtete sie die Kamera auf die Szene und knipste weiter, als er einen, dann den anderen Vietnamesen aus der Hüfte feuernd erledigte, das M 16 leerte und den Jungen erreichte, der hartnäckig weiterschoss, in einem Winkel, in dem er nichts treffen konnte. Der Kolben des M 16 fuhr hinunter, zerschmetterte Knochen, der Junge ging zu Boden. Ihr Retter machte sich nicht mal die Mühe, neu zu laden, nahm einfach ihre Hand, drehte sich um und bahnte sich durch das gurgelnde Wasser einen Weg zurück ins Schilf.

Nun waren hinter ihnen auf dem Damm Stimmen, und es wurde wieder geschossen. Es war, als träte sie jemand ans linke Bein, mehr nicht, und sie fiel abermals hin. Er sauste herum, rammte ein Magazin in das M 16, nahm den Damm unter Feuer, und dabei lachte er, das war das Schreckliche, das ihr auffiel, während sie zu ihm hochsah und aufzustehen versuchte. Als er nach unten langte und ihr aufhalf, war sie sich einer Energie bewusst, einer elementaren Kraft, die ihr Begriffsvermögen zu sprengen drohte. Dann stand sie wieder auf den Füßen, und sie erreichten das sichere Schilf.

Sie saß auf einer kleinen Sandbank im Wasser, als er ihre Khakihose mit einem Messer aufschlitzte und die Wunde untersuchte.

»Sie haben noch Glück gehabt«, sagte er. »Glatter Durchschuss. Sicher ein M I. Ein AK hätte den Knochen zersplittert.«

Geschickt legte er einen Notverband an, brach eine Morphiumspritze auf und verpasste ihr die Injektion. »Sie werden es brauchen. Eine Schusswunde tut zuerst nie weh. Der Schock ist zu groß. Die Schmerzen kommen später.«

»Wissen Sie das aus eigener Erfahrung?«

Er lächelte kurz. »Kann man sagen. Ich würde Ihnen gern eine Zigarette geben, aber ich hab mein Feuerzeug verloren.«

»Ich habe eins.«

Er öffnete eine Blechschachtel mit Zigaretten, steckte sich zwei in den Mund und machte die Schachtel sorgfältig wieder zu. Sie gab ihm das Messingfeuerzeug. Er zündete die Zigaretten an, schob ihr eine zwischen die Lippen und musterte das Feuerzeug genauer.

»Sieben Komma sechszwei Millimeter, russisch. *Das* ist interessant.«

»Von meinem Vater. Er rettete im August 1944 einen deutschen Fallschirmspringer, einen Oberst, der von Partisanen erschossen werden sollte. Der Oberst schenkte ihm das Feuerzeug zur Erinnerung. Er fiel dann in Algier«, sagte sie. »Ich meine, mein Vater. Nachdem er das hier überlebt hatte.«

»Sie haben Grund zur Ironie.« Er reichte ihr das Feuerzeug zurück. Sie schüttelte den Kopf und sagte, ohne selbst zu wissen warum: »Nein, behalten Sie es.«

»Zur Erinnerung an Sie?«

»Nein, an die Toten«, sagte sie. »Wir werden diesen Platz beide nicht lebend verlassen.«

»Oh, ich weiß nicht. Der Cobra ist noch da. Ich würde sagen, die ›Kavallerie‹ müsste in den nächsten zwanzig Minuten eintreffen, genau wie im MGM-Western. Gerade noch rechtzeitig. Ich sage ihnen besser Bescheid, dass wir hier warten.«

Er zog eine Signalpistole aus einer Seitentasche und feuerte eine rote Leuchtrakete in den Himmel.

»Könnte das nicht der Vietkong sein, der sie wieder irreführen will?«

»Wohl kaum.« Er feuerte noch eine rote Rakete ab, dann eine grüne. »Das sind die Farben von heute.«

Ihr Bein fing an wehzutun. »Aber jetzt wissen sie, wo wir sind. Ich meine, der Vietkong.«

»Sie haben es schon vorher gewusst.«

»Und werden sie kommen?«

»Ich glaube, ja.«

Er wischte das M 16 mit einem Lappen ab, und sie hob die Nikon und stellte sie ein. Wie sie später erfuhr, war er 23 und genau 1,80 Meter groß. Breite Schultern, dunkle Haare, die von dem Stirnband gebändigt wurden und ihm das Aussehen eines Straßenräubers verliehen. Die Haut wurde von hohen Wangenknochen ein wenig gespannt, Bartstoppel bedeckten die hohlen Wangen und das spitz zulaufende Kinn. Das Markanteste an seinem Gesicht waren jedoch die Augen, grau, wie Wasser über einem Stein, ruhig, ausdruckslos, Geheimnisse bergend.

»Wer sind Sie?«, sagte sie.

»Sergeant Martin Brosnan. Airborne Rangers.«

»Was ist hier passiert?«

»Ein gemeiner Hinterhalt. Diese schlauen kleinen Bauern, die halb so groß sind wie wir und eigentlich vor uns davonlaufen sollten, haben uns genauso reingelegt wie euch. Wir hatten eine Routinepatrouille gemacht und waren abgeholt worden. Wollten nach Din To. Wir waren vierzehn, plus Besatzung. Soweit ich sehe, habe ich allein überlebt. Aber vielleicht sitzen hier irgendwo noch ein paar andere.«

Sie machte weitere Aufnahmen, und er runzelte die Stirn. »Sie können einfach nicht aufhören, stimmt's? Genau wie der Bursche letztes Jahr in *Life* über Sie geschrieben hat. Sie sind besessen. Jesus, Sie wollten tatsächlich den Jungen knipsen, während er auf Sie schoss!«

Sie ließ die Nikon sinken. »Sie wissen, wer ich bin?«

Er lächelte. »Wie viele Fotografinnen haben es auf die Umschlagseite von *Time* geschafft?«

Er zündete eine neue Zigarette an und gab sie ihr. Etwas an seiner Stimme verwirrte sie.

»Brosnan«, sagte sie. »Der Name sagt mir nichts.«

»Irisch«, sagte er. »County Kerry, um genau zu sein. Anderswo in Irland wird man ihn kaum finden.«

»Ich dachte, Sie seien Engländer.«

Er sah sie mit gespieltem Entsetzen an. »Mein Vater würde sich im Grab umdrehen, und meine Mutter, Gott hab sie selig, würde vergessen, dass sie eine Dame ist, und Ihnen ins Gesicht spucken. Gute irische Amerikaner, Marke Boston. Die Brosnans kamen bei der Hungersnot im letzten Jahrhundert rüber, lauter Protestanten, können Sie sich das vorstellen? Meine Mutter ist aber in Dublin geboren. Eine gute Katholikin, und sie hat es meinem Vater nie verziehen, dass er mich nicht in den Schoß der Una Sancta ließ.«

Er redete, um sie von ihrer Lage abzulenken, sie wusste es und mochte ihn deshalb. »Und der Akzent?«, sagte sie.

»Oh, den kriegt man, wenn man auf dem richtigen Internat ist. In meinem Fall Andover. Und dann natürlich auf der richtigen Universität.«

»Lassen Sie mich raten. Yale?«

»Meine Familie ist immer dorthin gegangen, aber ich beschloss, Princeton eine Chance zu geben. Es war gut genug für Scott Fitzgerald, und ich hatte den Spleen, auch Schriftsteller zu werden. Hab letztes Jahr den Magister in englischer Literatur gemacht.«

»Aha«, sagte sie. »Und was tut ein verwöhnter Jüngling

von der Ostküste in Vietnam, und dann noch bei der härtesten Einheit der Army?«

»Das frage ich mich oft selbst«, sagte Brosnan. »Eigentlich wollte ich weitermachen und promovieren, und dann ging ich eines Tages in unser Gewächshaus, und da saß Harry, unser Gärtner, und weinte. Als ich ihn fragte, was denn los sei, entschuldigte er sich und sagte, er habe eben gehört, dass sein Sohn Joe in Vietnam gefallen sei.« Brosnan lächelte jetzt. »Aber das wirklich Schlimme war, dass er noch einen Sohn gehabt hatte, Elie, und der war ein Jahr vorher im Delta gefallen.«

Lastendes Schweigen, in dem nur der prasselnde Regen zu hören war.

»Und dann?«

»Meine Mutter ließ ihn ins Haus kommen und gab ihm tausend Dollar. Ich erinnere mich noch sehr gut daran, weil der Kaschmirpullover und das seidene Sakko, die ich gerade trug, ein Jahr vorher in der Savile Row achthundert gekostet hatten. Und er war so verdammt dankbar.«

Er schüttelte den Kopf, und Anne-Marie sagte leise: »Also machten Sie die große Geste?«

»Ich fühlte seinetwegen Scham, und wenn ich fühle, handle ich. Ich bin ein sehr gefühlsbetonter Mensch.«

Er lächelte wieder, und sie sagte: »Und wie finden Sie es?«

»Vietnam?« Er zuckte mit den Schultern. »Es ist die Hölle.«

»Aber es hat Ihnen Spaß gemacht? Ich glaube, Sie haben eine Begabung fürs Töten.« Er hatte aufgehört zu lächeln, die grauen Augen blickten wachsam. Sie bohrte weiter: »Sie müssen entschuldigen, mein Freund, aber Gesichter sind mein Beruf, verstehen Sie?«

»Ich bin nicht sicher, ob es mir gefällt«, sagte er. »Ich bin verdammt gut darin, das weiß ich. Hier draußen muss man gut darin sein, wenn der Kerl, der auf einen zukommt, ein Schießeisen in der Hand hat und man Weihnachten nach Haus fahren möchte.«

Er schwieg eine lange Weile und fügte hinzu: »Aber

eines weiß ich. Mir reicht's jetzt. Meine Zeit ist im Januar um, ich kann es kaum erwarten. Erinnern Sie sich, was T. S. Eliot über die Schritte gesagt hat, die wir nie zu der Tür machen, die wir nie zum Rosengarten öffnen? Nun, von jetzt an werde ich jede Tür öffnen, die ich sehe.«

Das Morphium wirkte nun richtig. Die Schmerzen waren fort, aber ihre Sinne arbeiteten nicht mehr so präzise wie sonst. »Und dann?«, fragte sie. »Wieder nach Princeton und promovieren?«

»Nein«, sagte er. »Ich habe lange darüber nachgedacht. Ich habe mich zu sehr geändert, um weiterzumachen. Ich werde nach Dublin gehen, ans Trinity College. Ruhe und Frieden. Meine Wurzeln suchen. Ich spreche ganz gut Gälisch, weil meine Mutter es mir als Kind eingepaukt hat.«

»Und vorher?«, sagte sie. »Kein Mädchen, das daheim wartet?«

»Höchstens ein Dutzend, aber ich würde mich lieber in ein Straßencafé an den Champs-Elysees setzen und einen Pernod trinken, und dann kommen Sie in einem von diesen Pariser Hemdblusenkleidern.«

»Vergessen Sie nicht den Regen, mein Freund.« Anne-Marie schloss müde die Augen. »Ohne ihn geht es nicht. Damit wir die feuchten Kastanienbäume riechen können«, erklärte sie. »Das gehört zu einem Pariser Erlebnis.«

»Wenn Sie meinen«, sagte er, und seine Hände legten sich fester um das M 16, als sich ganz in der Nähe etwas im Schilf rührte.

»Ja, Martin Brosnan.« Ihre Stimme war nun sehr schläfrig. »Ich würde es Ihnen gern zeigen.«

»Das ist eine Verabredung«, sagte er, ging auf ein Knie und feuerte ins Schilf.

Ein Schmerzensschrei, dann eine lange Antwortsalve, und etwas fuhr Brosnan so heftig in die linke Brust, dass er quer über das Mädchen nach hinten fiel.

Sie bewegte sich schwach, und er richtete sich auf und feuerte mit einer Hand auf den Mann, der aus dem Schilf angriff, und als das Magazin leer war, warf er das Gewehr dem Gegner ins Gesicht, zog sein Kampfmesser und stach, während sie beide zu Boden gingen, unter den Rippen nach dem Herzen.

Er lag eine ganze Weile im Schlamm, ohne den Vietkong loszulassen, wartete, dass er starb, und da knatterten plötzlich zwei Skyraider über sie hinweg, und ein halbes Dutzend hintereinander fliegender Kampfhubschrauber löste sich aus der Regenwolke.

Brosnan stand unbeholfen auf und nahm Anne-Marie, das Gesicht vor Schmerz verzerrt, auf die Arme. Er watete mit ihr durch das Schilf zu dem freien Reisfeld.

»Ich hab Ihnen ja gesagt, dass die Kavallerie kommen wird.«

Sie schlug die Augen auf. »Gerade noch rechtzeitig? Und nun?«

Er grinste. »Eins steht fest. Nach dem hier kann es nur besser werden.«

Paris 1979

1

Ein kalter Wind pfiff über die Seine und peitschte Regentropfen gegen die Fenster des Nachtcafés an der Brücke. Es war ein kleines, trostloses Lokal, sechs oder sieben Tische samt Stühlen, das gewöhnlich von Prostituierten besucht wurde. Aber nicht in einer Nacht wie heute.

Der Kellner hatte die Ellbogen auf die zinkbeschlagene Theke gestützt und las Zeitung. Jack Corder, der einzige Gast, ein groß gewachsener, dunkelhaariger Mann Anfang dreißig, saß an einem Tisch am Fenster. Mit seinen Jeans, der abgewetzten Lederjacke und der Schirmmütze glich er fast einem Packer vom Fischmarkt am Ende der Straße, was er entschieden nicht war.

Barry hatte halb zwölf gesagt. Also war Corder, um sicherzugehen, schon um elf gekommen. Jetzt war es halb eins. Nicht dass er sich Sorgen machte. Bei Frank Barry wusste man nie, woran man war, aber das gehörte zur Methode.

Corder zündete sich eine Zigarette an und rief: »Bitte einen *café noir* und noch einen Cognac.«

Der Kellner nickte, schob die Zeitung zur Seite. In diesem Augenblick läutete das Telefon hinter der Theke. Er nahm sofort ab, drehte sich dann fragend um.

»Heißen Sie Corder?«

»Genau.«

»Anscheinend wartet draußen an der Ecke ein Taxi für Sie.« Er legte auf. »Möchten Sie den Kaffee und den Cognac noch haben, Monsieur?«

»Ich denke, ich nehme nur den Cognac.«

Corder erschauerte aus keinem erkennbaren Grund und leerte den Schwenker mit einem schnellen Zug. »Selbst für November ist es kalt.«

Der Kellner zuckte mit den Schultern. »In so einer Nacht bleiben sogar die Nutten zu Haus.«

»Sehr vernünftig.«

Corder legte einen Schein auf den Tisch und ging hinaus. Der Wind trieb ihm den Regen ins Gesicht, und er schlug den Kragen seiner Jacke hoch, lief zu dem Taxi an der Ecke, einem uralten Renault, riss die hintere Tür auf und stieg ein. Es fuhr sofort an, und er ließ sich in den Sitz sinken. Sie rollten über die Brücke, und die Straßenlaternen, dicke Glasballons, erinnerten ihn unwillkürlich an Oxford, sodass er das sonderbare Gefühl hatte, all das schon mal erlebt zu haben.

Zwölf Jahre meines Lebens, dachte er. Was hätte ich jetzt sein können? Dozent am Balliol-College in Oxford? Möglicherweise Professor an einer weniger interessanten Universität? Stattdessen ... Aber so was zu denken war sinnlos, völlig sinnlos.

Der Fahrer war ein alter Mann, der dringend eine Rasur brauchte, und Corder war sich der Augen bewusst, die ihn im Rückspiegel beobachteten. Kein Wort fiel, während sie durch Dunkelheit und Regen fuhren, ein Labyrinth von Nebenstraßen passierten, zuletzt auf einen Kai im Hafengebiet abbogen und vor einem Lagerhaus hielten. Eine kleine Lampe beleuchtete das Schild *Renoir & Fils – Imports.* Der Taxifahrer saß wortlos da. Corder stieg aus, machte die Tür hinter sich zu, und der Renault fuhr fort.

Es war sehr still, nur das Plätschern des Wassers im Hafenbecken, in dem Dutzende von Kähnen vertäut waren. Regen prasselte nieder und verwandelte sich im Lichtkegel der Lampe über dem Schild in Silber. In das Haupttor war eine kleine Tür eingelassen. Als Corder die Klinke drückte, ging sie sofort auf, und er trat ein.

Der Speicher war voll gepackt mit allen möglichen Ballen und Kisten. Es war dunkel, aber am anderen Ende brannte Licht und er ging darauf zu. Ein Mann saß an einem Tisch, der von einer nackten Glühbirne beleuchtet wurde. Er hatte eine Karte vor sich ausgebreitet; daneben stand eine Aktentasche. Er notierte gerade etwas in ein kleines, ledergebundenes Terminbuch.

»Hallo, Frank«, sagte Corder.

Frank Barry blickte auf. »Ah, da sind Sie ja, Jack. Tut mir Leid, dass ich Sie durch halb Paris geschleift habe.«

Der Akzent war gutes Internatsenglisch mit einem winzigen Beiklang von Ulster. Barry lehnte sich auf seinem Stuhl zurück. Seine blonden Locken ließen ihn erheblich jünger wirken als 48, und der schwarze Burberry verlieh ihm ein merkwürdig elegantes Aussehen. Ein attraktiver Mann mit einem schmalen Gesicht, der die eine Hälfte seines Mundes ständig zu einem leichten Lächeln verzogen hatte, als amüsiere er sich ununterbrochen über die Welt und ihre Bewohner.

»Etwas Größeres?«, fragte Corder.

»Kann man sagen. Haben Sie gewusst, dass der britische Außenminister gerade einen Besuch beim Präsidenten macht?«

»Lord Carrington?« Corder runzelte die Stirn. »Nein, ich hatte keine Ahnung.«

»Es ist auch geheim. Absolute Diskretion. Die neue konservative Regierung möchte die *Entente cordiale* zementieren, die in den letzten Jahren ziemlich brüchig geworden ist. Wird nicht viel bringen. Für Giscard d'Estaing wird Frankreich immer an erster Stelle stehen, was auch geschieht. Die Abschlussbesprechung ist morgen früh in einer Villa in Rigny.« Er tippte mit einem Finger auf die Karte. »Hier, gut sechzig Kilometer von Paris.«

»Und?«, sagte Corder.

»Er fährt gegen Mittag mit dem Auto ab, nach Vézelay. Da ist ein Behelfsflugplatz, wo die RAF den Außenminister erwartet. Es soll so aussehen, als hätte er England nie verlassen.«

»Was soll das alles?«

»Hier.« Barry tippte auf die Karte. »St. Etienne, fünfundzwanzig Kilometer von Rigny, es besteht aus einer Tankstelle mit Werkstatt und einem Straßencafé, das im Augenblick dicht hat. Ein idealer Platz.«

»Wofür?«

»Um den Kerl zu erledigen, wenn er durchfährt. Ein Pkw, vier CRS-Agenten mit Motorrädern. Soweit ich sehe, kein Problem.«

Corder war sich der Kälte bewusst, die ihm bis ins Mark drang. »Das muss ein Witz sein. Wir würden es nicht schaffen. Ich meine, so was muss doch genauestens geplant und getimed werden.«

»Alles schon gemacht«, sagte Barry fröhlich. »Sie sollten mich inzwischen kennen, Jack. Ich schwöre nun mal auf Leute, die für Geld arbeiten. Fanatiker wie Sie – überzeugte Marxisten, die an die Sache glauben – nehmen alles viel zu ernst und können deshalb nicht mehr klar denken. Gegen echte Profis kommen Sie nicht an.«

Der Ulster-Akzent war nun ausgeprägter. Das gehörte dazu, um Charme zu entfalten.

»Wen haben Sie denn genommen?«, fragte Corder.

»Drei Killer aus Marseille, die von der *Union Corse* davonlaufen, weil sie die falschen Dunkelmänner umgebracht haben. Einer von ihnen hat seine Freundin dabei. Sie tun alles, wenn der Preis stimmt: vier falsche Pässe und Flugtickets nach Argentinien.«

Corder starrte auf die Karte. »Und wie soll es gehen?«

»Ganz einfach. Wie ich schon sagte, ist das Café geschlossen. Bleiben also der Besitzer der Werkstatt und seine Frau. Meine Männer kümmern sich um sie, verkleiden sich als Mechaniker und arbeiten ab Viertel nach zwölf an einem Wagen auf dem Vorplatz.«

Corder schüttelte den Kopf. »Wie ich es sehe, wird der Konvoi dort ziemlich schnell durchfahren. Erinnern Sie sich nicht, was in Petit-Clamart passierte, als Bastien und seine Jungs versuchten, General de Gaulle aus dem Hinterhalt zu erledigen? Selbst auf Kernschussweite schafften sie es mit ihren Maschinengewehren nicht, weil das Auto mit dem alten Mann stur weiterfuhr. Sie werden höchstens eine Sekunde haben, dann ist es vorbei.«

»Deshalb müssen wir den Wagen anhalten«, sagte Barry.

»Unmöglich. Heutzutage sind die VIP-Fahrer auf eben

diese Situation trainiert. Der Karte zufolge läuft die Straße schnurgerade, und die Sicht ist ausgezeichnet. Wenn die Fahrbahn mit einem Auto oder etwas anderem blockiert ist, werden sie einfach wenden und machen, dass sie wegkommen.« Er schüttelte wieder den Kopf. »Nein, Frank, dieser Fahrer wird nicht halten, und es gibt keine Möglichkeit, ihn dazu zu bringen.«

»O doch, es gibt eine«, sagte Barry. »Hier kommt nämlich das Mädchen ins Spiel, das ich eben erwähnt habe. Im richtigen Augenblick überquert sie die Straße von der Tankstelle aus mit einem Kinderwagen. Sie stolpert und lässt den Kinderwagen los, der dann langsam über die Straße rollt.«

»Sie sind verrückt«, sagte Corder.

»Wirklich? Ich habe vor ein paar Jahren für die Rote Armee Fraktion gearbeitet, als sie Schleyer entführten, Sie wissen schon, den Vorsitzenden des westdeutschen Arbeitgeberverbands.« Barry lächelte. »Sehen Sie, Jack, ich kenne die menschliche Natur und bin überzeugt, dass ein Fahrer bremst und anhält, wenn er plötzlich einen Kinderwagen vor sich hat.«

Das stimmte. Es musste stimmen. Corder nickte. »So gesehen, haben Sie vielleicht Recht.«

»Verlassen Sie sich darauf, mein Sohn.« Barry öffnete die Aktentasche und nahm ein Sprechfunkgerät heraus. »Das ist für Sie. Bei Rigny führt ein Feldweg auf einen Hügel mit Apfelbäumen, von dem aus man das Landhaus gut beobachten kann. Ich möchte, dass Sie ab elf Uhr dort sind. Draußen auf dem Hof finden Sie einen Peugeot-Kombi. Der Zündschlüssel steckt. Nehmen Sie ihn.«

»Und dann?«

»Sobald Sie sehen, dass Carrington im Begriff ist abzufahren, rufen Sie mich auf Kanal zweiundvierzig. Sie sagen einfach: ›Hier Red. Das Paket wird gleich abgeliefert‹. Ich sage dann: ›Hier Grün. Wir nehmen das Paket in Empfang.‹ Dann machen Sie, dass Sie wegkommen. Ich möchte, dass Sie vor Carrington in St. Etienne sind.«

»Werden Sie auch da sein?«

Barry sah ihn überrascht an. »Wo sollte ich denn sonst sein?« Er lächelte. »Ich war 1959 als Leutnant der Ulster Rifles in Korea, Jack. Das haben Sie nicht gewusst, oder? Ich sage Ihnen noch was. Wenn meine Jungs einen Graben stürmten, war ich immer vorneweg.«

»Mit dem Offiziersstock in der Hand?«

»Jetzt denken Sie wohl an den Ersten Weltkrieg«, lachte Barry leise. »Ich hab da unten eine ganze Menge Maoisten getötet, was in Anbetracht meiner jetzigen Situation nicht ohne eine gewisse Ironie ist.« Er klopfte ihm auf die Schulter. »Aber wie dem auch sei, Sie gehen jetzt besser. Ausschlafen und kein Schnaps mehr. Sie brauchen einen klaren Kopf für morgen.«

Corder wog das Sprechfunkgerät in der Hand, steckte es dann in die Tasche. »Dann gute Nacht.«

Seine Schritte hallten in dem hohen Lagerhaus wider, als er zum Tor ging, die eingelassene Tür öffnete und ins Freie trat. Es regnete immer noch. Er ging über den Hof zur Seite des Gebäudes. Der Peugeot stand beim Einfahrtstor, und der Schlüssel steckte, wie Barry gesagt hatte. Corder fuhr los. Seine Hände schwitzten so stark, dass sie am Steuer abrutschten, und er hatte das Gefühl, sein Magen drehe sich um.

Carrington töten – einen der anständigsten und humansten Politiker. Mein Gott, was wird der Bastard sich als Nächstes ausdenken? Aber nein, diese Frage brauchte nicht mehr beantwortet zu werden, denn jetzt war Barry endgültig erledigt. Das war das, worauf Corder über ein Jahr gewartet hatte.

Wenig später fand er das Café, das er gesucht hatte, ein kleines Lokal an einer Ecke der Grands Boulevards, das fast rund um die Uhr geöffnet hatte. Drinnen war ein öffentlicher Fernsprecher in einer gläsernen Zelle. Er bestellte einen Kaffee, kaufte bei dem Kellner die nötigen Telefonmünzen, ging in die Zelle und machte die Tür hinter sich zu. Seine Finger zitterten, als er sorgfältig die Londoner Vorwahl und dann die eigentliche Nummer drehte.

Der britische Security Service, genauer das Generaldirektorium des Security Service, DI5, existiert offiziell gar nicht, obgleich es ein großes, rotweißes Backsteingebäude in der Nähe des Hilton einnimmt. Dort rief Corder jetzt an, das heißt, er wählte den Anschluss einer Dienststelle, die Group Four hieß und Tag und Nacht besetzt war.

Der Hörer wurde abgenommen, und eine gleichgültige Stimme sagte: »Sagen Sie, wer Sie sind.«

»Lysander. Ich muss sofort mit Brigadier Ferguson sprechen. Höchste Priorität. Ablehnen unmöglich.«

»Unter welcher Nummer sind Sie zu erreichen?« Er diktierte sie langsam. Die Stimme sagte: »Sie werden nach Sicherheitscheck zurückgerufen.«

Die Leitung war tot. Corder stieß die Tür auf und ging zur Theke. Ein Mann in einem blauen Anzug saß auf einem Stuhl in der Ecke und schlief mit weit geöffnetem Mund. Sonst war niemand da.

Der Kellner schob ihm den Kaffee hin. »Möchten Sie was essen? Vielleicht einen Sandwich mit Schinken?«

»Warum nicht?«, sagte Corder. »Ich warte auf einen Anruf.«

Der Kellner drehte sich zum Mikroherd, und Corder tat Zucker in seinen Kaffee. Alle Anrufe für DI5 wurden automatisch mitgeschnitten. In diesem Augenblick würde der Computer sein gespeichertes Stimmprofil mit der Tonbandaufnahme von seinem Anruf vergleichen. Ferguson würde wahrscheinlich zu Haus im Bett sein. Sie würden ihn anrufen und ihm die Nummer geben. Alles in allem zehn Minuten.

Er irrte sich jedoch, denn es dauerte nur fünf Minuten, und als er zum ersten Mal vom Sandwich abbiss, läutete das Telefon. Er zwängte sich in die Zelle, schloss die Tür und nahm ab.

»Hier Lysander.«

»Ferguson.« Die Stimme war gespreizt, übertrieben akzentuiert, wie die eines alternden Mimen bei einem zweitklassigen Tourneetheater, der sichergehen will, dass er auch in der letzten Reihe zu hören ist. »Es ist lange her, Jack. Höchste Priorität, wie ich höre.«

»Frank Barry verlässt endlich seine Deckung, Sir.«

Fergusons Stimme wurde schärfer. »Das ist wirklich interessant.«

»Lord Carrington, Sir. Er ist im Augenblick bei Präsident Giscard d'Estaing?«

Eine kurze Pause. Dann sagte Ferguson: »Das darf offiziell niemand wissen.«

»Frank Barry weiß es aber.«

»Das ist schlecht, Jack, sehr schlecht. Ich denke, Sie erzählen besser von Anfang an.«

Corder tat es mit leiser und eindringlicher Stimme. Fünf Minuten später verließ er die Zelle und kehrte zur Theke zurück.

»Ihr Sandwich ist kalt geworden, Monsieur. Möchten Sie ein neues?«

»Ausgezeichnete Idee«, sagte Corder. »Und geben Sie mir derweil noch einen Cognac.«

Er steckte eine Zigarette an, lehnte sich auf dem Barhocker zurück und lächelte das erste Mal in jener Nacht.

Brigadier Charles Ferguson stand in seiner Wohnung am Cavendish Square neben dem Bett und schlüpfte in seinen Morgenmantel, während er sich die Tonbandaufzeichnung anhörte, die er eben von dem Gespräch mit Corder gemacht hatte. Er war ein großer, leutselig wirkender, entschieden übergewichtiger Mann mit krausen grauen Haaren und Doppelkinn. Er hatte nichts Militärisches an sich, und die Halbmondbrille, die er aufsetzte, ehe er einen kleinen Notizkalender konsultierte, verlieh ihm das Aussehen eines unbedeutenden Professors. In Wahrheit war er aber skrupellos wie Cesare Borgia und ging für sein Land über Leichen.

Es klopfte, und sein Diener, ein ehemaliger Gurkha, der noch damit beschäftigt war, den Gürtel seines Morgenmantels zuzubinden, steckte den Kopf ins Zimmer.

»Tut mir Leid, Kim, aber es gibt Arbeit«, sagte Ferguson. »Viel Tee und dann Eier mit Speck. Ich werde nicht wieder ins Bett gehen.«

Der kleine Gurkha zog sich zurück, und Ferguson ging ins Wohnzimmer, schürte das Feuer in dem Marmorkamin, schenkte einen doppelten Brandy ein, setzte sich ans Telefon und wählte eine Pariser Nummer.

Der französische Sicherheitsdienst *Service de Documentation Extérieur et de Contre-Espionnage* – SDECE – hat fünf Sektionen und viele Unterabteilungen. Am interessantesten ist sicher Sektion Fünf, gemeinhin als Aktionsdienst bekannt, die mehr als jeder andere Arm des SDECE für die Zerschlagung der OAS verantwortlich war. Diese Abteilung rief Ferguson an.

Er sagte: »Hier Ferguson von DI5. Colonel Guyon bitte.« Er runzelte ungeduldig die Stirn. »Natürlich ist er zu Haus im Bett. Genau wie ich, jedenfalls bis eben. Sagen Sie ihm, er möchte mich bitte sofort unter dieser Nummer zurückrufen.« Er diktierte sie schnell. »Sehr dringend. Höchste Priorität.«

Er legte auf, und Kim trat, mit Spiegeleiern und Speck, Brot, Butter und Marmelade auf einem silbernen Tablett, ins Zimmer. »Köstlich«, sagte Ferguson, als der Gurkha einen kleinen Tisch vor ihm deckte. »Frühstück um halb drei Uhr morgens. Eine fabelhafte Idee. Das sollten wir öfter machen.«

Während er sich eine Serviette um den Hals schlang, klingelte das Telefon. Er nahm sofort ab. »Ah, Pierre«, sagte er in schnellem und einwandfreiem Französisch. »Ich hab da was für Sie. Etwas sehr Unangenehmes. Ich glaube nicht, dass Sie sich freuen werden, hören Sie also genau zu.«

In dem Lagerhaus war alles still, nachdem Jack Corder gegangen war. Barry ging zum Tor und verriegelte die eingelassene Tür. Er blieb einen Moment stehen, um sich eine Zigarette anzuzünden, und als er sich umdrehte, trat ein Mann aus dem Schatten und setzte sich auf den Tischrand.

Nikolaj Romanoff war 50 und arbeitete seit zehn Jahren offiziell als Kulturattaché an der sowjetischen Botschaft in Paris. Sein dunkler Anzug stammte aus der Savile Row, genau wie der blaue Mantel. Er sah recht gut aus, nur ein wenig dekadent, mit einem Gesicht, das an Oscar Wilde erinnerte, und einer silbernen Haarmähne, die besser zu einem Schauspieler gepasst hätte als zu ihm, einem Oberst des KGB.

»Ich bin mir bei diesem Herrn nicht allzu sicher, Frank«, sagte er in perfektem Englisch.

»Ich bin mir bei niemandem allzu sicher«, antwortete Barry. »Nicht mal bei Ihnen, alter Junge. Auf jeden Fall ist Jack Corder ein hundertprozentiger Marxist – wenn uns das weiterhilft.«

»Du meine Güte«, sagte Romanoff. »Das habe ich befürchtet.«

»Corder hat vor Jahren versucht, der Britischen KP beizutreten, als er in Oxford studierte. Man war der Meinung, jemand wie er könne mehr ausrichten, wenn er den Mund halte und zur Labour Party gehe, was er dann auch tat. Arbeitete sechs Jahre als Organisator bei der Gewerkschaft, machte dann den Fehler, einem Bullen bei einem Bergarbeiterstreik eins mit dem Griff seiner Breithacke über den Schädel zu geben. Der Bulle hatte versucht, Streikbrecher einzuschleusen. Das war vor drei oder vier Jahren. Er musste sechs Wochen ins Krankenhaus.«

»Und Corder?«

»Zwei Jahre Knast. Die Gewerkschaft wollte ihn danach nicht mal mehr mit der Feuerzange anfassen. Tief in ihrem Innern, wenn es um das Britische geht, sind die Kerle genauso konservativ wie Margaret Thatcher. Als Jack Corder rauskam, ging er nach Frankreich und schloss sich einer anarchistischen Gruppe links von der französischen KP an. Ich nahm ihn damals unter meine Fittiche. Auf jeden Fall brauchen wir uns keine Sorgen zu machen, oder hat die Desinformationsabteilung des KGB etwa ihre Ziele geändert?«

»Nein«, sagte Romanoff. »Wir arbeiten immer noch für das Chaos, und wir sollten möglichst viel Unruhe in der westlichen Welt schaffen. Chaos, Unordnung, Furcht und Ungewissheit, deshalb bezahlen wir Leute wie Sie.«

»Sie haben nicht viel ausgelassen, nicht wahr?«, sagte Barry ironisch.

Romanoff sah auf die Karte hinunter. »Wird es auch klappen?«

»Hören Sie, Nikolai«, sagte Barry. »Sie wollen doch nicht wirklich, dass Carrington auf einer französischen Landstraße erschossen wird, oder? Das bewirkt doch nur das Gegenteil, ungefähr so, als erschösse die IRA die Königin. Zu viel zu verlieren, also ist es den Einsatz nicht wert.«

Romanoff sah ihn fragend an. »Welches Spiel ist nun an der Reihe?«

»Sie kennen mich doch«, sagte Barry. »Immer das alte Spiel.« Er hielt inne, um dann hinzuzufügen: »Das Geld nehme ich übrigens weiterhin. Chaos, Unordnung, Furcht und Ungewissheit. Ich werde mein Bestes tun, damit Sie mich nicht umsonst bezahlen.«

Romanoff zögerte, zog dann einen großen braunen Umschlag aus der Tasche und schob ihn über den Tisch. Barry ließ ihn zusammen mit der Karte in die Aktenmappe fallen.

»Gehen wir?«

Er schritt als Erster zum Tor und öffnete die kleine Tür. Eine Bö trieb ihnen Regen ins Gesicht. Romanoff fröstelte und schlug seinen Kragen hoch.

»1943, als ich vierzehn war, bin ich zu einer Partisanengruppe in der Ukraine gegangen. Ich war zwei Jahre bei ihnen. Damals war es einfacher. Wir kämpften gegen die Nazis. Wir wussten, wo wir standen. Aber jetzt?«

»Eine andere Welt«, sagte Barry.

»Eine Welt, in der Sie, mein Freund, nicht mal an Ihr eigenes Land glauben.«

»Ulster?« Barry lachte rau. »Das Schlamassel habe ich schon vor langer Zeit vergessen. Irgendjemand hat mal gesagt, es gebe nichts Schlimmeres als einen Haufen von unwissenden Leuten, die Grund zur Klage haben. Doch jetzt machen wir besser, dass wir hier wegkommen.«

Die Apfelbäume auf dem Hügel oberhalb von Rigny hätten schon vor Wochen abgeerntet werden müssen. Die Früchte waren überreif, und ihr Geruch durchdrang die überraschend warme Mittagsluft.

Jack Corder lag mit seinem Zeiss-Fernglas im hohen Gras und beobachtete die Villa unten. Es war ein schönes Haus, offenbar aus dem 18. Jahrhundert, mit einer Freitreppe zum Portikus vor dem Haupteingang.

Im Hof standen vier Wagen, wenigstens ein Dutzend CRS-Beamte warteten neben ihren Motorrädern, und am Tor hielten uniformierte Gendarmen Wache. Nicht zu auffällig. Der Präsident hielt es in dieser Hinsicht bekanntlich wie General de Gaulle, weil er unnötiges Aufsehen hasste.

Eine Weile war Corder wieder der Junge aus Yorkshire, der am Fluss Wharfe neben der Brücke im Gras lag. Auf der Wiese an der anderen Seite weideten Schafe. Er war 16, und neben ihm lag ein Mädchen, an dessen Namen er sich nicht mehr erinnerte, und das Leben schien unbegrenzte Möglichkeiten zu bieten. Er fühlte ein schmerzhaftes Verlangen, die Zeit zurückzudrehen und alles, was dazwischen lag, in einen Traum zu verwandeln. Da trat plötzlich der französische Staatspräsident Valéry Giscard d'Estaing aus dem Haus unten am Hügel. Der britische Außenminister folgte ihm.

Die beiden Herren standen, flankiert von ihren Referenten, im Portikus, während Corder das Fernglas neu justierte.

»Jesus«, flüsterte er. »Ein Mann mit einem guten Gewehr … mehr ist nicht nötig, um sie beide auszuschalten.«

Der Präsident drückte dem Außenminister die Hand. Keine Umarmung, das war nicht sein Stil. Lord Carrington ging die Stufen hinunter und wurde zu einem schwarzen Citroën geleitet.

Corders Kehle war ausgedörrt. Er nahm das Sprechfunkgerät aus der Tasche, drückte den Knopf und sagte drängend: »Hier Red. Hier Red. Das Paket wird gleich abgeliefert.«

Eine Sekunde später hörte er Barrys kühle, gleichmütige Stimme: »Hier Grün. Wir nehmen das Paket in Empfang.«

Carringtons Wagen rollte, gefolgt von vier CRS-Motorrädern, zum Tor, genau wie Barry vorausgesagt hatte, und Corder sprang auf, drehte sich um und lief über die Wiese zu der Stelle, wo er den Peugeot geparkt hatte.

Er hatte mehr als genug Zeit, um die Hauptstraße vor dem Konvoi zu erreichen, und als er auf sie eingebogen war, trat er aufs Gaspedal und ging auf 120 Stundenkilometer.

Seine Hände schwitzten wieder, seine Kehle war immer noch ausgedörrt, und er zündete sich mit einer Hand eine Zigarette an. Er wusste nicht, was in St. Etienne passieren würde, das war das Dumme. Wahrscheinlich Sonderkommandos vom CRS, Dutzende von Männern, die auf alles schossen, was sich rührte, vielleicht auch auf ihn. Aber er musste sich dort blicken lassen, er hatte keine andere Wahl, denn sonst würde Barry sofort riechen, dass etwas faul war, und die Sache abblasen und im Nichts verschwinden, wie schon so oft.

Er war nahe bei St. Etienne, als es geschah. Hinter der Einmündung einer Nebenstraße tauchte plötzlich ein CRS-Motorradfahrer auf und kam hinter ihm her, eine unheimliche Gestalt mit Sturzhelm und Schutzbrille und dunkler Montur. Er überholte ihn und winkte ihm zu stoppen, und Corder bremste. Wollte Ferguson ihn etwa auf diese Art raushalten?

Der CRS-Mann hielt vor ihm, stieg von seiner schweren BMW und kippte die Maschine auf den Ständer. Mit dem Finger am Abzug des automatischen Karabiners MAT 49, der an seiner Schulter hing, ging er auf den Peugeot zu und baute sich vor Corder auf, ein anonymes Gesicht hinter einer unförmigen Schutzbrille. Dann schob er die Brille hoch.

»Eine kleine Änderung des Plans«, grinste Frank Barry. »Ich fahre vor, Sie folgen mir.«

»Haben Sie es abgeblasen?«, fragte Corder erstaunt.

Barry sah ihn überrascht an. »Nein, warum sollte ich?«

Er stieg wieder auf die BMW und fuhr los. Corder folgte ihm einigermaßen ratlos, hatte keine Ahnung, was er jetzt machen sollte. Er tastete nach dem Kolben der Walther PPK, die er bei sich hatte, aber das half ihm jetzt auch nicht weiter. Er hatte noch nie in seinem Leben einen Menschen erschossen. Es war unwahrscheinlich, dass er gerade jetzt damit anfangen würde.

Anderthalb Kilometer vor St. Etienne bog Barry in einen schmalen Feldweg ein, der zwischen hohen Hecken zu einem kleinen Bauernhof hochführte. Corder fuhr hinterher. Am Hang des Hügels standen ein paar Bäume, unter denen Barry die BMW abstellte. Corder ließ den Peugeot auf dem Feldweg stehen und ging zu ihm.

»Was haben Sie vor, Frank?«

»Hab ich Ihnen je von meiner Großmutter mütterlicherseits erzählt, Jack? Jedes Mal wenn sie starke Kopfschmerzen hatte, kam innerhalb einer Stunde ein heftiges Gewitter. Bei mir ist es anders. Ich kriege nur Kopfschmerzen, wenn ich faulen Fisch rieche, und im Augenblick habe ich einen furchtbaren Brummschädel.«

Corder erstarrte. »Ich verstehe nicht.«

»Schöne Aussicht von hier.« Barry ging zwischen den Bäumen nach oben und zeigte auf St. Etienne, das sich wie eine Spielzeugstadt unter ihnen ausbreitete. »Schauen Sie. Ich habe so das Gefühl, es könnte interessanter sein, sich das von hier aus bis zuletzt anzusehen.«

Corder richtete sein Fernglas auf den Vorplatz der Werkstatt. Zwei der Männer in gelben Overalls machten sich am Motor eines Pkws zu schaffen. Der dritte wartete in dem Büro neben den Zapfsäulen und redete mit dem Mädchen, das mit dem Kinderwagen an der Tür stand. Sie trug einen Pullover, einen einfachen Rock und ein knallrotes Kopftuch.

»Schon was vom Auto zu sehen?«, fragte Barry.

Corder richtete das Fernglas auf die Straße. »Nein, aber da kommt ein Laster ins Blickfeld.«

»Ausgerechnet jetzt? Sieh an.«

Es war eine Zugmaschine mit einem Anhänger, der einen hohen grünen Planenaufbau hatte. Als der Lkw das Dorf erreicht hatte, wurde er langsamer und bog auf den Parkplatz ein. Der Fahrer, ein großer Mann in einem khakifarbenen Overall, sprang aus dem Fahrerhaus und schlenderte zum Eingang des Cafés.

Barry nahm Corders Fernglas und richtete es auf den Laster. »Bouvier Frères, Ferntransporte Paris–Marseille.«

»Wenn er sieht, dass das Café geschlossen ist, wird er weiterfahren«, sagte Corder.

»Vielleicht gibt es Schweine mit Flügeln«, erwiderte Frank Barry. »Aber ich bezweifle es.«

In diesem Moment ratterten im Laster Maschinengewehre los, die Garben bestrichen den gesamten Vorplatz, zerschmetterten das Glas des Büros, warfen das Mädchen über den Kinderwagen, mähten die beiden Männer nieder, die an dem Pkw gearbeitet hatten, durchlöcherten den Wagentank, dessen Inhalt nun auf den Vorplatz spritzte. Es dauerte nur einen kurzen Augenblick, nicht mehr, und dann entzündete sich das Benzin, der Tank explodierte in einem Feuerball, und Trümmer wirbelten durch die Luft. Das Vernichtungswerk war komplett, und wenigstens 20 CRS-Männer sprangen hinten vom Anhänger des Lasters und rannten über die Straße.

»Sehr tüchtig«, sagte Barry ruhig. »Das muss man den Burschen lassen.«

Corder befeuchtete sich nervös die Lippen, seine linke Hand glitt in die Tasche seiner Lederjacke und legte sich um den Kolben der Walther.

»Was kann da passiert sein?«, fragte er.

»Einer von den Kerlen aus Marseille muss geredet haben«, sagte Barry. »Und wenn die Union Corse etwas mitgekriegt hat ...« Er zuckte mit den Schultern. »Klauen ist eine Sache, Politik ist was anderes. Sie würden die Polizei informieren, ohne eine Sekunde zu zögern.« Er schlug Corder auf die Schulter. »Aber wir machen uns jetzt aus dem Staub. Fahren Sie einfach hinter mir her, wie eben. Wenn man sieht, dass ich Sie eskortiere, wird man uns wahrscheinlich nicht anhalten.«

Er bestieg die BMW und fuhr los. Corder folgte ihm. Das Ganze war wie ein böser Traum, und das Bild des Mädchens, das in einem Kugelhagel über den Kinderwagen gestürzt war, stand immer noch so deutlich vor seinen Augen wie auf einer Kinoleinwand. Und Barry hatte damit gerechnet. Er hatte damit gerechnet und trotzdem nichts unternommen, um die armen Leute zu retten.

Er folgte der BMW dichtauf, über schmale, gewundene Feldwege und Landstraßen. Niemand begegnete ihnen, und gut 15 Kilometer hinter St. Etienne kamen sie zu einer kleinen Autowerkstatt mit Café. Barry nahm Gas weg und hielt. Als Corder zu ihm trat, zog er gerade einen Segeltuchbeutel aus einer der Seitentaschen.

»Ich kenne diesen Platz«, sagte er. »Da hinten ist eine Toilette. Ich ziehe mich jetzt um. Wir lassen die BMW hier stehen und fahren mit dem Peugeot weiter.«

Er ging zur Rückseite des Cafés, ehe Corder antworten konnte, und dann trat eine junge Frau aus der verglasten Bürokabine neben den Zapfsäulen und kam auf Corder zu. Sie mochte 25 sein, hatte ein plattes, freundliches Gesicht und trug ein Herrensakko aus Tweed, das ihr zu groß war.

»Tanken, Monsieur?«

»Gibt es hier ein Telefon?«, fragte Corder.

»Im Café, Monsieur, aber sie haben heute geschlossen. Ich bin ganz allein hier.«

»Ich muss unbedingt telefonieren. Es ist sehr wichtig.« Er drückte ihr einen Hundert-Franc-Schein in die Hand. »Geben Sie mir ein paar Jetons. Der Rest ist für Sie.«

Sie zuckte mit den Schultern, ging in ihre Kabine und öffnete die Kassenschublade. Sie kam mit den Telefonmünzen zurück. »Ich zeige es Ihnen«, sagte sie.

Das Café war sehr primitiv: einige Tische und Stühle, eine Holztheke, an der Wand dahinter Bier- und Mineralwasserflaschen und Gläserreihen, eine Tür, die offensichtlich in die Küche führte. Das Telefon war an der Wand gegenüber, daneben baumelte das Telefonbuch.

Das Mädchen sagte: »Da ich schon mal hier bin, mache ich schnell einen Kaffee. In Ordnung?«

»Sehr gut«, antwortete Corder.

Sie verschwand in der Küche, und er schaute schnell in das Telefonbuch, um sich zu vergewissern, ob von diesem Ortsnetz aus dieselben Kennzahlen galten wie in Paris. Seine Finger zitterten, als er die Londoner Vorwahl und die DI5-Nummer wählte.

Er hatte nicht mal Zeit zu beten. Am anderen Ende wurde abgehoben, und eine Stimme – diesmal eine weibliche, die Stimme der Frau, die tagsüber in der Zentrale saß – sagte: »Sagen Sie, wer Sie sind.«

»Lysander«, sagte Corder gepresst. »Verbinden Sie mich bitte sofort mit Brigadier Ferguson. Höchste Priorität.«

Ferguson war fast im selben Moment in der Leitung, als hätte er mitgehört. »Was ist los, Jack?«

»Totale Pleite, Sir, Barry hat was gerochen. Er und ich haben uns raushalten können, aber die anderen sind von der CRS ausgeschaltet worden.«

»Ich nehme an, man hat Sie nicht gesehen?«

»Nein.«

»Und hat er Sie in Verdacht?«

»Nein, er glaubt, einer von den Killern aus Marseille hätte nicht dichtgehalten.«

Frank Barry, der seine Motorradbrille aufbehalten hatte, stand am Zweitapparat in der Küche und lächelte. Das Mädchen lag zu seinen Füßen am Boden, und aus der hässlichen Wunde in der Schläfe, wo er sie mit dem Pistolenkolben getroffen hatte, sickerte Blut. Er ließ den Hörer an der Leitung hängen, zog einen Carswell-Schalldämpfer aus der Tasche und schraubte ihn auf den Lauf der Pistole, als er in den Gastraum ging.

Corder redete immer noch mit leiser, drängender Stimme. »Nein, das Blöde ist, ich weiß nicht, wie weit ich gehen kann.«

Barry sagte leise: »Jack!«

Corder fuhr herum, und Barry schoss ihm zweimal ins Herz. Er fiel nach hinten, prallte von der Wand und stürzte mit dem Gesicht nach unten zu Boden.

Der Hörer baumelte an der Wand. Barry nahm ihn und

sagte: »Sind Sie's, Ferguson, alter Junge? Hier Frank Barry. Wenn Sie Corder haben wollen, müssen Sie schon eine Kiste rüberschicken, ich geb Ihnen die Adresse: Café Rosco, St.-Julien.«

»Sie Schwein«, sagte Charles Ferguson.

»Das hab ich schon mal gehört.«

Barry legte auf und schlenderte, leise vor sich hin pfeifend, hinaus, während er den Schalldämpfer abschraubte. Er steckte die Pistole wieder ins Halfter, bestieg die BMW und fuhr weiter.

2

Als Fergusons Wagen am nächsten Morgen vor Downing Street 10 hielt, regnete es. Es war zehn vor elf, zehn Minuten zu früh für seinen Termin bei der Premierministerin. Sein Fahrer fuhr sofort weiter, und Ferguson ging über die Straße zur Haustür. Trotz des Regens standen auf der anderen Straßenseite die üblichen Neugierigen, hauptsächlich Touristen, die von einigen Polizisten am Betreten der Anfahrtszone gehindert wurden. Ein weiterer Polizist war an dem gewohnten Platz neben der Tür postiert, kein sonderlicher Schutz für die bekannteste Adresse Englands, den Sitz der politischen Macht und die Privatwohnung der Regierungschefin; aber das wollte, wie Ferguson wusste, nicht viel besagen. Andere, unauffällig gekleidete Sicherheitsbeamte waren an strategischen Punkten der Nachbarschaft verteilt und würden beim ersten Anzeichen von Schwierigkeiten ausschwärmen.

Der Polizist salutierte, und die Tür wurde geöffnet, noch ehe Ferguson sie erreicht hatte. Er trat ein.

Der junge Mann, der ihn begrüßte, sagte: »Brigadier Ferguson, hier entlang, bitte.«

Aus dem Pressezimmer rechts ertönte gedämpftes Stimmengewirr, als er durch die Diele ging und den Gang betrat, der zum hinteren Teil des Hauses mit dem Kabinettsraum führte. Die Haupttreppe zum ersten Stock war mit Porträts früherer Premierminister gesäumt: Peel, Wellington, Disraeli, Gladstone … Ferguson hatte immer das Gefühl, der Atem der Geschichte streife ihn, wenn er diese Treppe hochging, obgleich er bisher noch nie mit der Premierministerin persönlich gesprochen hatte. Gleich würde er also Mrs. Thatcher gegenübertreten, dieser gescheiten

Frau, wie selbst ihre erbittertsten Gegner zugeben mussten. Entschieden eine neue Erfahrung. Aber was änderte das? Wie viele Attentate waren auf Königin Viktoria verübt worden? Und Disraeli und Gladstone hatten beide mehr als genug mit irischen Revolutionären, Dynamitlegern und anarchistischen Bombenwerfern zu tun gehabt, die ihnen ans Leder wollten.

Im Korridor oben klopfte der junge Mann an eine Tür, öffnete sie und ließ Ferguson eintreten. »Brigadier Ferguson, Prime Minister«, sagte er, wandte sich um und machte die Tür hinter sich zu.

Das Arbeitszimmer war jetzt eleganter, als Ferguson es in Erinnerung hatte, mit blassgrünen Wänden, goldfarbenen Vorhängen und bequemen, sehr geschmackvollen Sitzmöbeln. Am elegantesten war jedoch die Frau hinter dem Schreibtisch. Das marineblaue Kostüm mit dem weißen Spitzeneinsatz bildete den perfekten Kontrast zum blonden Haar. Eine vollkommene Dame, aber die Augen, die sie nun von den Dokumenten vor sich wandte, um Ferguson anzusehen, waren kalt und intelligent.

»Der französische Präsident hat mir heute Morgen persönlich versichert, dass die leidige Sache nicht publik gemacht wird. Sie ist nie geschehen. Verstehen Sie?«

»Sehr wohl, Ma'am.«

Sie sah wieder auf das Dokument hinunter. »Dieser Agent von Ihnen, dieser Corder. Wenn er nicht gewesen wäre ...«

»Wir haben Jack Corder vor etwa zwölf Jahren eingestellt, als er noch am Balliol-College studierte. Er entschied sich dafür, die kommunistische Seite zu infiltrieren. Wir hören oft, dass es bei unserem Geheimdienst Maulwürfe gibt, die für die Russen arbeiten, Ma'am. Jack war der umgekehrte Fall. Er saß zweimal wegen seiner augenscheinlichen Militanz im Gefängnis. Anschließend habe ich ihn in die europäische Terroristenszene geschickt. Frank Barry war sein wichtigstes Ziel.«

Sie nickte. »Ich habe bereits mit dem Generaldirektor von DI5 gesprochen. Er informierte mich, dass einer meiner Vorgänger schon 1972 die Bildung einer Sonderabteilung innerhalb von DI5 beschlossen hat, die alle Fälle von Terrorismus, Subversion und dergleichen koordiniert und ihre Befugnisse unmittelbar vom Premierminister hat. Sie wird Group Four genannt, nicht wahr?«

»Das ist richtig, Premierminister.«

»Und Sie leiten diese Abteilung, Brigadier?«

»Ja, Ma'am.«

Es entstand eine längere Pause, in der sie nachdenklich auf das Papier vor ihr starrte. Ferguson räusperte sich. »Wenn Sie eine neue Regelung für angebracht halten, werde ich natürlich sofort mein Rücktrittsgesuch schreiben.«

»Wenn ich das möchte, werde ich es sagen, Brigadier«, sagte sie scharf. »Sie werden verstehen, dass ich kein großes Vertrauen in Ihre Abteilung haben kann, wenn einer der wichtigsten Minister der Krone um ein Haar umgebracht wird. Und jetzt sagen Sie mir etwas über diesen Mann, diesen Barry. Warum ist er so wichtig, und vor allem, wie schaffte er es, sich nie erwischen zu lassen?«

»Er ist ein hochintelligenter Irrer, Ma'am. Auf seine Weise ein Genie, kann man sagen. Für die internationale terroristische Szene ebenso wichtig wie Carlos, aber der Öffentlichkeit weit weniger bekannt.«

»Und warum?«

»Ein psychologisches Phänomen. Viele Terroristen, zum Beispiel einige Mitglieder der früheren Baader-Meinhof-Bande, haben oder hatten ein ausgeprägtes Bedürfnis, von der Öffentlichkeit beachtet zu werden. Sie möchten, dass man weiß, wer sie sind, und sie demonstrieren immer wieder, dass sie die Polizei und die Nachrichtenleute jederzeit zum Narren halten können. Barry scheint dieses Bedürfnis nicht zu haben, und da es auch unserem Zweck am besten dient, ihn nicht in den Medien hochzuspielen, ist er für die Öffentlichkeit eine relativ unbekannte Größe geblieben.«

»Und sein persönlicher Hintergrund?«

»Ich fürchte, für den Sensationsjournalismus könnte er kaum etwas hergeben. Er stammt aus Ulster und war

Second Lieutenant bei den Ulster Rifles. Diente in Korea. Hervorragende Leistungen im Feld, könnte man sagen. Er ist Protestant. Sein Onkel ist ein irischer Peer, Lord Stratmore. Die meiste Zeit seines Lebens tief in protestantische Politik verstrickt, aber jetzt leidend. Barry ist sein Erbe.«

»Guter Gott«, sagte die Premierministerin.

»In den ersten Jahren der irischen Unruhen gab Barry sich als Republikaner. Handelte wie gewöhnlich auf eigene Faust. Organisierte eine Gruppe, die sich ›Söhne Erins‹ nannte und uns in der Provinz furchtbare Schwierigkeiten machte. Von der Provisorischen IRA kompromisslos abgelehnt. 1972, als Group Four gebildet wurde, habe ich es geschafft, einen meiner Agenten, einen gewissen Major Vaughan, in Barrys Organisation einzuschleusen. Das Ergebnis war letztlich, dass Barry schwer verwundet wurde. Dass er mit dem Leben davonkam, hat er den Chirurgen von der Militärabteilung des Musgrave Park Hospital in Belfast zu verdanken.«

»Was geschah dann?«

»Er entkam, Ma'am. Seinen Ärzten zufolge konnte er noch nicht einmal gehen, aber er ging trotzdem, als Pfleger verkleidet. Er spazierte einfach aus dem Krankenhaus. Innerhalb von vierundzwanzig Stunden sichteten wir ihn dann in Dublin, wo wir ihm natürlich nichts anhaben konnten. Dort und in der Schweiz hat er sich dann über ein Jahr lang mehrmals stationär behandeln lassen.«

»Und später?«

»Seitdem ist er, soweit wir wissen beziehungsweise mit einiger Sicherheit sagen können, für mindestens fünfzehn Attentate und verschiedene Bombenanschläge verantwortlich gewesen, Ma'am. Seine Handschrift ist unverkennbar, und politische Erwägungen scheinen bei ihm an letzter Stelle zu kommen. Eine kleine Zusammenfassung seiner Aktivitäten in den letzten paar Jahren erklärt vielleicht am besten, was ich meine. 1973 ermordete er den kommandierenden General des spanischen Militärgeheimdienstes im Baskenland. Die baskische Nationalistenbewegung ETA übernahm die Verantwortung für den Anschlag.«

»Weiter.«

»Andererseits war er auch verantwortlich für den Mord an General Hans Grosch, 1975, bei einem inoffiziellen Besuch in München. Bereitete der Bonner Regierung seinerzeit viel Ärger. Grosch bekleidete beim Staatssicherheitsdienst der DDR einen Posten, der in etwa dem meinen entspricht. Wie Sie sehen, Ma'am, tötet Barry einerseits einen Faschisten, andererseits aber einen Kommunisten.«

»Sie wollen sagen, er hat keinerlei politische Überzeugung?«

»Genau.« Ferguson nahm ein Blatt Papier aus seiner Aktentasche und reichte es über den Schreibtisch. »Eine Liste der Aufträge, mit denen er unseres Erachtens befasst war. Wie Sie sehen, kommen seine Opfer aus allen Bereichen der politischen Szene.«

Die Premierministerin las die Liste langsam durch und runzelte die Stirn. »Sie meinen also, er arbeitet für jeden, der ihn bezahlt?«

»Nein, Ma'am, ich glaube, es ist etwas subtiler. Alles, was er macht, passt insofern in ein bestimmtes Schema, als es maximalen Schaden anrichtet, wo immer es ist. Er tötete zum Beispiel einen spanischen Diplomaten, der 1977 nach Paris reiste, einen Faschisten. Die französische Regierung musste angemessen reagieren, und innerhalb von vierundzwanzig Stunden war jeder linke Agitator in Paris in Polizeigewahrsam. Nicht nur Kommunisten, auch Sozialisten. Das passte der Sozialistischen Partei nicht, den Gewerkschaften also auch nicht. Das Fazit waren Unruhe unter den Arbeitern, Streiks und Produktionsausfälle.«

Als sie das Ende der Liste erreicht hatte, hielt sie plötzlich inne und sah auf. Sie war sichtlich erbleicht. »Hier steht, er habe möglicherweise etwas mit dem Mountbatten-Mord zu tun.«

»Wir haben allen Grund zu der Annahme, dass der oder die Täter ihn zumindest um Rat fragten.«

Sie schüttelte den Kopf. »Das gibt doch keinen Sinn.«

»Nur dann nicht, wenn man seine bekannten Verbindungen zum KGB ignoriert. Ich glaube, die meisten Anschläge, für die er verantwortlich ist, sind vom KGB in Auftrag gegeben worden, sogar die Ermordung von Leuten, die angeblich ihre Freunde sind, und das übergeordnete Ziel war, im Westen möglichst viel Unruhe zu stiften.«

»Aber Barry ist doch, wie Sie schon sagten, auch kein Marxist.«

»Frank Barry ist überhaupt nichts, Ma'am. O ja, er nimmt ihr Geld, da bin ich sicher, aber er tut das, was er tut, einfach um des Bösen willen, wenn ich mich so ausdrücken darf. Ich nehme an, die Psychiater würden ausgefallene wissenschaftliche Bezeichnungen für seinen psychischen Zustand haben. Psychopath wäre nur der Anfang. Aber das interessiert mich eigentlich nicht. Ich möchte ihn einzig und allein tot sehen.«

Die Premierministerin gab die Liste zurück. »Dann machen Sie weiter, Brigadier.«

Ferguson nahm das Blatt, und sie drückte auf einen Knopf auf dem Schreibtisch. »Ma'am?«

»Group Four hat alle Befugnisse – unmittelbar von diesem Amt. Benutzen Sie sie, Ferguson. Ich werde Ihnen nicht erzählen, wie Sie vorgehen sollen, dafür beherrschen Sie Ihre Arbeit zu gut. Ich habe Ihre Akte gelesen. Ich möchte nur eines sagen: Sie sollten im Augenblick alles andere vergessen und sich auf diesen Barry konzentrieren.«

Ferguson stand auf und steckte die Liste in die Aktentasche zurück. »Sehr wohl, Prime Minister.«

Hinter ihm ging die Tür auf, und der junge Sekretär erschien. Die Premierministerin griff zu ihrem Füllhalter und wandte sich wieder ihren Dokumenten zu, während Ferguson zur Tür ging und hinausgeleitet wurde.

Wenn es eben ging, arbeitete Ferguson von seiner Wohnung am Cavendish Square aus; so auch jetzt. Er saß gerade am Kamin, trank Tee und toastete mit einer langen Messinggabel Sauerteigfladen über den Flammen, als Kim die Tür öffnete und Harry Fox ins Zimmer führte.

»Da sind Sie ja, Harry. Haben Sie alles mitgebracht, was ich haben wollte?«

»Ja, Sir, auch noch den unbedeutendsten Wisch aus der Akte Frank Barry.«

Fox war 30, ein schlanker, gut gekleideter junger Mann mit einer Krawatte in den Farben des zweiten Garde-Kavallerieregiments, wo er bis vor zwei Jahren als Captain gedient hatte. Der glatte Lederhandschuh über der Prothese an seinem linken Arm verbarg die Tatsache, dass er jene Hand bei einer Bombenexplosion während seiner dritten Stationierung in Belfast verloren hatte. Er war seit gut einem Jahr Fergusons Assistent.

»Was suchen wir eigentlich, Sir?«

»Ich bin nicht sicher. Jack Corder war der dritte Mann, den ich auf Frank Barry angesetzt hatte, und zwei der drei endeten in einem Sarg. Wir müssen uns langsam was anderes einfallen lassen, das ist alles, was ich mit Sicherheit weiß.«

»Sie haben Recht, Sir. Ein Gauner lässt sich nur von einem anderen Gauner reinlegen, nehme ich an.«

Ferguson, der gerade einen weiteren Fladen auf die Gabel spießen wollte, hielt inne. »Was haben Sie gesagt?«

»Jack Grand von der Special Branch erzählte mir neulich, dass sie einen von ihren Männern ins Gefängnis von Parkhurst gesteckt haben, damit er den Strafgefangenen spielt. Schon nach zwei Tagen fielen die anderen über ihn her und richteten ihn übel zu. Ich nehme an, in Wahrheit können die meisten Gauner einen Spitzel schon auf einen Kilometer riechen. Bei Frank Barry wird es ganz ähnlich sein. Wen Sie auch in seiner Umgebung einschleusen, er wird fast immer wittern, dass etwas faul ist.«

»Sie könnten Recht haben«, sagte Ferguson. »Fangen Sie an, diese Papiere zu lesen, aber bitte laut.«

Sie arbeiteten sechs Stunden, und nur Kim unterbrach sie dann und wann, um frischen Tee oder Kaffee zu bringen. Es dunkelte bereits, als Ferguson aufstand und sich reckte und zum Fenster zeigte.

»Ich wüsste zu gern, wo der Halunke jetzt ist.«

Fox sagte: »Das Fotomaterial über ihn ist nicht gerade üppig, Sir. Seit 1972 kein einziges Bild mehr. Das neueste scheint diese Aufnahme aus *Paris-Match* zu sein. Der Artikel ist von einer Frau, von 1972. Sie hat anscheinend auch die Bilder gemacht. Wer sind die anderen beiden? Devlin, nicht wahr? Liam Devlin und Martin Brosnan.«

Überraschend schnell für einen Mann seines Umfangs durchquerte Ferguson das Zimmer und nahm Fox den Zeitungsausschnitt ab. »Mein Gott, Liam Devlin ... und Brosnan. Ich hatte ganz vergessen, dass sie mal was mit Barry zu tun hatten, es ist so lange her.«

»Wer waren sie eigentlich, Sir?«

»Oh, zwei Anachronismen aus den frühen Tagen der irischen Unruhen. Vor den schlimmsten Bombenanschlägen und Morden. Sie gehörten zu den Männern, die dachten, es sei noch 1921 und Michael Collins trage die irische Flagge. Tapfere Widerstandskämpfer, die sich gegen das britische Empire erhoben. Fliegende Kolonnen, nächtliche Kommandounternehmen.«

»Ich glaube, ich hab den ›Film‹ früher mal gesehen, Sir«, sagte Fox.

»Es gab da einen gewissen Sean McEoin, er führte eine fliegende Kolonne und wurde später General der Armee des Freistaats. 1921 wurde er in einem Bauernhaus bei seinem eigenen Dorf von britischen Truppen umzingelt. Es waren Frauen und Kinder im Haus, sodass er mit einer Pistole in jeder Hand hinauslief und sich einen Weg durch den Kordon schoss. Devlin und Brosnan gehörten zur selben Sorte von Irren wie McEoin.«

»Ich kann nicht behaupten, dass mir während meiner Zeit in Ulster so jemand begegnet ist«, sagte Fox ironisch.

»Mag sein, aber man sollte trotzdem nicht vergessen, dass die IRA aus den verschiedensten Charakteren besteht, genau wie die britische Armee und jede andere Institution auch. Aber ich glaube, wir machen jetzt Schluss für heute. Ich brauche ein bisschen Zeit zum Nachdenken.«

Fox ging. Ferguson schenkte sich einen Brandy ein, trat

ans Fenster und schaute auf den Platz hinunter, dachte voll Bedauern an Jack Corder und die anderen, die er auf Barry angesetzt hatte.

»Irgendwo«, sagte er leise vor sich hin, »ist nun dieser Scheißkerl und lacht immer noch über mich.«

Barry tat in diesem Augenblick ungefähr das Gleiche wie Ferguson: Er stand mit einem großen Cognac in der Hand am Fenster. Die Wohnung, in der er war, befand sich jedoch in Paris, und er blickte auf die Seine. Es klopfte leise, und als er öffnete, ohne die Kette abzunehmen, stand Romanoff draußen. Er löste die Kette und ließ den Russen eintreten.

»Nun?«, fragte er.

»Sektion Fünf macht die ganze Stadt unsicher, Frank. Man weiß, dass Sie hinter der Sache stecken, und dreht jeden Stein um, um Sie zu finden, diesmal übrigens mit uneingeschränkter Unterstützung des britischen Geheimdiensts. Ihr Brigadier Ferguson und Pierre Lebel von Sektion Fünf sind alte Freunde.«

»Endlich mal was Neues. Ich wusste gar nicht, dass DI5 und der französische Geheimdienst miteinander reden. Wie können Sie sicher sein, dass Ferguson und Lebel so gute Kumpel sind? Haben Sie vielleicht einen Informanten in Lebels Vorzimmer?«

»Möglich ist alles«, erwiderte Romanoff.

Barry war überrascht und zeigte es. »Sie scherzen. Ich dachte, der britische Nachrichtendienst hätte inzwischen alle seine Maulwürfe gefunden und unschädlich gemacht. Ihr Mann hat mir zweifellos nichts genützt. Zum Beispiel Corder. Ich musste selbst herausfinden, wer er in Wirklichkeit war.«

»Ehrlich gesagt, bekommen wir im Augenblick nur nebensächliche Informationen. Wir rechnen aber damit, dass es bald besser wird.«

»Ich verstehe das nicht«, sagte Barry. »Man sollte meinen, dass DI5 die Vergangenheit seiner Agenten bis zurück in den Mutterschoß abcheckt.«

»Das tun sie vielleicht auch, Frank. Aber in diesem Fall würde es sie nicht weiterbringen.«

»Ein Gutes hat die Sache. Jetzt gibt es wenigstens niemanden mehr, der mich hier ans Messer liefern kann – das heißt natürlich, außer Ihnen, alter Junge.«

Romanoffs Lächeln war ein bisschen gezwungen. »Ich denke, es wäre alles in allem vernünftiger, wenn Sie für eine Weile von der Bildfläche verschwänden.«

»Wohin sollte ich denn Ihrer Meinung nach gehen?«

»England.«

Barry lachte. »Nun, die Idee ist einigermaßen neu. Dort würden sie mich als Letztes vermuten. Haben Sie was Bestimmtes im Auge?«

»Den Lake District.«

»Da soll es um diese Jahreszeit wunderschön sein.« Barry schenkte sich einen neuen Cognac ein. »Aber jetzt sollten wir Nägel mit Köpfen machen.«

Der Russe öffnete seine Aktenmappe und holte eine Kollektion von Karten heraus. »Es ist furchtbar einfach. Was die Bodentruppen betrifft, sind wir in Europa eindeutig überlegen, vor allem weil wir im Konfliktfall mindestens viertausend Panzer mehr ins Feld schicken könnten als die NATO.«

»Und?«

»Die Westdeutschen haben eine ziemlich sensationelle Waffe entwickelt. Leicht genug, um von jeder Infanterieeinheit mitgeführt zu werden. Wenn das Ding abgefeuert worden ist, entlässt es zwölf Raketen gleichzeitig. Sie sind winzig, aber sehr wirksam. Natürlich hitzegesteuert. Eine einzige genügt, um unseren stärksten Panzer außer Gefecht zu setzen.«

»Alle Achtung«, sagte Barry. »Man fragt sich, warum sie den Krieg verloren haben. Was werden sie sich als Nächstes einfallen lassen?«

»Wir haben alles versucht, um uns eine zu beschaffen, aber es ist uns bisher noch nicht gelungen. Wir *müssen* eine haben, Frank.«

»Welche Rolle habt ihr mir zugedacht?«

Romanoff fing an, die Karten auseinander zu falten. »Ich habe heute einen Bericht bekommen. Die Deutschen wollen den Briten und anderen ihre neue Waffe auf dem Raketenversuchsgelände der Army bei Wastwater im Lake District vorführen, nächsten Donnerstag. Eine deutsche Gruppe bringt Mittwoch eine hin. Ein Offizier und sechs Mann. In Brisingham, nur dreißig Kilometer vom Versuchsgelände entfernt, ist ein stillgelegter Flugplatz der RAF. Sie werden dort landen und den Rest des Wegs mit einem Laster fahren.«

»Interessant.« Barry studierte eine der Karten, die auf dem Tisch lagen.

»Wenn Sie das für mich machen, sind Sie um eine halbe Million reicher, Frank.«

Barry schien ihn nicht gehört zu haben. »Ich brauche aber Unterstützung. Jemanden, auf den ich mich verlassen kann, was die allgemeinen Dinge betrifft. Am besten einen kleinen Unterweltler, der gründlich arbeitet. Könnten Ihre Leute in London das arrangieren?«

»Das und alles andere, Frank.«

»Und mehr Karten. Britische Generalkarten. Ich möchte das Gebiet so gut kennen wie meine Westentasche.«

»Ich lasse sie Ihnen morgen früh bringen.«

»Heute Abend«, sagte Barry. »Außerdem werde ich falsche Pässe brauchen. Einen britischen, einen französischen und einen amerikanischen, damit ich die Auswahl habe. Die Einzelheiten – wer ich bin und so weiter – überlasse ich Ihren Experten.«

»Gut«, sagte Romanoff.

»Und halten Sie mir den SDECE vom Hals. Sagen Sie ihnen, ich sei in die Türkei oder nach Argentinien gegangen.«

Seit dem Saphir-Skandal hatten die meisten westlichen Nachrichtendienste eine ziemlich schlechte Meinung über den französischen Geheimdienst, denn sie glaubten, er sei vom KGB infiltriert – was immerhin so weit stimmte, dass Romanoff in der Lage war, Barrys Verlangen zu erfüllen.

»Noch etwas«, fügte Barry hinzu, als der Russe bereits

die Tür öffnete. »Ein Bankkonto mit einem Arbeitskapital von fünfzigtausend Pfund, auf meinen britischen Namen.« Er lächelte süffisant. »Und es wird Sie eine Million kosten, Nikolaj. Dieses Unternehmen kostet Sie eine Million.«

Romanoff zuckte mit den Schultern. »Besorgen Sie uns den Gefechtskopf, und Sie werden sie bekommen, das verspreche ich Ihnen.«

Er ging hinaus. Barry verschloss die Tür und legte die Kette vor, kehrte dann zum Tisch zurück, betrachtete die Karten und fing an, systematisch über die Sache nachzudenken.

Harry Fox wollte gerade unter die Dusche gehen, als das Telefon klingelte. Fluchend schlang er sich das Badetuch um die Taille, ging hin und nahm ab.

»Harry, hier Ferguson. Sie erinnern sich, was Sie vorhin sagten, dass ein Gauner sich nur von einem anderen Gauner reinlegen lässt? Ich glaube, Sie haben mich da auf eine gute Idee gebracht. Fahren Sie ins Büro und bringen Sie mir Martin Brosnans Akte. Und wenn Sie schon mal dort sind, können Sie die von Devlin gleich mitnehmen.«

Fox blickte auf die Uhr. »Sie meinen morgen früh, Sir?«

»Ich meine jetzt, verdammt noch mal.«

Ferguson knallte den Hörer hin, Fox legte seinen langsam auf die Gabel und warf noch einen Blick auf das Zifferblatt. Es war kurz nach zwei Uhr morgens. Er seufzte, ging wieder ins Badezimmer und begann, sich anzuziehen.

3

»Martin Aodh Brosnan«, sagte Ferguson. »Aodh ist gälisch für Hugh, falls Sie das interessiert. Nach seinem Großvater mütterlicherseits, der seinerzeit ein bekannter Gewerkschaftsführer in Dublin war.«

Das Feuer brannte gut. Es war vier Uhr morgens, und Harry Fox fühlte sich sonderbar lebendig, natürlich bis auf die Hand, die ein bisschen wehtat, als ob sie noch da wäre. Dieser Phantomschmerz trat bei Stress immer auf.

»Nach der Akte ist er 1945 in Boston geboren, als Sohn irisch-amerikanischer Eltern. Sein Ururgroßvater emigrierte bei der großen Hungersnot aus Kerry. Begründete das Vermögen der Familie in der zweiten Hälfte des 19. Jahrhunderts mit einer Reederei. Seitdem ging es ununterbrochen aufwärts. Öl, Bauunternehmen, chemische Fabriken, was Sie wollen. Und bald gehörten sie zur neuen amerikanischen Aristokratie.« Fox runzelte die Stirn und blickte auf. »Ein Protestant. Das ist erstaunlich.«

»Warum?«, sagte Ferguson. »Damals gab es in den USA alle möglichen Vorurteile gegen Katholiken. Wahrscheinlich hat einer seiner Vorfahren die Seite gewechselt. Er ist kaum der erste Protestant, der ein vereinigtes Irland möchte. Was ist mit Wolfe Tone? Der hat doch alles in Gang gesetzt. Und Charles Stuart Parnell gehört zur selben Kategorie. Er kam dem Ziel übrigens am nächsten und hätte es beinahe geschafft, die britische Regierung zu bewegen, Irland in die Unabhängigkeit zu entlassen.«

»Nach den Angaben hier ist Brosnans Mutter Katholikin.«

»Eine sehr strenggläubige. Geht viermal die Woche zur Messe. In Dublin geboren. Lernte ihren Mann kennen, als sie an der Universität Boston studierte. Er ist vor einigen Jahren gestorben. Sie regiert das Familienimperium mit eiserner Hand. Ich glaube, das einzige menschliche Wesen, dem sie ihren Willen nie aufzwingen konnte, ist ihr Sohn.«

»Er scheint alles getan zu haben, was sich für einen reichen jungen Mann schickt. Feinste Ostküste. Eines der besten Internate, Andover. Graduierte an der Universität Princeton in englischer Literatur.«

»Machte den Magister«, verbesserte Ferguson.

»Wie bitte, Sir?«

»Machte den Magister in Englisch, wie unsere amerikanischen Freunde sagen.«

Fox zuckte mit den Schultern und wandte sich wieder der Akte zu. »1966 meldete er sich dann freiwillig für Vietnam. Airborne Rangers und Special Service. Und als Unteroffizier, das ist das Sonderbare.«

»Es ist ein sehr wichtiger Punkt, Harry.«

Ferguson schenkte sich Tee nach. »Vietnam war in Amerika nicht gerade ein populäres Anliegen. Wenn man damals an einer Universität oder einem College studierte, konnte man sich ganz gut vor dem Wehrdienst drücken, was die meisten jungen Leute mit einem Hintergrund wie Brosnan auch taten. Er wäre nicht eingezogen worden, wenn er einfach weiterstudiert und seinen Doktor gemacht hätte. Er tat es aber nicht. Wie heißt doch gleich das Wort, das heutzutage so beliebt ist, Harry? *Macho.* Vielleicht war es deswegen? Vielleicht kam er sich kastriert vor, weil er so lange kein richtiger Mann gewesen war. Das Wichtigste ist jedenfalls, dass er hinging.«

»Und er schlug sich überraschend gut.« Fox stieß einen leisen Pfiff aus. »Distinguished Service Cross, Silver Star mit Eichenlaub, vietnamesisches Tapferkeitskreuz.« Er legte die Stirn in Falten. »Und Ehrenlegion. Wie, zum Teufel, sind denn die Franzosen ins Spiel gekommen?«

Ferguson stand auf und ging ans Fenster. »Eine interessante Episode. Seine letzte große Geste. Er rettete eine berühmte französische Kriegsfotografin, eine gewisse Anne-

Marie Audin, aus irgendeinem Hinterhalt. Sie taucht später wieder in seiner Biografie auf. Erinnern Sie sich an das Foto in *Paris-Match,* von Brosnan, Liam Devlin und Frank Barry? Das stammt ebenfalls von der guten Mademoiselle Audin. Sie schrieb denselben Bericht für *Life* und bekam dafür den Pulitzer-Preis. Ein Blick hinter die Kulissen der irischen Kämpfe. Kam in Boston sehr gut an.«

Fox langte nach der nächsten Akte. »Aber wie ist er von da zur IRA gekommen?«

»Völlig unlogisch, aber wunderbar einfach.« Ferguson wandte sich um und kehrte zum Kamin zurück. »Ich fasse zusammen, damit Sie ein bisschen Zeit sparen. Nach dem Abschied von der Army ging Brosnan nach Dublin ans Trinity College, um besagten Doktor zu machen. Im August 1969 besuchte er einen alten katholischen Onkel mütterlicherseits, den Pfarrer der Kirche in der Falls Road in Belfast. Wann waren Sie das erste Mal in jener schönen Stadt, Harry?«

»1976, Sir.«

Ferguson nickte. »Seitdem ist so viel Wasser den Lagan hinuntergeflossen, dass die ersten wilden Jahre Leuten wie Ihnen vorkommen müssen wie Urgeschichte. So viele Namen und Gesichter.« Er seufzte und setzte sich. »Während Brosnans Besuch randalierte ein orangistischer Pöbel, der von ›B-Kommandos‹ angeführt wurde, einer Organisation, die es zum Glück nicht mehr gibt. Sie brannten die Kirche von Brosnans Onkel nieder. Der alte Mann wurde so brutal zusammengeschlagen, dass er ein Auge verlor.«

»Ich verstehe«, sagte Fox nüchtern.

»Nein, Sie verstehen nicht. Ich hatte früher mal einen Agenten namens Major Vaughan, Simon Vaughan. Würde heute nicht mehr für mich arbeiten, aber das ist eine andere Geschichte. Er verstand wirklich, weil er eine irische Mutter hatte, genau wie Brosnan. Oh, in der IRA gibt es zweifellos ein paar Rowdys und verrückte Bombenleger und vielleicht zu viele Männer wie Frank Barry, aber es gibt auch Leute wie Liam Devlin und Martin Brosnan.

Wahre Idealisten in der Tradition von Pearse und Connolly und Michael Collins. Männer, die leidenschaftlich überzeugt sind, dass sie für nichts weniger als die Freiheit ihres Landes kämpfen, ob Sie es glauben wollen oder nicht.«

Fox hob seine Prothese. »Entschuldigung, Sir, aber ich habe zu oft Frauen und Kinder gesehen, die schreiend vor einer Bombe davonliefen, um noch daran zu glauben.«

»Genau«, sagte Ferguson. »Männer wie Devlin und Brosnan möchten sauber kämpfen – einigermaßen ehrenvoll. Ihre Tragödie ist, dass das bei einem solchen Krieg einfach nicht geht.«

Er stand wieder auf und ging rastlos im Zimmer hin und her. »Sehen Sie, ich kann Brosnan keinen Vorwurf daraus machen, was an jenem Abend im August 1969 in Belfast passierte. Eine Hand voll Republikaner, nicht mehr als sechs, die von Liam Devlin angeführt wurden, gingen auf die Straße. Sie hatten drei Gewehre, zwei Revolver und eine ziemlich antiquierte Thompson-MP dabei. Brosnan befand sich plötzlich mitten in der Schlacht, als er die Kirche verteidigte, und als einer von ihnen an Devlins Seite erschossen wurde, nahm er instinktiv das Gewehr des Toten. Bedenken Sie, dass er dort mit Abstand die größte Kampferfahrung hatte. Von da an machte er bei der IRA mit und war Devlins rechte Hand, als Devlin Stabschef in Ulster war.«

»Und dann?«

»In den ersten paar Jahren war alles in Ordnung. Männer wie Devlin und Brosnan konnten den guten alten Guerillakrieg führen, der Michael Collins glücklich gemacht hätte. Keine Bomben – die überließen sie Männern wie Frank Barry. Sie mussten die Army piesacken, so sah Devlin es. Er glaubte, auf diese Weise könne man die Welt für die irische Sache gewinnen. Was für ein Gefühl würden Sie übrigens haben, wenn Sie der kommandierende britische General in Nordirland wären und eines Tages in Ihr Arbeitszimmer im Hauptquartier in Lisburn kämen und eine Rose auf Ihrem Schreibtisch fänden?«

»Großer Gott.«

»Ja, Brosnan liebte solche unsinnigen und tollkühnen Gesten. Die Rose war natürlich eine Anspielung auf seinen Namen. Er legte nicht nur dem britischen General eine hin, sondern auch dem damaligen Premierminister von Ulster und dem Staatssekretär für Nordirland. Was er damit sagen wollte, war deutlich genug.«

»Er hätte sie alle töten können und tat es nicht.«

»Stimmt. Brosnans Rose.« Ferguson lachte. »Wir mussten sie zur Geheimsache erklären, damit es nicht in die Zeitungen kam, aber es hätte sowieso kein Mensch geglaubt.«

»Was geschah dann?«

»Dann wurde alles anders. Eine schlimme Eskalation des Blutvergießens, die Bombenleger rissen die Bewegung an sich. Devlin wurde oberster Nachrichtenoffizier in Dublin. Brosnan arbeitete als eine Art Assistent für Spezialaufträge mit ihm zusammen.«

Fox las weiter in der Akte und sagte: »Hier steht, er habe die irische Staatsbürgerschaft bekommen. Wie ist das möglich?«

»Na ja, die Regierung in Washington war nicht gerade entzückt über seine Aktivitäten. 1974 schickte Devlin ihn nach New York, um einen Spitzel hinzurichten, dem die Polizei von Ulster zur Flucht nach Amerika verhalf, nachdem er ihr Informationen verkauft hatte, die zur Verhaftung fast aller Mitglieder der North Belfast Brigade führten. Brosnan erledigte den Auftrag mit gewohnter Präzision, entkam um Haaresbreite aus New York, wurde dann aber gefasst. Als das Außenministerium versuchte, ihn an die Briten auszuliefern, beanspruchte er die irische Staatsbürgerschaft, was er nach irischem Recht tun konnte, weil seine Mutter in Dublin geboren ist. Ich könnte übrigens das Gleiche tun, wenn es Sie interessiert. Meine Großmutter stammt aus Cork.«

Fox überflog schnell den Rest der Akte. »Und dann kam die Sache in Frankreich.«

»Ja. Devlin schickte ihn 1975 hin, um über eine Waffenlieferung zu verhandeln. Der Vermittler erwies sich als Polizeispitzel. Als Brosnan in einem Fischerdorf in der Bretagne ankam, um die Ladung zu übernehmen, wurde er von einem großen Aufgebot Bereitschaftspolizei empfangen. Es folgte eine Schießerei, bei der er zwei Polizisten verwundete und einen tötete, wofür er lebenslänglich auf Belle-Île bekam.«

»Belle-Île?«

»Die Franzosen haben keine Teufelsinsel mehr. Sie haben nur noch Belle-Île. Im Mittelmeer natürlich, das klingt angenehmer, ist es aber nicht.«

Fox klappte die Akten zu. »Gut, Sir, aber wohin soll uns das alles bringen?«

»Auf einen Gauner muss man einen anderen Gauner ansetzen, Harry, Sie haben es selbst gesagt.«

Fox sah ihn verblüfft an. »Aber er ist im Gefängnis, Sir.«

»Ja, seit vier Jahren«, sagte Ferguson. »Aber was wäre, wenn wir da etwas drehen könnten?«

Das Haustelefon klingelte, und Ferguson ging hin und nahm ab. Er nickte. »Sehr gut. Sagen Sie ihm, wir sind gleich unten.« Er wandte sich an Fox. »Los, Harry, nehmen Sie Ihren Mantel, wir müssen los. Wir haben nicht viel Zeit.«

Er ging zur Tür, und Fox folgte ihm. »Darf man fragen, wohin es geht, Sir?«

»Zur Bradbury-Lines-Kaserne in Hereford. Zum Hauptquartier des zweiundzwanzigsten Special Air Service Regiment, um genau zu sein. Alles weitere werde ich Ihnen unterwegs erklären.« Damit sauste er wie der Wind zur Tür hinaus.

Draußen war es kalt, der Regen spiegelte sich auf dem schwarzen Asphalt, und während der große schwarze Bentley anrollte, ließ Harry Fox sich zurücksinken und knöpfte seinen alten Kavalleriemantel auf. Alle möglichen Dinge schossen ihm durch den Kopf, so vieles war geschehen, und das Bild Brosnans, dieses Mannes, dem er nie begegnet war und den er trotzdem wie einen Bruder zu kennen meinte, wollte ihn einfach nicht loslassen.

Er machte die Augen zu und fragte sich, was Brosnan wohl in diesem Moment machte.

Belle-Île ist ein Felsen ungefähr 65 Kilometer östlich von Marseille, rund 16 Kilometer von der Küste entfernt. Die Festung, ein Bauwerk aus dem 18. Jahrhundert, scheint unmittelbar aus den Klippen herauszuwachsen und bietet wohl einen der grimmigsten Anblicke, die es im ganzen Mittelmeerraum gibt. Außer der Festung gibt es noch einen Granitsteinbruch und natürlich die rund 600 Strafgefangenen, gefürchtete politische Täter und Gewaltverbrecher. Die meisten von ihnen verbüßen eine lebenslängliche Haftstrafe, und da die französischen Behörden nicht leicht mit Begnadigungen bei der Hand sind, werden die meisten von ihnen hier sterben. Eines steht fest: Bisher ist noch niemand von Belle-Île entkommen.

Die Gründe sind einfach. Schiffe und Boote dürfen sich der Insel nur bis auf sechs Kilometer nähern, und die Sperrzone wird durch ein ausgezeichnetes Radarsystem überwacht. Außerdem besitzt Belle-Île noch ein sehr wirksames Schutzsystem, das die Natur selbst liefert, ein Phänomen, das die einheimischen Fischer Teufelsstrudel nennen – eine unbändige, zehn Knoten schnelle Strömung, die das Wasser selbst an ruhigen Tagen in weißen Gischt verwandelt. Bei Sturm ist es die Hölle.

Martin Brosnan lag auf seiner Pritsche in einer Zelle an der obersten Galerie und las, den Kopf auf ein Kissen gestützt. Er war bis zur Taille nackt; die harte Arbeit im Steinbruch hatte seinen sportlichen, muskulösen Körper in Form gehalten. Auf seiner linken Brust waren die hässlichen Narben von zwei alten Schusswunden zu sehen. Seine dunklen Haare waren fast schulterlang. In solchen Dingen war die Gefängnisleitung erstaunlich großzügig, wie auch die Bücher auf dem hölzernen Regal über dem Bett erkennen ließen.

Der Mann auf dem Bett gegenüber warf ihm eine Schachtel Gitanes zu. »Steck dir eine an, Martin«, sagte er.

Er hatte schlohweiße Haare und strahlend blaue Augen

in einem lustigen Gesicht mit unzähligen winzigen Fältchen. Er mochte 65 sein und hieß Jacques Savary; seinerzeit war er ein Pate der Union Corse und einer der gefürchtetsten Gangster von Marseille gewesen. Er saß seit 1965 in Belle-Île und würde bis zu seinem Ende dort bleiben, ein ungewöhnlicher Umstand in Anbetracht seines Hintergrunds, denn die Union Corse, das größte Unterweltlersyndikat Frankreichs, war normalerweise in der Lage, ihre Beziehungen zur Justiz spielen zu lassen, um einem so wichtigen Mitglied wie Jacques Savary aus der Patsche zu helfen.

Aber bei Savary war es anders. Er hatte damals beschlossen, sich mit der OAS zu verbünden. Es ist gesagt worden, Charles de Gaulle habe wenigstens 30 Anschläge auf sein Leben überstanden, aber der General war dem Tod nie näher gewesen als bei dem Attentat, das im März 1965 von Jacques Savary geleitet wurde. Die Union hatte ihn wenigstens vor der Todesstrafe bewahrt und ihm in der irrigen Annahme, irgendwann später seine Freilassung arrangieren zu können, das Lebenslänglich in Belle-Île verschafft.

Regen peitschte ans Fenster, und der Wind heulte. Savary sagte: »Was liest du da?«

»Eliot«, antwortete Brosnan. »›Was wir den Anfang nennen, ist oft das Ende, und ein Ende machen heißt einen Anfang machen. Das Ende ist dort, wo wir anfangen.‹«

»*Die vier Quartette,* ›Little Gidding‹«, sagte Savary.

»Sehr gut«, lobte Brosnan. »Siehst du, alle Wohltaten einer teuren Ausbildung bekommst du hier umsonst.«

»Du hast aber auch eine Menge gelernt, mein Sohn. Kannst du die Tür noch so öffnen, wie ich es dir gezeigt habe?«

Brosnan zuckte mit den Schultern, schwang die Beine über den Bettrand, holte einen Löffel aus dem Schränkchen neben seinem Bett und ging zur Tür.

Das Schloss wurde von einer Stahlplatte bedeckt, und er drückte den Griff des Löffels schnell zwischen den Rand der Platte und das Holz. Er hantierte ein paar Sekunden herum, es klickte, und er machte die Tür einen Spalt weit auf.

»Die Schlösser sind aus der Mitte des vorigen Jahrhunderts«, sagte Savary.

»Leider bringt es mich nirgends hin, nur auf die Galerie«, sagte Brosnan. »Ich hab's dir noch nie gesagt, aber ich habe mal ausklamüsert, wie man hier rauskommen könnte. Ein bisschen klettern, ein Stück durch die Kanalisation waten, und ich könnte draußen sein. Ich bin vor drei Jahren darauf gekommen.«

Savary erbleichte plötzlich und setzte sich auf. »Warum hast du es dann nie versucht?«

»Weil es nicht viel bringen würde. Ich säße immer noch auf dem Felsen und könnte nicht weiter.«

Auf der steilen Treppe am anderen Ende der Galerie erklangen Schritte, und Brosnan machte die Tür schnell zu und verschloss sie mit Hilfe des Löffels, ehe er sich wieder hinlegte. Die Schritte hielten vor der Tür, ein Schlüssel drehte sich im Schloss, und es wurde geöffnet. Der uniformierte Wärter, der in die Zelle schaute, war ein gutmütig aussehender Mann namens Lebel mit einem dichten Zapata-Schnauzbart. Er trug Ölzeug.

»Los, ihr beide, ich brauche eure Hilfe.«

»Und was haben wir getan, um diese Ehre zu verdienen, Pierre?«, fragte Savary.

»Wenn ich leide, leidet ihr mit. Ihr wisst doch, dass ich euch mag«, sagte Lebel, als sie an ihm vorbei auf die Galerie traten. »Die Arschlöcher haben mir eben den Bestattungsplan gegeben, und ihr kennt ja die Vorschriften. Wenn sie das letztemal schwimmen gehen, muss es nachts sein.«

Sie blieben stehen, und Lebel schloss die Tür in dem großen Raumteiler aus Stahldraht am Ende der Galerie auf. Brosnan spähte durch den Draht in den Hauptgang unter ihnen.

»Wer ist denn gestorben?«, fragte Savary.

Lebel warf einen Blick auf das Blatt Papier in seiner Hand. »Nr. 67824, Bouvier. Hat zweiunddreißig Jahre gebrummt. Darmkrebs.«

Die Information war ernüchternd genug, um jedes weitere Gespräch zu unterbinden, während sie zum Gang hinunterstiegen und zum Tor schritten. Die darin eingelassene Tür wurde von einem anderen Beamten aufgeschlossen. Sie durchquerten den Hof und gingen die Stufen zur Leichenhalle hoch. Es war ein primitiver Raum mit weiß getünchten Wänden, der von einer nackten Glühbirne beleuchtet wurde. Einige blank gescheuerte Holzbänke waren hintereinander aufgereiht. Auf einer davon wartete die in einem Segeltuchsack steckende Leiche. Ein alter Strafgefangener mit gebeugten Schultern, der einen viel zu großen Overall trug, bearbeitete den Fußboden mit Karbol. Er hielt inne und stützte sich auf seinen Schrubber.

»Alles fertig.«

Brosnan kannte die Sache, er hatte diese Arbeit schon viele Male getan. Er holte die Schubkarre, die an einer Wand stand, und packte die Leiche darauf.

»Gut«, sagte Lebel. »Gehen wir.«

»Und der Pfarrer?«, fragte Savary, als sie die Karre die Stufen hinuntermanövrierten.

»Er hat gesagt, er will keinen. War Atheist.«

Savary war entsetzt. »Zum Teufel, jedermann hat das Recht auf einen Priester, wenn er die letzte Reise antritt.« Er blickte Brosnan schnell von der Seite an. »Du wirst dafür sorgen, wenn es bei mir so weit ist.«

»Du stirbst noch nicht, du alter Halunke«, sagte Brosnan. »Du wirst ewig leben.«

Der Wachhabende am Tor kam aus seinem Häuschen, um zu öffnen, und sie gingen hinaus und folgten der Straße, aber nicht nach unten zum Hafen, sondern bergan, wo sie nach links bog. Es war Schwerarbeit, die Karre den Berg hoch zu schieben. Schließlich erreichten sie ein kleines Plateau unmittelbar an der Steilküste.

Die Nacht war mondlos. Der Fels fiel senkrecht ab, fast 15 Meter. Dort unten mussten starke Wellen gehen, das Wasser brach sich, Gischt erfüllte die Luft, und Brosnan fühlte Salz auf seinen Lippen, das ihm wie der Geschmack der Freiheit vorkam.

Lebel knipste hinter ihnen eine Lampe über einer hölzernen Tür an und schloss die Tür auf. »Los, wir müssen ihm die Gewichte umbinden.«

Der Raum war klein, und in der Mitte stand ein Holztisch, auf den Brosnan und Savary den Leichnam legten. An einer Wand hingen Ölzeug und orangefarbene Rettungswesten. Am meisten fielen jedoch die schweren Stahlketten ins Auge, die auf dem Fußboden zusammengerollt waren. Jede hatte ein anderes Gewicht, das auf einem Brett an der Wand dahinter angegeben war.

Lebel studierte sein Dokument. »Er hat siebenundvierzigeinhalb Kilo gewogen, als er starb. Das geht also nicht. So wird er auf dem Wasser schwimmen wie ein Korken.« Er wandte sich zu einem Blatt Papier, das an die Wand geheftet war.

Brosnan nahm eine Kette von dem betreffenden Stapel, und sie steckten sie durch die Ösen, die zu diesem Zweck am Leichensack angenäht waren.

»Ich hab mich schon oft gefragt, warum wir immer soviel Gewicht nehmen«, bemerkte Savary. »Würde weniger nicht auch genügen?«

Lebel holte eine Schachtel Gauloises aus der Tasche und bot ihnen an. »Ich glaube nicht. Der Teufelsstrudel ist nämlich nicht nur *eine* Strömung, wie die meisten Leute glauben. In Wirklichkeit sind es zwei. Wenn man auf der Oberfläche bleibt, wird man bei den Felsen von St. Denis fünfzehn Kilometer weiter die Küste hoch angetrieben, und wenn da alle paar Wochen eine Leiche ankommt, kriegen es die alten Damen, die ihren Hund Gassi führen, mit der Angst. Wenn die Leiche aber dreißig Faden tief sinkt, wird sie von der Strömung ins Meer getrieben. Es kommt also auf das Gewicht an. Aber wie dem auch sei, bringen wir es hinter uns.«

Brosnan und Savary schleppten den Toten zum Rand der Klippen. Dort blieben sie stehen, und Savary wiederholte: »Ich sage euch, er sollte einen Priester haben. Das ist nicht richtig.«

In Lebel erwachte der fromme Katholik, und er nahm

die Mütze ab und sagte: »Meinetwegen. Herr, in deine Hände legen wir den Geist von Nr. 67824, Jean Bouvier. Er hat nicht viel von diesem Leben gehabt. Vielleicht kannst du im nächsten etwas mehr für ihn tun.« Er setzte die Mütze wieder auf. »Also, hinein mit ihm.«

Brosnan und Savary schwangen den Sack ein paar Mal hin und her und ließen dann los. Die Leiche drehte sich einmal der Länge nach in der Luft, tauchte dann in den weißen Gischt und verschwand. Sie standen da und starrten ins Wasser.

Savary flüsterte: »Der einzige Weg, der für mich von diesem verdammten Felsen führt. Ich werde hier sterben, Martin.«

In seiner Stimme lag Mutlosigkeit, grenzenlose Verzweiflung, und Brosnan legte ihm die Hand auf die Schulter. »Vielleicht ... vielleicht aber auch nicht.«

Savary drehte sich um und sah ihn stirnrunzelnd an. Lebel machte die Tür zu, schloss ab und knipste das Licht aus. »Gehen wir«, sagte er, und sie folgten ihm, die Köpfe gegen den Regen stemmend, die schmale Straße hinunter.

Um sechs Uhr morgens frühstückten Ferguson und Harry Fox in einer Fernfahrerkneipe an der A40 außerhalb von Cheltenham. Die Spiegeleier mit Speck waren die besten, an die Fox sich seit der Offiziersmesse der Combermere-Kaserne in Windsor erinnern konnte. Ferguson war offensichtlich genauso beeindruckt.

»Und Devlin, Sir?«

»Bemerkenswerter Mann. Muss jetzt einundsechzig sein. Stammt aus Ulster, ich glaube, aus dem County Down. Sein Vater wurde 1921 beim englisch-irischen Krieg hingerichtet, weil er in einer fliegenden Kolonne gedient hatte. Von Jesuiten erzogen, studierte am Trinity College englische Literatur, Examen mit Auszeichnung. In den dreißiger Jahren Wissenschaftler, Schriftsteller, Dichter und gefährlicher IRA-Schütze. Ging 1936 nach Spanien. Kämpfte in der Washington Brigade gegen Franco. Wurde von italienischen Truppen gefangen genommen und saß bis 1940 in Spanien im Gefängnis, dann befreite ihn die deutsche Abwehr und brachte ihn nach Berlin, um zu sehen, ob er ihr nützlich sein könnte.«

»Konnte er?«

»Für sie war er ein Risiko. Viel zu antifaschistisch. Die Irlandabteilung der Abwehr setzte ihn trotzdem einmal ein. Sie hatten einen Agenten nach Irland geschickt, einen gewissen Hauptmann Goertz. Als der in der Klemme saß, ließen sie Devlin mit dem Fallschirm abspringen, um ihn rauszuholen. Goertz wurde aber erwischt, und Devlin war mehrere Monate auf der Flucht, ehe er es schaffte, über Portugal wieder nach Berlin zu kommen. Von da an kam er für Irland nicht mehr infrage, was die Abwehr betraf, und nahm deshalb wohl oder übel einen Lehrauftrag als Dozent an der Universität Berlin an. Bis zum Herbst 1943.« Ferguson langte nach der Marmelade. »Sie ist wirklich ausgezeichnet. Ich denke, ich werde fragen, ob man mir ein Glas verkauft.«

»Bis zum Herbst 1943«, sagte Fox geduldig.

»Was wissen Sie über den Anschlag, den die Deutschen im November jenes Jahres auf Churchill verübten, Harry?«

Fox lachte auf. »Hören Sie, Sir, das sind doch Altweibergeschichten.« Dann, während er Fergusons Gesicht beobachtete, hörte er plötzlich auf zu lachen. »Oder etwa nicht?«

»Nun, nehmen wir mal an, es ist nur eine gute Story. Sie ginge ungefähr so: Devlin, der sich an der Universität Berlin zu Tode langweilt, wird zur Abwehr zitiert, und man bietet ihm einen Job an. Er soll nach Irland gebracht werden, sich von dort nach Norfolk durchschlagen und als Verbindungsmann zwischen der erfolgreichsten Kriegsagentin der Deutschen und einem Sonderkommando deutscher Fallschirmjäger unter einem gewissen Oberst Kurt Steiner fungieren. Ziel des Unternehmens ist, Churchill zu entführen, der sich gerade in einem Landhaus bei dem Dorf Studley Constable aufhält.«

»Bitte weiter, Sir.«

»Es war natürlich ein großer Reinfall. War nicht mal Churchill, nur ein Double, während der große Mann gerade zu einem Treffen mit Roosevelt und Stalin nach Teheran reiste. Steiner und seine Männer mussten dran glauben. Das heißt, bis auf einen, und Devlin mit seiner irischen Bauernschläue kam ebenfalls davon.«

Harry Fox sagte überrascht: »Sie wollen sagen, es ist eine wahre Geschichte, Sir?«

»In ein paar Jahren werden die Geheimakten zur Einsicht freigegeben, Harry. Dann können Sie sich selbst überzeugen.«

»Und Devlin hat für die Nazis gearbeitet? Das verstehe ich nicht. Ich dachte, Sie sagten, er sei Antifaschist.«

»So einfach ist es leider nicht. Wenn ihm jemand von uns vorgeschlagen hätte, Adolf Hitler zu entführen, hätte er natürlich noch begeisterter mitgemacht. Es kommt im Leben sehr oft vor, dass wir das Spiel nicht in der Hand haben, Harry. Es hat uns in der Hand. Sie werden das auch bald merken – wenn Sie ein bisschen älter sind.«

»Und weiser, Sir?«

»Das ist es, Harry, man muss über sich selbst lachen können. Ein unschätzbarer Aktivposten. In der Nachkriegszeit unterrichtete Devlin an einem amerikanischen College, irgendwo im Mittelwesten. Während der Grenzstreitigkeiten Ende der fünfziger Jahre kehrte er kurz nach Ulster zurück. Bei den Bürgerrechtsunruhen von 1966 kam er dann noch mal. Er gehörte zu den Gründern der Provisorischen IRA. Wie ich schon sagte, war er nie mit dem Bombenterror einverstanden. 1957 war er so desillusioniert, dass er sich offiziell von der Bewegung trennte. Er war eine lebende Legende, was immer das auch bedeuten mag. 1976 bekam er gegen erheblichen Widerstand gewisser Kreise eine Honorarprofessur an der Englischfakultät seiner alten Universität, dem Trinity College, und seitdem liest er dort.«

Ferguson schob seinen Stuhl zurück, und sie standen auf. »Und er und Brosnan waren Freunde?«, fragte Fox.

»Ich glaube, so kann man es nennen. Und ich glaube,

was Brosnan in Frankreich passierte, hat Devlin irgendwie den Rest gegeben. Lässt ihm bis heute keine Ruhe.« Er stand in der Tür, blickte zu dem Parkplatz, auf dem diverse schrottreife Fahrzeuge herumstanden, und winkte seinem Fahrer. »So, Harry, wir müssen weiter nach Hereford.«

Barry arbeitete nach dem Frühstück in seiner Wohnung mit den Karten, als es leise klopfte. Er öffnete und ließ Romanoff herein.

»Was ist mit den Pässen?«, fragte er.

»Kein Problem. Gehen Sie wegen der Fotos um zehn zur üblichen Stelle. Die Pässe sind dann heute Nachmittag fertig. Brauchen Sie sonst noch was?«

»Ja, ein paar Unterlagen für die Jersey-Route. Das ist der Weg, den ich nehmen werde. Als französischer Urlauber.«

»Kein Problem«, antwortete Romanoff wieder.

In Jersey würde er sich auf britischem Boden befinden und einen Inlandsflug zu irgendeiner Stadt in England nehmen können, wo die Zoll- und Einwanderungskontrollen viel laxer sein würden als in London-Heathrow.

»Wenn ich das Ding Mittwochnachmittag habe, müssen Sie es noch in derselben Nacht in Empfang nehmen können«, sagte Barry. »Möglichst mit einem Trawler, ungefähr zwanzig Kilometer von der Küste entfernt.«

»Und wie wollen Sie da hinkommen?«

»Der Mann, den Ihre Leute mir in London beschaffen, muss mir ein Boot besorgen. Eine gute, seetüchtige Vierzig-Fuß-Barkasse wird in der Gegend reichen.« Er tippte auf die Karte. »Irgendwo an der Küste vor der Isle of Man. Südlich von Ravenglass.«

»Gut.«

»Ich fahre heute Abend nach St. Malo und nehme morgen die Fähre nach Jersey, wo ich den französischen Pass zeige. Mittags gibt es einen British-Airways-Flug von Jersey nach Manchester. Übermorgen um zwölf treffe ich dann Ihren Londoner Kontaktmann auf der Mole in Morecambe, das ist ein Seebad an der Küste vom Lake District. Er wird mich nach dem Foto erkennen, das die KGB-Dienststelle Ihrer Londoner Botschaft garantiert in meiner Akte hat.«

Romanoff blickte auf die Karte hinunter. »Frank, wenn das klappt, ist es der größte Erfolg meiner Laufbahn. Sind Sie sicher? Sind Sie wirklich sicher?«

»Dass Sie ein Held der Sowjetunion sein werden, vom Parteichef persönlich dekoriert?« Barry schlug ihm auf die Schulter. »Keine Sorge, alter Junge. Eine Kleinigkeit.«

4

Das 22. Special Air Service Regiment ist eine so genannte Eliteeinheit. Mit seiner 30-jährigen Erfahrung in den Dschungeln von Malaysia und Borneo, den Wüsten Südarabiens und Omans, auf den grünen Feldern von South Armagh und den trostlosen Seitenstraßen von Belfast ist das Regiment zweifellos eine der besten Antiterroreinheiten der Welt. Es nimmt nur Männer auf, die schon gedient haben. Seine physischen und psychischen Anforderungen sind so hoch, dass nur fünf Prozent der Bewerber akzeptiert werden.

Das Büro des kommandierenden Offiziers des 22. SAS in der Bradbury-Lines-Kaserne in Hereford war praktisch und funktionell eingerichtet. Die größte Überraschung war der Kommandeur selbst, ein noch junger Mann, der bereits den Rang eines Colonels bekleidete. Er hatte ein scharf geschnittenes, intelligentes, von der Wüstensonne tiefbraun gebranntes Gesicht. Zu den Ordensbändern über seiner Brusttasche gehörte auch das Band des Military Cross. Er lehnte sich auf seinem Stuhl zurück und hörte aufmerksam zu.

Als Ferguson ausgeredet hatte, nickte er: »Sehr interessant.«

»Und könnten Sie es schaffen?«

Der Colonel lächelte ein wenig. »Aber ja, Brigadier, ich sehe keine Schwierigkeiten. Meine Jungs in South Armagh machen praktisch nichts anderes. Ich denke, Tony Villiers ist der richtige Mann dafür.« Er drückte auf eine Taste der Gegensprechanlage. »Captain Villiers soll herkommen, so schnell es geht, und inzwischen bringen Sie uns Tee.«

Der Tee war ausgezeichnet, und die Unterhaltung der drei Männer bestand zur Hauptsache aus Armeetratsch. Ungefähr eine Viertelstunde später klopfte es, und ein junger Mann von 26 oder 27 Jahren trat ins Zimmer. Er hatte sich irgendwann einmal das Nasenbein gebrochen, nach seinem Äußeren zu urteilen im Boxring. Er trug einen schwarzen Trainingsanzug, aber das Auffallendste an ihm waren die zotteligen, schwarzen, beinahe schulterlangen Haare.

»Tut mir Leid, dass ich erst jetzt komme, Sir. Ich war auf dem Sportplatz.«

»Schon gut, Tony. Ich würde Sie gern mit Brigadier Ferguson und Captain Fox bekannt machen.«

»Gentlemen.« Villiers nickte.

»Brigadier Ferguson ist bei DI5. Er hat einen Auftrag, für den wir uns besonders gut zu eignen scheinen. Höchste Priorität. Ich dachte, es fällt in Ihr Ressort.«

»Irland, Sir?«

»Richtig. Ich möchte, dass Sie jemanden für mich kidnappen. Nach meinen Informationen wird der Betreffende das Wochenende in seinem Ferienhaus im County Mayo verbringen, an der Küste bei der Killala Bay. Ich brauche ihn innerhalb von sechsunddreißig Stunden, also bis Sonntagmorgen, an meiner Londoner Haustür. Glauben Sie, Sie könnten das bewerkstelligen?«

»Ich sehe keinen Grund, der dagegen spricht.« Villiers schlenderte zu der Karte von Irland, die an der Wand hing. »Nur rund hundert Kilometer von der nordirischen Grenze entfernt.«

»Ausgezeichnet«, sagte Ferguson.

»Sicher ein IRA-Mann, Sir? Ist er wichtig?«

»Ein Universitätsprofessor namens Devlin. Man wird Sie noch gründlich einweisen.«

Villiers wusste aber schon Bescheid: »Liam Devlin? Ich dachte, er hätte sich zurückgezogen.«

»Das denkt er auch«, sagte Ferguson. Er zögerte und fuhr dann fort: »Sind Sie auch sicher, dass Sie die Sache aus dem Ärmel schütteln können, einfach so?«

Villiers grinste und fuhr sich mit der Hand durchs Haar. »Deshalb gehe ich nie zum Frisör, Sir. Mit besonderer Erlaubnis. Ich meine, in Crossmaglen muss man so aussehen wie der, den man spielt.« Seine Schultern sackten nach unten, und seine Stimme wurde plötzlich anders, bekam den unverkennbaren harten Ulster-Akzent. »Tarnung ist alles, Sir. Andere Leute benutzen Sprachlabors, um Französisch und so zu lernen. Wir vom SAS können Ihnen in vierzehn Tagen den Akzent von jedem beliebigen irischen County beibringen.«

»Ach ja«, sagte Ferguson. »Heute geht es beim Kommiss anders zu als in meiner Zeit.«

Der Colonel stand auf. »Meine Herren, ich denke, wir gehen jetzt an die Arbeit. Wir sollten diese Sache gut vorbereiten. Darf ich bitten, Tony?«

Als sie zur Tür hinausgingen, warf Villiers einen Blick auf Fox' Gardekrawatte: »Welches Regiment?«

Fox, der einen Gardisten auch dann erkannte, wenn er lange Haare hatte, sagte: »Zweites Garde-Kavallerie. Und Sie?«

»Grenadiere«, sagte Villiers. »Haben Sie die Hand drüben verloren?«

»Ja«, sagte Fox. »Ich nahm die falsche Aktentasche.«

»So passieren solche Sachen.«

Es war ein dunstiger Morgen. Sie gingen über den Exerzier-Platz, und Villiers blieb am Glockenturm stehen, der vor ihnen aufragte. »Falls es Sie interessiert – da oben ist jeder Soldat des Regiments verzeichnet, der seit 1950 ums Leben gekommen ist.«

Fox blieb ebenfalls stehen und spähte zu den Namen von Männern hinauf, die auf allen denkbaren Kriegsschauplätzen gefallen waren. Er zog die Augenbrauen hoch. »Großer Gott, da hat 1968 jemand in Äthiopien dran glauben müssen. Was, um Himmels willen, mag er dort gemacht haben?«

»Mich dürfen Sie nicht fragen«, sagte Villiers. »Wir führen nur die Befehle aus, die wir kriegen, Sie kennen ja die Platte. Genausogut könnten Sie sich in zehn Jahren erkundigen, was ich morgen in Mayo gemacht haben werde!«

Später, als der Bentley das Haupttor passierte und sie nach London zurückfuhren, sagte Fox: »Glauben Sie wirklich, dass er es schafft, Sir?«

»Anfang 1976 sind in South Armagh neunundvierzig britische Soldaten getötet worden und kein einziges Mitglied der IRA. Also schickte man das SAS rüber, um hinter den Linien zu operieren. Im Jahr danach kamen in dem gesamten Gebiet nur noch zwei Teilzeitkräfte vom Ulster Defence Regiment ums Leben. Das Resultat spricht für sich.«

»Sicher, aber eines macht mir Sorgen. Tony Villiers und seine Jungs sind zweifellos gut. Die beiden Männer, die er mitnehmen will, waren sehr beeindruckend, das gebe ich zu. Aber Devlin ist ebenfalls gut. Ich weiß, dass er seit langer Zeit nicht mehr aktiv ist, aber wenn er nun beschließt, als Erster zu schießen?«

»Sähe dem Kerl ähnlich«, sagte Ferguson. »Aber Sie haben ja gehört, was ich Villiers befohlen habe. Ich brauche ihn heil und unverletzt. Er ist nutzlos für mich, wenn er das linke Bein oder was anderes nachzieht.« Er gähnte. »Ich mache jetzt ein kleines Nickerchen. Wecken Sie mich bitte in Cheltenham, damit wir in dieser fabelhaften Kneipe etwas essen können.«

Er schloss die Augen, faltete die Hände über dem Bauch, kuschelte sich in die Ecke und war sofort eingeschlafen.

In diesem Moment stieg Frank Barry im Hafen von St. Helier, Jersey, aus dem Tragflächenboot, das eben aus St. Malo angekommen war. Laut dem falschen Pass, den der KGB ihm besorgt hatte, war er nun Pierre Dubois, Handelsvertreter aus Paris. Er hatte sein Haar pomadisiert und gescheitelt und trug die dicke schwarze Hornbrille, die ihn auch auf dem Passbild zierte. Es war erstaunlich, welche Veränderung mit seinem Äußeren vor sich gegangen war, aber er hatte in jahrelanger Praxis gelernt, mit sparsamen Mitteln viel zu bewerkstelligen.

Eine Viertelstunde später setzte ihn ein Taxi am Flughafeneingang ab. Er ging sofort zum Schalter der British Airways und buchte einen Platz in der Mittagsmaschine nach Manchester.

Er musste noch eine Stunde totschlagen. Er ging in den Duty-free-Shop und kaufte eine Stange Zigaretten und eine Flasche Cognac, die das Mädchen an der Kasse lächelnd in eine Plastiktüte schob.

»Ich hoffe, Sie hatten einen angenehmen Aufenthalt.«

»Den hatte ich«, sagte Barry. »Eine herrliche Insel. Würde gern mal wiederkommen.« Dann ging er weiter zur Abfluglounge.

Von dem alten Bauernhaus zwischen den Buchen am Hang über der Killala Bay hatte man einen Blick, der an der ganzen irischen Westküste seinesgleichen suchte. Devlin wurde es nie müde, das Panorama zu bewundern. Von der Terrasse, die er letztes Jahr in seinen freien Stunden gebaut hatte, konnte er über die Klippen in die unendliche Ferne schauen, wo hinter dem Horizont Neufundland lag. Die Sonne versank gerade wie eine Blutorange im Meer, und rechts von ihm lagen die Bucht von Sligo und die Berge von Donegal. Er drehte sich um und ging ins Haus zurück.

Liam Devlin war höchstens 1,64 oder 1,66 Meter groß, und trotz seiner 61 Jahre wiesen seine dunklen, welligen Haare noch keine einzige graue Strähne auf. An seiner rechten Stirnseite war eine gut verheilte Narbe von einer Schusswunde, sein Gesicht war blass, seine Augen waren von einem intensiven Blau, und sein Mundwinkel schien ständig zu einem feinen, ironischen Lächeln verzogen. Es war das Gesicht eines Mannes, der festgestellt hat, dass das Leben kein besonders guter Witz ist, über den man trotzdem lacht.

Er ging in die Küche, krempelte die Ärmel seines schwarzen Wollhemds hoch und bereitete ein Stew vor, schälte sorgsam Kartoffeln und putzte Gemüse, während er vor sich hin pfiff. Er war immer noch unverheiratet, eine Folge seiner früheren Lebensumstände, die ihm heute jedoch sehr gut in den Kram passte. Er war gern allein; er zog es vor, seinen Rhythmus selbst zu finden, obgleich es immer noch genug Frauen gab, darunter sogar eine oder zwei Studentinnen, die sich gefreut hätten, ihre Wochenenden zusammen mit ihm in Mayo zu verbringen.

Er stellte das Stew auf den Herd, schritt ins Wohnzimmer und legte Holz nach. Inzwischen war es dunkel geworden. Er zog die Vorhänge vor den hohen Fenstern zu und schenkte sich einen irischen Whisky ein, Old Bushmills, seinen Lieblingswhisky, um sich dann an den Kamin zu setzen. Er fuhr mit einer Hand das Regal neben dem Feuer entlang, zog *Das Wunder von St. Ciaráns Hand* heraus, in der gälischen Originalfassung, und begann zu lesen.

Ein kalter Luftzug umfächelte plötzlich seine Wangen, und das Feuer im Kamin fing an zu flackern. Er reagierte sofort, und als er aufblickte, wurde die Tür von der Diele geöffnet, und Tony Villiers kam herein. Er trug einen kurzen dunkelblauen Regenmantel und Jeans und war unrasiert. Er machte in diesem Aufzug einen absolut gefährlichen Eindruck, der durch den automatischen Browning in seiner rechten Hand noch betont wurde. Er tastete Devlin mit der linken Hand ab, fand keine versteckte Waffe und trat befriedigt zurück.

»Es wäre sehr nett, wenn Sie sich jetzt vorstellten«, sagte Devlin leise, stand auf, trat mit einem Fuß auf den Rost und lehnte sich an den massiven steinernen Kaminsims. »Zu welchem Club gehören Sie, mein Sohn? Rote Hand von Ulster, UVF oder was?«

»Eins nach dem anderen, Herr Professor«, sagte Villiers in untadeligem Internatsenglisch.

»Jesus Christus«, sagte Devlin liebenswürdig. »Schon wieder ihr Scheißkerle.«

Seine rechte Hand glitt ein Stück im Kamin hoch und legte sich um den Kolben der Walther, die für solche Notfälle an einem Nagel im Abzugschacht bereithing. Er zog sie blitzschnell heraus und feuerte fast im selben Augenblick, traf Villiers in die linke Schulter, sodass er den Browning fallen ließ und gegen die Wand hinter ihm stürzte.

Villiers rappelte sich auf ein Knie hoch und presste eine Hand auf die Wunde. Zwischen seinen Fingern sickerte Blut hervor und tropfte auf den Boden. »Gut«, sagte er. »Wirklich sehr gut.«

»Mit Schmeicheleien kommen Sie bei mir nicht weiter, mein Sohn«, sagte Devlin. Hinter ihm krachte es, die Küchentür wurde aufgetreten, und Villiers' Männer kamen mit vorgehaltener Maschinenpistole ins Zimmer gestürzt.

»Lebend«, rief Tony Villiers. »Ihm darf kein Haar gekrümmt werden, das ist ein Befehl.« Er lächelte. »Ich verlange ziemlich viel von ihnen, Professor, sie sind nämlich nur auf Töten trainiert. Ich würde Ihnen raten, das Schießeisen fallen zu lassen.«

»SAS, nicht wahr?«, sagte Devlin.

»Ich fürchte ja.«

»Heilige Muttergottes, warum haben Sie stattdessen nicht den Teufel geschickt! Mit ihm kann ich besser.« Er wandte sich an die beiden anderen: »Kann einer von euch vielleicht was für seine Schulter tun? Ich denke nur an den Teppich. Ein Perser. Geschenk von einer Freundin.«

Tony Villiers schüttelte den Kopf. »Später, Professor. Jetzt packen Sie bitte einen Koffer mit allem, was Sie für eine längere Reise brauchen.«

»Und wohin soll es gehen?«

»Nun, laut Plan sollten wir in etwa drei Stunden die nordirische Grenze überschreiten. Für den weiteren Transport wird morgen früh das Army Air Corps sorgen. Gegen Mittag werden Sie in London sein. Ich würde an Ihrer Stelle einen Regenmantel mitnehmen.« Villiers hatte einen Feldverband aus der Tasche geholt und riss die Packung mit den Zähnen auf. »Seit ein paar Tagen ist drüben scheußliches Wetter.«

Devlin schüttelte den Kopf. »Wo sind Sie zur Schule gegangen, mein Sohn?«

»Eton.«

»O Gott, ich hätte es wissen sollen. Was wäre das Empire ohne Sie geworden?«

»Nicht viel, vermute ich«, sagte Tony Villiers kurz.

»Aber wir haben keine Zeit, Professor. Tun Sie jetzt bitte sofort, was ich Ihnen gesagt habe.«

»Jawohl.« Gefolgt von einem der Soldaten ging Devlin zur Tür. »Aber nur weil die Sache mich langsam interessiert. Ich möchte unbedingt wissen, worum es geht. Auf dem Tisch steht Old Bushmills, bedienen Sie sich.«

Er lächelte und trat in die Diele hinaus.

Morecambe, ein Seebad an der Küste von Lancashire, im Süden des Lake Districts, ist ein ruhiger Ort, der selbst in der Saison fast nur ältere Leute anlockt. Dort ist nicht viel los. Ein unfreundlicher Zeitgenosse hat einmal gesagt, die Toten würden in Morecambe nicht beerdigt, sondern in die überdachten Bushaltestellen gesetzt, damit das Städtchen lebendiger wirke.

Frank Barry fand es ganz angenehm. An der Uferpromenade waren kaum Menschen, was im November nicht verwunderlich war, aber er hatte schon immer eine Schwäche für Seebäder außerhalb der Saison gehabt, die Cafés und Geschäfte, die den Winter über geschlossen waren, die menschenleeren Trottoirs. Er ging auf die Mole hinaus, kam sich sonderbar beschwingt vor, blieb am Geländer stehen und atmete die gute salzige Luft ein. Das dunkle Wasser der Bucht von Morecambe wurde vom Wind zu weißen Schaumkronen aufgepeitscht, und im Norden konnte er hinter dem Dunst die Berge des Lake Districts als verschwommene Linien am Horizont ausmachen.

Er steckte sich eine Zigarette an und wartete. Nach einer Weile hörte er Schritte, die auf den Bohlen hinter ihm dumpf widerhallten. Der Mann, der sich rechts neben ihm ans Geländer lehnte, trug einen dunklen Regenmantel und hatte einen Hut auf. Er war um die 30, hatte ein intelligentes junges Gesicht und wischte ein bisschen nervös mit einem Taschentuch die Regentropfen von seiner Stahlbrille.

Barry wandte sich ihm zu und lächelte. »Bei solch einem Wetter kann eine Brille zum Problem werden.«

Der junge Mann nickte, stellte die Aktentasche, die er

trug, auf die Erde und wischte die Brille noch einmal ab. »Das stimmt, Mr. Barry. Vor ein paar Jahren habe ich es mit Kontaktlinsen versucht, aber ich war leider allergisch dagegen.« Sein Englisch war ausgezeichnet und hatte nur die Spur eines Akzents.

»Sie haben was für mich?«

Der junge Mann stieß mit dem Fuß an die Aktentasche. »Alles, was Sie haben wollten.«

»Wie erfreulich«, sagte Barry. »Wann bekommt man im Leben schon alles, was man haben will?«

»Ich habe auch eine V-Adresse in London beigefügt, über die Sie mich notfalls erreichen können. Lernen Sie sie bitte auswendig und vernichten Sie sie dann.«

Barry nahm die Aktentasche hoch und grinste. »Mein Sohn, ich hab diesen Beruf schon ausgeübt, als Sie noch an der Brust Ihrer Mutter hingen.«

Er wandte sich ab und ging, und seine Schritte hallten auf der Mole wider. Der junge Mann blieb stehen, wo er war. Er verließ seinen Platz am Geländer erst, als die Schritte verklungen waren.

Barry hatte im Flughafen von Manchester einen Mietwagen genommen, einen Ford Cortina, mit dem er nun, 20 Minuten nach dem Treff mit seinem KGB-Kontaktmann in Morecambe, durch Lancaster fuhr, auf die M6 einbog und in nördlicher Richtung zum Lake District weiterbrauste. Er fuhr etwa 15 oder 20 Kilometer, bog dann auf einen günstig gelegenen Parkplatz, stellte den Motor ab und öffnete die Aktentasche.

Wie der junge Mann gesagt hatte, enthielt sie alles, was er brauchte. Die Adresse seines Kontaktmannes in einem Nest namens Marsh End, südlich von Ravenglass an der Küste von Cumberland, sehr günstig für das Versuchsgelände in Wastwater. Einzelheiten für den Treff Donnerstagnacht – dafür hatten sie einen Hochseetrawler von der in den nördlichen Gewässern arbeitenden sowjetischen Fischfangflotte bereitgestellt. Und natürlich die Nummer, unter der der Mann in London zu erreichen war. Die

Pistole, eine tschechische Ceska vom Kaliber 7,5 Millimeter, war interessanterweise mit einem Schalldämpfer versehen. Außerdem fand er mehrere Magazine Munition und 50 000 Pfund in sauber banderolierten Zwanzigpfundnoten-Bündeln.

»Sieh mal einer an ... Was für ein hübsches kleines Ding«, sagte Barry leise vor sich hin und wog die Ceska in der Hand.

Er steckte sie in die Tasche seines Regenmantels. Er klappte die Aktentasche zu und legte sie auf den Beifahrersitz. Er legte die maschinegeschriebene Liste darauf und fuhr weiter. Dann und wann warf er einen Blick auf die Liste und lernte den Inhalt Zeile für Zeile auswendig. Eine Stunde später verließ er die M6 in Levens Bridge und hielt vor einem Gasthaus an der Straße. Er ging auf die Herrentoilette, schloss sich in einer Zelle ein, zündete eine Zigarette an und hielt die Feuerzeugflamme an die Liste. Er ließ sie erst in die Klosettschüssel fallen, als sie sich in dunkle Asche verwandelt hatte. Er betätigte die Spülung. Dann ging er hinaus, stieg wieder in den Wagen und nahm, leise zwischen den Zähnen pfeifend, die Straße, die nach Broughton-in-Furness und zur Küste von Cumberland führte.

Kim öffnete die Tür von Fergusons Wohnzimmer und ließ Tony Villiers und Liam Devlin eintreten. Ferguson saß an seinem Schreibtisch, Harry Fox stand neben ihm. Ferguson blickte auf, blinzelte die beiden Männer über die Ränder seiner Halbmondbrille an, nahm die Brille dann langsam ab.

Tony Villiers hatte sich seinen kurzen Mantel um die Schultern gehängt. Darunter war ein dicker Verband, und der linke Arm hing in einer Schlinge. Sein Gesicht war weiß und erschöpft, gezeichnet von den Schmerzen, die er trotz der Injektion hatte. Seine Wunde war in der Militärabteilung des Musgrave Park Hospital in Belfast versorgt worden.

»Professor Devlin, Sir. Wie befohlen«, sagte er.

»Na, Sie alter Halunke«, sagte Devlin liebenswürdig. »Der Mann, den Sie mir geschickt haben, ist viel zu gut für Sie.«

Ferguson stand auf. »Sie sollten im Krankenhaus liegen, Captain. Das ist ein Befehl. Bringen Sie ihn sofort hin, Harry. Sie können meinen Wagen nehmen.«

Villiers schwankte, und Devlin sprang schnell zu ihm und hielt ihn fest. »Sie brauchen Ruhe, mein Junge, Sie haben mehr als genug geleistet.«

Villiers brachte ein Lächeln zustande. »Verdammt, Professor, aber ich mag Sie. Es klingt vielleicht seltsam in Anbetracht der Situation, aber es stimmt.«

»Sie sind auch nicht übel«, antwortete Devlin. »Ich bin nur nicht sehr glücklich über die Uniform ... der Mann darin gefällt mir jedenfalls.«

Harry Fox hatte Villiers am Ellbogen angefasst. »Können wir?«

Er machte die Tür auf, und Villiers drehte sich um. »Nur noch eins, Professor. Sie hätten mich töten können und haben es nicht getan. Warum nicht?«

»Weil es eine unsinnige Verschwendung gewesen wäre«, sagte Devlin, und die blauen Augen wirkten plötzlich glanzlos. »Und wir haben schon genug Menschenleben verschwendet.« Villiers sah ihn stirnrunzelnd an, und Devlin lachte. »Am besten, Sie gehen jetzt, mein Junge, sonst korrumpiere ich Sie noch.«

Die Tür schloss sich hinter ihnen, und Devlin wandte sich um, löste den Gürtel seines dunklen Regenmantels und sah Ferguson an. »Da wären wir also.«

»In der Tat, da wären wir.«

»Besteht zufällig die Möglichkeit, eine Tasse Tee zu bekommen? Was glauben Sie? Es war eine anstrengende Reise.«

Ferguson lächelte und drückte auf eine Taste der Sprechanlage. »Bitte Tee, Kim. Für mich wie üblich und eine Kanne extra stark, irisch.« Er drehte sich wieder zu Devlin. »Zufrieden?«

»Wenn der Löffel darin stehen bleibt, ja.«

Er nahm eine Zigarette aus einer Dose auf Fergusons Schreibtisch, zündete sie an und setzte sich in einen der Sessel am Kamin. »Sie scheinen bei DI5 nicht schlecht zu verdienen.«

Die Tür wurde geöffnet, und Kim kam mit dem Tee auf einem silbernen Tablett. Harry Fox folgte ihm. »Ich habe ihn mit dem Bentley zur Sonderstation im Melbury House gebracht, Sir. Ich habe vorher Colonel Jackson angerufen und ihm gesagt, dass er unterwegs ist.«

»Gut«, sagte Ferguson. »Wir müssen dafür sorgen, dass er die beste Behandlung kriegt.«

Kim zog sich zurück, und Devlin schenkte sich Tee ein. »Und wen haben wir da?«

»Captain Fox ist mein persönlicher Assistent«, sagte Ferguson.

Devlin registrierte den Handschuh mit der Prothese. »Nicht viel Sympathie für Leute wie mich, stelle ich mir vor.«

»Eigentlich nicht«, sagte Fox.

»Sehr gut, Junge. So wissen wir, wo wir stehen.«

Eine Weile sagte keiner der drei etwas. Dann stand Ferguson auf und sah aus dem Fenster auf den Platz hinunter. »Sie sitzen in der Tinte, Devlin, das ist Ihnen doch klar? Die Verbrechen, die Ihnen zur Last gelegt werden, würden Ihnen mindestens zwanzig Jahre einbringen, wenn nicht lebenslänglich. Wie gefällt Ihnen die Vorstellung, demnächst im Old Bailey zu stehen?«

Devlin lachte auf. »Sie können vielleicht Ihrer Großmutter Angst machen, Brigadier, aber nicht mir. Ich werde nicht im Old Bailey oder irgendwo anders stehen. Sie wissen es, ich weiß es, und der Knabe hier weiß es auch, wenn er nur einen Funken Grips hat. Man hat mich gegen meinen Willen hierher verschleppt, von einem souveränen Staat in einen anderen – britische Truppen haben mich entführt und von der Republik Irland nach Ulster gebracht. Ich weiß, dass zwischen unseren beiden schönen Ländern neuerdings nicht alles zum Besten steht, aber wenn Sie glauben, das britische Kabinett möchte mit dieser Affäre

Staub bis hin zu den Vereinten Nationen aufwirbeln, haben Sie den Verstand verloren.«

Er hatte Recht. Er wusste es, sie auch. Harry Fox fasste es in Worte: »Irgendwie logisch. Verdammt logisch, Sir. Gegen seinen Willen können wir nichts machen. Wenn er nicht mitspielt, werden wir ihn zurückschicken müssen.«

»Seien Sie kein Narr, Harry. Das hab ich die ganze Zeit gewusst«, erklärte Ferguson ihm.

»Aha«, sagte Devlin. »Dann schießen Sie mal los.«

Ferguson sagte ruhig: »Wann haben Sie Brosnan das letztemal gesehen?«

Devlins Augen blickten wachsam. »Martin? Vor vier Jahren.«

»Das stimmt, im Februar 1975, als Sie ihn nach Frankreich schickten. Seitdem hat er seinen festen Wohnsitz in einer sehr unangenehmen Einrichtung namens Belle-Île, vor der französischen Mittelmeerküste. Sie haben vielleicht schon mal davon gehört.«

»Eine Vorstufe zur Hölle, wie man sagt«, antwortete Devlin.

»Nicht schlecht ausgedrückt, und er soll sein Leben lang dort bleiben. Eine Einrichtung, die sich etwas darauf zugute tut, dass noch nie jemand von dort entkommen ist, genau wie Alcatraz.«

»Aha.«

»Wenn ich ihn nun rausholen könnte?«

Devlin runzelte die Stirn. »Wie wollen Sie das machen?«

»Irgendein Deal mit den französischen Behörden.«

»Aber warum sollten Sie es tun? Warum sollten Sie die Mühe auf sich nehmen?«

»Frank Barry.«

Devlins Gesicht spiegelte totale Verblüffung. »Frank Barry?«, sagte er. »Was, um Christi willen, hat der damit zu tun?«

»Nun, wenn Sie Ihr irisches Mundwerk eine Viertelstunde lang halten können, werde ich es Ihnen sagen.«

Devlin ging im Zimmer auf und ab, und der Rauch der in seinem Mundwinkel hängenden Zigarette stieg zur Decke. »Na gut«, sagte er, »Frank Barry ist ein genialer Halunke, das will ich nicht leugnen, ebenso wenig wie meine persönliche Abneigung gegen ihn. Er glaubt an das, was manche Leute nackte Gewalt nennen; klingt nicht übel, aber letztlich bedeutet es, dass man jeden umbringen kann, der einem im Weg steht. Wenn das unschuldige Frauen und Kinder einschließt, will ich nichts damit zu tun haben. Aber er ist der Pfahl in Ihrem Fleisch, und es ist Ihre Sache, ihn ans Kreuz zu nageln. Es ist nicht Brosnans Aufgabe, und meine noch viel weniger.«

»Frank Barry kämpft gegen die ganze Welt, Mr. Devlin«, sagte Harry Fox.

Devlin lachte. »Sie können mit Worten umgehen, Captain. Haben Sie zufällig ein bisschen irisches Blut?«

»Seien Sie vernünftig, Devlin«, sagte Ferguson. »Barry hat Ihrer Sache nie richtig gedient, das müssen Sie zugeben. Er hat mehr als jeder andere dazu beigetragen, Ihr Ansehen zu untergraben, und zwar noch ehe er sich an dem Mountbatten-Anschlag beteiligte. Was die öffentliche Meinung in der Welt betraf, war das einer der größten Schläge, den die IRA einstecken musste.«

»Da stimme ich Ihnen zu«, sagte Devlin. »Aber in einem irren Sie sich. Es ist nicht mehr meine Sache.«

Fox war wie vom Donner gerührt. »Ist das Ihr Ernst?«

Devlin nickte. »Oh, ich bin immer noch hundertprozentig für ein vereinigtes Irland, aber zehn Jahre haben mir gereicht. Zu viele Tote, Captain. Ein verdammtes Schlachthaus, und was haben wir dafür vorzuweisen? Ich glaube, offen gesagt, Martin Brosnan wird der gleichen Meinung sein.«

»Fragen Sie ihn«, sagte Ferguson. »Fahren Sie hin und reden Sie mit ihm, das ist alles, worum ich Sie bitte.«

»Und wie kann das arrangiert werden?«

Ferguson nickte Harry Fox zu, und dieser klappte eine Akte auf und holte einen britischen Reisepass heraus, den er über den Schreibtisch schob. Devlin nahm ihn. Er war auf den Namen Charles Gorman ausgestellt, und als er ihn öffnete, sah er sein eigenes Bild.

»Wer soll dieser Charles Gorman sein?«

»Ein bekannter Anwalt. Kanzlei in Lincoln's Inn. Will Brosnan besuchen, um juristische Fragen zu erörtern, die mit dem Familienunternehmen zusammenhängen. Und die Möglichkeit eines Gnadengesuchs.«

Devlin schüttelte überrascht den Kopf. »Soll das heißen, dass ich dort erwartet werde?«

»Sicher. Am Dienstagvormittag, also übermorgen. Sie fahren mit dem Versorgungsboot des Gefängnisses, es liegt in St. Denis, einem Fischerdorf bei Marseille.«

Devlin zog die Augenbrauen hoch und tippte mit einem Finger auf den Pass. »Um diese Sache einzufädeln, müssen Sie in Frankreich ganz schön was bewegt haben.«

»Im Grunde nicht«, sagte Ferguson. »Ich brauchte nur den richtigen Kontakt beim SDECE. Colonel Guyon, der jetzige Leiter von Sektion Fünf, ist selbst daran interessiert, Frank Barry unschädlich zu machen, vor allem nach dem versuchten Anschlag auf Lord Carrington auf französischem Boden. Er hat dafür gesorgt, dass Sie so schnell eine Besuchserlaubnis bei Brosnan bekommen haben.«

»Sektion Fünf?« Devlin schnitt eine Grimasse. »Die hätten Himmler und seinen Leuten Angst machen können. Soweit ich weiß, spielen sie gern mit Elektrizität.«

»Ja, aber wir haben keine große Wahl, oder?«

»Und Guyon kann Martins Freilassung arrangieren, ist es das, was Sie sagen wollen?«

»Keineswegs.« Ferguson schüttelte den Kopf. »Dazu würden diskrete Verhandlungen auf einer viel höheren Ebene gehören. Nein, im Augenblick möchte ich nur, dass Sie Brosnan besuchen und feststellen, ob er im Prinzip einverstanden wäre.«

»Mit was? Freiheit, wenn er Frank Barry jagt und für Sie den Henker spielt?«

»Warum nicht? Es wäre doch ein einfaches Geschäft – oder glauben Sie wirklich, er würde den Rest seines Lebens lieber in einer Zelle auf Belle-Île verbringen?«

Devlin schüttelte den Kopf. »Ich habe keine Ahnung. Sie machen zunächst mal den Fehler zu glauben, Frank

Barry würde ihn mit offenen Armen empfangen. Sie haben einander nie gemocht. Martin hat ihn von Anfang an für einen Schlächter gehalten und aus seiner Meinung keinen Hehl gemacht. Andererseits ist er aber ein vielschichtiger Mann, unser Martin. Er hat einen starken Killerinstinkt, der in Vietnam zum Vorschein gekommen ist und nicht wieder verschwinden wird, aber hier oben« – er tippte sich an die Stirn – »hier oben ist er ein Wissenschaftler, ein Philosoph und ein Dichter, und er leistet auf allen drei Gebieten Hervorragendes. Man kann nicht wissen, wofür er sich entscheiden wird.«

»Sie meinen, er müsste schon richtig wütend sein?«, fragte Ferguson. »Ich glaub, das ließe sich machen.« Er gab Fox einen Wink, und sein Assistent nahm ein Foto aus der Akte und reichte es über den Tisch.

Das Bild zeigte ein lachendes Mädchen, das in hohem Strandhafer auf einer Düne saß und ihre Knie umfasste. Sie war höchstens 17, hatte schulterlange schwarze Haare und ein auffallend schönes Gesicht. Devlin erbleichte, als er das Foto sah.

»Erkennen Sie sie?«, fragte Ferguson.

»Ja«, sagte Devlin leise. »Norah Cassidy, Martins Cousine ersten Grades. Ein nettes Mädchen aus Belfast.«

»Was wurde aus ihr?«

»Ich glaube, sie ist vor einem Jahr oder so gestorben. In Frankreich.« Devlin hielt inne, fuhr sich mit der Hand über das Gesicht und erstarrte. »Frankreich?«, flüsterte er dann. »Worauf wollen Sie hinaus, Ferguson?«

»Sie ist 1976 an die Sorbonne gegangen, um Französisch zu studieren«, sagte Ferguson. »Wie man bei einem Mädchen mit ihren politischen Ansichten erwarten kann, kam sie bald mit verschiedenen extremistischen politischen Organisationen an der Universität in Kontakt. Und dann erschien Frank Barry auf der Bildfläche.«

»Barry?«, sagte Devlin. »Barry und Norah? Das glaube ich nicht.«

»Sie war über ein Jahr seine Geliebte, aber Belfast hatte seinen Stempel hinterlassen. Sie hatte wie viele andere junge Mädchen aus dieser Stadt seit Jahren Beruhigungsmittel genommen. In Barrys Gesellschaft griff sie zu härteren Drogen. Schließlich landete sie bei Heroin. Sie wurde immer abhängiger von der Droge, was Barry gut in den Kram passte, weil sie dadurch immer abhängiger von ihm wurde. Vor einem Jahr hätte die Polizei ihn um ein Haar auf einem Bauernhof in der Normandie geschnappt. Er entwischte, aber er ließ sie zurück.«

»Der Schuft«, sagte Devlin.

»Was Sie nun sehen werden, ist nicht sehr erfreulich, aber ich halte es für notwendig.« Ferguson nickte Fox zu. »Bitte, Harry.«

In einer Ecke des Zimmers stand ein Fernsehapparat, darunter ein Videorecorder. Fox stellte ihn an, und Ferguson sagte: »Das habe ich über Guyon vom französischen Nachrichtendienst bekommen. Wie gesagt, nicht sehr erfreulich, aber ich glaube, es muss sein.«

Das Bild flimmerte einen Moment, wurde dann scharf. Norah Cassidys Gesicht füllte den Bildschirm aus, es war verwüstet, von dem strahlenden Mädchen auf dem Foto war kaum noch eine Spur zu erkennen. Sie weinte hilflos, und dann fuhr die Kamera zurück, und man sah, dass sie von zwei Krankenschwestern festgehalten wurde. Eine Schwester schob den weiten Ärmel des Krankenhausnachthemds hoch, und die Kamera fuhr näher, um die zahllosen Einstichnarben von den Heroinspritzen zu zeigen. Die meisten waren entzündet und nässten.

Der Schauplatz wechselte. Sie lag jetzt in einem schmalen Krankenhausbett in einem weiß getünchten Zimmer. Sie schlug wild um sich und fiel nur deshalb nicht hinaus, weil sie mit quer über den Rahmen gespannten Riemen gefesselt war. Ein unvermittelter Schnitt: Nahaufnahme ihres Gesichts in totaler Ruhestellung, entspannt, friedlich, nur dass sie nicht schlief, sie war tot, und als die Kamera zurückfuhr, sah man, dass sie nackt auf einer Bahre im Leichenschauhaus lag. Der Kopf ruhte auf einem Holzblock. Ein Pathologe beugte sich mit einem Skalpell über sie.

Ferguson sagte: »Das wird reichen, Harry, wir brauchen diese Quälerei nicht in die Länge zu ziehen.«

Fox schaltete hastig den Videorecorder aus. Devlin drehte sich mit Tränen in den Augen zum Fenster. Er ließ die Schultern nach unten sacken und stand eine Weile regungslos da. Dann sagte er ruhig: »Mir wird übel. Wo ist das Bad?«

»Die Tür da«, sagte Ferguson, und Fox eilte voran und öffnete für ihn.

Devlin ging hinaus, und Fox nahm das Videoband aus dem Recorder, ging zu Fergusons Schreibtisch und legte es vorsichtig, als wäre es ein rohes Ei, darauf.

»Wissen Sie was, Sir?« Seine Stimme bebte. »Alles in allem wäre ich wirklich lieber wieder in Belfast.«

»Ich weiß, Harry, ich weiß. Ein schmutziges Geschäft, ein sehr schmutziges Geschäft. Je länger Sie dabei sind, umso mehr wird es Ihnen klar, aber irgendjemand muss es ja tun.«

Die Tür wurde geöffnet, und Devlin kam zurück. Er ging zum Sideboard, schenkte sich einen doppelten Scotch ein und trank mit kleinen Schlucken.

»Martin liebte das Mädchen wie eine Schwester, wussten Sie das? Im August neunundsechzig brachte sie uns in der Falls Road Munition, sie lief mitten durch den Kugelhagel der anderen. Sie war damals höchstens zwölf.«

Ferguson sagte: »Werden Sie hinfahren?«

»O ja«, sagte Devlin mit leiser Stimme. »Sie können sich darauf verlassen.«

»Gut. Sie können von hier aus im Trinity College anrufen, wenn Sie Bescheid sagen müssen. Sagen Sie einfach, Sie brauchen ein paar Tage Urlaub oder so. Was Sie wollen. Sie können heute bei Harry schlafen. Morgen fliegen Sie nach Marseille. Sie bekommen von uns alles, was Sie brauchen, die nötigen Papiere, Geld und so weiter. Sie haben zwei Tage, dann will ich Sie wieder hier sehen.«

»An mir soll's nicht liegen«, sagte Devlin.

»Wir glauben, Barrys Kontaktmann in Paris ist ein gewisser Nikolaj Romanoff. Ist offiziell Kulturattaché an der sowjetischen Botschaft. In Wahrheit ein Oberst vom KGB. Hier die Adresse seiner Wohnung am Boulevard St-Germain, seines Hauses in Neuilly und ein Foto.«

Er reichte alles hinüber, und Devlin betrachtete stirnrunzelnd das Foto. »Der französische Nachrichtendienst hat die Tarnung doch bestimmt durchschaut?«

»Natürlich.«

»Warum nehmen sie ihn sich dann nicht vor?«

»Er hat Diplomatenstatus und müsste deshalb in flagranti erwischt werden. Außerdem haben wir Grund zu glauben, dass der KGB immer noch beim französischen Geheimdienst präsent ist, um es vornehm auszudrücken. Ich glaube, dass er dort Freunde hat. Noch eines, das uns helfen könnte.« Ferguson hielt das alte Foto von Devlin, Brosnan und Frank Barry aus *Paris-Match* hoch. »Erinnern Sie sich an das Mädchen, das dieses Bild gemacht hat?«

»Anne-Marie Audin.« Devlin nahm das Foto. »1972. Belfast wimmelte damals von Journalisten. Alle wollten eine Story haben. Interviews mit den kühnen Burschen von der IRA. Sie schoss den Vogel ab. Unglaubliches Mädchen.«

»Sie brachte gute Voraussetzungen mit, jedenfalls was Brosnan betraf«, sagte Ferguson. »Sie hatte ihn in Vietnam kennen gelernt. Sie brauchte nur dafür zu sorgen, dass sich ihre Ankunft in Belfast herumsprach. Sie muss gewusst haben, dass er sich mit ihr in Verbindung setzen würde.«

»Stimmt«, sagte Devlin. »Sie blieb eine Woche bei uns, und es war alles andere als gemütlich, aber was für eine Story!«

»Sie hat ihn in Dublin zweimal besucht«, sagte Ferguson. »In Paris trafen sie sich mindestens einmal wieder. Mehr als rein journalistisches Interesse, würde ich sagen.«

»Das ist ihre Sache«, sagte Devlin uninteressiert.

»Naja, sie ist dreiunddreißig und immer noch nicht verheiratet. Übrigens ist sie dieses Wochenende für die französische *Vogue* in London. Glauben Sie, es lohnt sich, mit ihr zu reden? Sie würde Ihnen bestimmt keinen Korb geben.«

»Nein, das würde sie nicht.« Devlin nickte und dachte an die verrückten Tage von 1972, als sie durch das nächtliche Armagh gesaust waren und eine Straßensperre der Army durchfahren hatten. Kugeln zersplitterten die Fenster des Autos, und er warf sich auf Anne-Marie und drückte sie auf den Wagenboden.

»Gut«, sagte Ferguson. »Arrangieren Sie das, Harry.« Er schob ihm das Telefon hin. »Jetzt ist nur noch eins zu tun. Rufen Sie die Universität an und melden Sie sich ab.«

Devlin nahm den Hörer, wählte aber noch nicht gleich. »Wissen Sie, es gibt eine alte irische Redensart. Wer sich einmal mit dem Teufel einlässt, kommt nicht mehr von ihm los.«

»Interessant«, sagte Ferguson. »Soll das noch was anderes bedeuten, als es bedeutet?«

»Oh, ich denke, das wissen Sie so gut wie ich. Sie und ich, der Junge hier, Martin in seiner Zelle. Frank Barry. Keiner von uns kann aufhören, stimmt's? Es gibt kein Zurück. Wir sind Totengräber, wir tragen dauernd irgendeinen armen Kerl in einem Sarg raus.« Er fing an zu wählen. »Das Dumme ist, dass wir das Spiel gar nicht mehr spielen. Es spielt uns.«

5

Der Gardegrenadier stand, mit schwarzer Pelzmütze und Rock, unbeweglich in Habachtstellung und mit übergenommenem Gewehr an seinem Posten vor dem Palast von St. James', starrte auf einen Punkt in der Ferne und gab sich alle Mühe, das junge Fotomodell mit dem weiß seidenen Hosenanzug und den goldenen, hochhackigen Schuhen zu übersehen, das sich aufreizend neben ihm aufbaute.

Es war eine absurde Situation. Der Regen konnte nicht verhindern, dass ihr Parfüm ihm in die Nase drang, und er musste tief einatmen, um gegen eine drohende Benommenheit anzukämpfen.

Zu Anne-Marie Audins Team gehörten noch ein zweiter Fotograf, eine Garderobiere mit zwei Assistenten und drei weitere Modelle, die sich gerade in dem großen Lieferwagen umzogen. Immer mehr Passanten blieben stehen, um der Starfotografin bei der Arbeit zuzuschauen.

Sie trug kniehohe braune Stiefel und einen Khaki-Overall aus einem Militärladen. Ihr schulterlanges Haar war zu einem Pferdeschwanz gebunden. Ihr Gesicht war sehr braun gebrannt, und das einzige Make-up war blasser Lippenstift.

Fox parkte den Wagen am Bordstein und folgte dem Iren; sie traten auf die andere Seite des Lieferwagens.

»Hat sie sich sehr verändert?«

Devlin schüttelte den Kopf. »Nein. Sie machte schon damals auf Emanze, aber im Grunde ist sie ein liebes Mädchen. Gut, dass sie mich nicht hört – sie würde mich dafür verprügeln.«

»Hatte sie ein Verhältnis mit Brosnan?«, sagte Fox leise.

»O ja.« Devlin beobachtete sie aufmerksam, während sie konzentriert ein Bild nach dem anderen knipste. »Ich wollte es nur nicht dem Opa sagen. Übrigens, Captain, wann sind Sie geboren? Ich würde sagen, Ende März oder Anfang April?«

Fox staunte. »Wieso wissen Sie das? Am siebenten April.«

»Also hatte ich recht. Widder, das Zeichen der Ärzte und Heiler. Merkwürdig, dass Sie trotzdem Soldat geworden sind. Nehmen wir nun Ferguson. Er ist sicher Skorpion. Nach meinem Lieblingsbuch über Astrologie, das im achtzehnten Jahrhundert gedruckt wurde, hat er einen ausgeprägten Hang zum Stehlen und Morden – das heißt, nur wenn seine Sterne bei der Geburt ungünstig standen, aber das taten sie bestimmt. Er tut sich gern mit dunklen Elementen zusammen und schreckt vor nichts zurück. Nun, erkennen Sie ihn in dieser Schilderung wieder?« Er hielt eine Hand hoch. »Antworten Sie lieber nicht.«

Anne-Marie wandte sich an ihren Assistenten. »Das wär's«, sagte sie auf Französisch. »Und jetzt in den Park. Der Buckingham-Palast kommt als Letztes dran.«

Ihr Blick fiel auf Devlin. Sie hielt inne und schaute genauer hin. »Guten Tag, mein Mädchen«, sagte er fröhlich, das gälische Wort für Mädchen benutzend. »Gott helfe der guten Sache.«

Anne-Marie Audins sonnengebräunte Haut wurde einen Ton bleicher. Er nahm ihre Hände und küsste sie ritterlich.

Devlin und Anne-Marie saßen im Regen auf einer Bank im Park von St. James. Ein Stück weiter unten, am See, bereitete das Team alles für die nächsten Aufnahmen vor.

Devlins Französisch war ausgezeichnet, schnell und fließend, nur sprach er es mit einem schauderhaften Akzent. Er sagte: »Sie haben sich gut gehalten, Mädchen.«

»Sie auch, Liam. Immer noch bis zu den Ohren in Ihrer Sache? Ich hätte gedacht, London ist ein gefährliches Pflaster für Sie.«

»Das ist Vergangenheit«, erwiderte Devlin. »Ich habe keine Sache mehr. Ich werde alt, meine Liebe.«

»Darauf hab ich gewartet.« Sie fuhr ihm impulsiv durchs Haar und sprach nicht weiter.

Er bot ihr eine Zigarette aus einem eingedellten alten silbernen Etui an. Sie schüttelte den Kopf, und er nahm eine. »Modefotos?« Er deutete auf das Team am See. »Ist das nicht ein Abstieg für die berühmte französische Kriegsfotografin? Das Mädchen, das einen Pulitzer-Preis gewonnen hat?«

»Da redet der Herr Professor«, sagte sie. »Seien Sie kein Snob, Liam. Es ist für die beste Modezeitschrift der Welt, und das Ergebnis wird sich sehen lassen können. Populäre Kunstformen beinhalten immer mehr, als die Kritiker eingestehen wollen. Außerdem ist es nicht der einzige Grund, weshalb ich hier bin. Heute Abend mache ich noch fürs Fernsehen ein Feature über die Schattenseiten von London.«

»Das hätte ich wissen sollen.« Er grinste verschmitzt. »Und immer noch Women's Lib und noch nicht verheiratet und schon fünfunddreißig.«

»Dreiunddreißig«, korrigierte sie und boxte ihn in die Seite.

»Auf jeden Fall noch nicht verheiratet, und wir beide wissen, warum.« Sie starrte ihn wortlos an und schaute dann zum See hinunter. Devlin fragte leise: »Haben Sie ihn inzwischen wieder gesehen?«

»Ich hab es das letztemal vor drei Jahren versucht. Ich bekam eine Genehmigung vom Justizministerium und fuhr nach Belle-Île. Er wollte mich nicht sehen. Danach schrieb er mir einen Brief, übrigens den letzten, in dem er sagte, für mich sei er von nun an tot.«

»Und?«

Sie lächelte schwach. »Ich machte ein paar gute Aufnahmen, Liam. Ein schrecklicher Ort.«

»Kann ich mir vorstellen. Ich sehe ihn übrigens Dienstag. Wird sicher ein interessantes Zusammentreffen.«

Sie fuhr zu ihm herum, und ihre Augen waren ganz

dunkel geworden. »Sie besuchen Martin? Sie? Wie haben Sie das geschafft?« Sie runzelte die Stirn und warf einen Blick auf Fox, der unter einem Baum Schutz vor dem Regen gesucht hatte. »Wer ist dieser Mann, Liam? Welches Spiel spielen Sie?«

Er berichtete schnell, in groben Zügen, ohne etwas Wichtiges auszulassen. Als er fertig war, saß sie da und starrte ihn wie hypnotisiert an.

»Das glaube ich nicht. Es ist verrückt.«

»Er würde rauskommen. Oder wäre es Ihnen lieber, er verbrächte den Rest seines Lebens auf diesem Felsen?«

»Nein, natürlich nicht. Ich würde alles tun, damit er freikommt ... alles«, sagte sie entschlossen. »Nicht meinetwegen, Liam, nicht aus Liebe, sondern seinetwegen.« Ihre Finger umklammerten seinen Arm, so heftig, dass es schmerzte.

»Ich weiß, Mädchen, ich weiß«, beruhigte er sie.

Vom See her rief jemand, und ihr Assistent winkte. Sie sagte. »Ich muss gehen. Aber ich muss Sie noch mal sehen.«

»Ich fliege morgen früh nach Marseille.«

»Heute Abend um neun. Dann mache ich das Feature, das ich erwähnt habe. Wir filmen die Arbeit einer Wohlfahrtskantine für Obdachlose. Im Süden von Lincoln's Inn Fields. Kommen Sie bitte, Liam.«

Ihre Stimme war leise und drängend. Als sie aufstand, nahm er ihre Hand. »Es war schon immer schwer, Ihnen etwas abzuschlagen.«

Sie gab ihm einen Kuss auf die Wange und ging zum See hinab.

Barry kam am frühen Abend in Marsh End an. Es war eine kleine Ansammlung von Häusern an der Straße, die meisten davon mehr oder weniger heruntergekommen. Das Haus, das er suchte, lag anderthalb Kilometer weiter auf der anderen Seite. Das eiserne Tor stand offen, eine kiesbestreute Einfahrt führte zwischen Buchen und Rhododendren zu einem Bauwerk aus grauen Steinen. Auf einem Schild am Tor stand in goldenen Buchstaben *Henry Salter – Begräbnisinstitut. Erd- und Feuerbestattungen.*

Barry fuhr den Weg hinauf und parkte den Cortina an den Stufen zur Haustür. Als er ausstieg, kam ein Mädchen aus dem Wirtschaftshof rechts, blieb stehen und sah ihn an. Sie trug Gummistiefel, einen alten Regenmantel, ein Kopftuch und hielt in jeder Hand einen Eimer. Ihr Gesicht wirkte friedlich, und das abendliche Licht gab ihm etwas unsagbar Schönes.

»Ist Mr. Salter da?«, fragte Barry.

Sie sprach mit einem unverkennbaren Cumberland-Akzent. »Ich sehe nach, Sir. Heute ist Sonntag, und dann ist meist niemand da. Wer sind Sie?«

»Sinclair«, antwortete Barry fröhlich. »Maurice Sinclair. Ich nehme an, er erwartet mich.«

»Ich sehe gleich nach, ja?« Sie ging die Stufen hoch, und Barry folgte ihr.

In dem Einbalsamierraum war es sehr still. Henry Salter, der eine blutbeschmierte Gummischürze trug, arbeitete allein. Er nahm gerade die Eingeweide einer jungen Frau heraus. Die Tür wurde geöffnet, und das Mädchen trat ein. Sie hatte ihr Kopftuch abgebunden, sodass die zerzausten schwarzen Haare zu sehen waren, und das alte Baumwollkleid, das sie anhatte, war eine Nummer zu klein; an mehreren Stellen platzten die Nähte auf.

Salter sagte: »Ich hab dir doch schon oft gesagt, du sollst mich nicht bei der Arbeit stören, Jenny.«

»Ein Herr will Sie sprechen, Sir. Ein Mr. Sinclair. Er wartet unten.«

Salter hielt inne und blickte sie scharf an. »Ach ja, Mr. Sinclair. Er wird hier schlafen, bezieh also das Bett im Gästezimmer. Dann kannst du ihm was zu essen machen.«

»Ja, Sir«, sagte sie mit ihrer sonderbar leblosen Stimme und blickte auf die Leiche hinunter. »Sie war sehr schön.«

»Ich weiß, Jenny, aber zuletzt sehen wir alle so aus. Jetzt sei brav und kümmer dich um das Gästezimmer.«

Sie ging hinaus, und Salter hob die Leiche vom Tisch

und legte sie in ein großes Steinbecken mit Formaldehyd. Sie sank ein Stück unter die Oberfläche, schwamm dann wenige Zentimeter über dem Grund. Die Haare umspielten gespenstisch den Kopf. Salter zog seine Gummihandschuhe aus, band sich die Schürze ab, ging nach nebenan in den Waschraum und fing an, sich zu säubern.

Anschließend zog er eine dunkle Alpakajacke an und zupfte seine schwarze Krawatte zurecht. Sein eisgraues Haar, das eingefallene Gesicht, die randlose Brille gaben ihm genau das Aussehen, das die Öffentlichkeit seiner Ansicht nach von einem Leichenbestatter erwarten durfte. Der Tod war ein ernstes Geschäft, und niemand glaubte das mehr als Salter selbst. Sicher hatte das feierliche und langweilige Gesicht, das ihm aus dem Spiegel entgegensah, jetzt nichts mehr, das ihn mit dem zweitklassigen Dieb verband, der als junger Mann drei Gefängnisstrafen verbüßt hatte, ehe er dann mit den wirklichen Fakten des Lebens ins Reine kam.

Während er den Flur entlangging, dachte er an seinen Besucher. Er hatte den Job einfach nicht ablehnen können. Die 10 000 Pfund, von denen sie sprachen, würden ihm sehr zupass kommen. Erst letzte Woche hatte er den neuen Ofen in der Einäscherungshalle installieren lassen. Er schaffte alle 15 Minuten eine Leiche, während der alte so unzulänglich gewesen war, dass man den Schädel und die Beckenknochen hinterher zerstampfen musste.

Ein anderer Grund, weshalb er den Job nicht hätte ablehnen können – selbst wenn er gewollt hätte –, lag in der Person der Auftraggeber, Leute aus der Londoner Unterwelt, mit denen er schon mehrfach zusammengearbeitet hatte. Die Küste bei Marsh End war ein einsamer, trostloser Landstrich, ideal für schnelle Boote, die nachts kurz anlegten und dann wieder verschwanden, und Salter hatte bei so mancher Drogensendung für London als Zwischenstation gedient. Wenn man so etwas einmal gemacht hatte, konnte man nie wieder Nein sagen.

Er ging die Treppe hinunter und sah Frank Barry an dem kleinen Empfangstresen stehen. »Mr. Sinclair?«, fragte er und streckte die Hand aus. »Henry Salter. Wir gehen am besten in mein Wohnzimmer. Da ist es gemütlicher.«

Barry folgte ihm durch eine schmale Diele, und Salter machte eine Tür auf und führte ihn in einen Raum, der mit viktorianischen Möbeln voll gestellt war. Die Wände waren mit dunkelgrünem Damast ausgeschlagen, und vor den Fenstern hingen weinrote Samtvorhänge. Salter stocherte mit einem Schüreisen aus Messing im Feuer.

»Möchten Sie einen Drink?«

»Noch nicht«, sagte Barry. »Zuerst das Geschäftliche.«

Er nahm seine Ceska aus der Tasche und legte sie auf den Tisch. Salter fuhr sich nervös mit der Zunge über die Lippen. Barry stellte die Aktentasche auf den Boden und öffnete sie. Er holte mehrere Bündel Zwanzigpfundnoten heraus und schob sie Salter hin.

»Die ersten fünftausend. Den Rest kriegen Sie, wenn wir fertig sind. Zufrieden?«

»Wunderbar, Mr. Sinclair.« Salter schob die Bündel blitzschnell zusammen und ließ sie in einer Schublade verschwinden.

»Und jetzt zu den Sachen, die ich brauche. Haben Sie alles?«

»Sie können sich das Boot morgen früh ansehen. Es liegt in einem kleinen Fluss in der Nähe. Ich dachte, Sie würden die Nacht gern hier bleiben.«

»Was hätten Sie sonst zu bieten?«

»Ein Bauernhaus am Ende des Tals, sechs Kilometer von hier. Die beiden Männer, die ich anheuern sollte, sind heute Nachmittag gekommen. Sie sind jetzt dort.«

»Ihr Hintergrund?«

»Gauner aus Liverpool. Sie haben beide für bewaffneten Raubüberfall und so gesessen. Ziemlich harte Jungs, fürchte ich.«

»Genau das, was ich brauche«, erklärte Barry ihm. »Es reicht, wenn ich sie morgen sehe. Und die Ausrüstung?«

»Heute Morgen sind zwei Koffer gebracht worden, in aller Frühe.«

»Von wem?«

»Keine Ahnung. Ein junger Mann mit Hut und dunklem Mantel. Ich hab ihn noch nie gesehen.« Barry lächelte, und Salter fuhr fort: »Ihre Leute scheinen sehr tüchtig zu sein, Mr. Sinclair.«

»Warum sollten sie nicht? Kann ich die Koffer mal sehen?«

Salter öffnete einen Schrank, der neben dem Kamin stand. Es waren Lederkoffer mit Zahlenschlössern, deren Kombinationen Barry auf einer Liste in der Aktentasche gefunden und auswendig gelernt hatte.

Er stellte schnell die erste Ziffernfolge ein und machte den Koffer auf. Er enthielt zwei Sterling-MPs, zwei Smith-&-Wesson-Pistolen der britischen Armee, einen Browning-Automatic und mehrere Gaskanister. Salter riss die Augen auf. Barry machte den Koffer wieder zu und stellte die Ziffern des zweiten ein. Darin lagen Kampfuniformen der Army, einige dunkelblaue Baskenmützen und breite Militär-Webgürtel.

»Darf man wissen, was das alles soll?«, sagte Salter unruhig. »Ist ja wie für einen Krieg.«

»Bei so viel Geld sollten Sie keine Fragen stellen«, erwiderte Barry. Er machte den zweiten Koffer zu und verschloss ihn wieder. »Und jetzt dürfen Sie mir einen Drink geben.«

In diesem Augenblick wurde geklopft, die Tür ging auf, und Jenny kam mit einem Tablett ins Zimmer. »Ich hab dir doch gesagt, du sollst uns nicht stören«, fuhr Salter sie wütend an.

»Ich dachte, Sie hätten vielleicht gern einen Tee, Mr. Salter, und der Herr auch.«

Sie warf Barry einen Blick zu, und jetzt, wo sie kein Kopftuch mehr trug, im gut beleuchteten Zimmer, sah er, dass sie mit ihren hohen Wangenknochen, der olivfarbenen Haut und den etwas aufgeworfenen Lippen recht passabel war.

»Schon gut, aber nun lauf und mach Mr. Sinclair was zu essen!«

Sie ging hinaus. Frank Barry übersah den Tee, ging zum Buffet und schenkte sich einen Scotch ein. »Tickt sie nicht ganz richtig?«

Salter nahm Tee. »Nein, nein, sie ist nur ein bisschen langsam. Sie lebte auf dem Bauernhof oben im Tal, den ich vorhin erwähnt habe, zusammen mit ihrem Vater, einem netten alten Säufer. Er fuhr eines Abends mit dem Auto gegen eine Mauer und brachte sich um. Sie hätte nicht gewusst wohin, wenn ich die Firma nicht gekauft und sie hier aufgenommen hätte.«

»Ein Wohltäter der Menschheit«, sagte Barry. »Ich hab's gleich gesehen.«

»Aber es ist so, als lebt sie gar nicht richtig«, sagte Salter. »Ihr Körper ist ... irgendwie tot. Sie reagiert nicht.« Es war, als rede er nun mit sich selbst, und dann blickte er auf. »Verstehen Sie?«

»O ja«, sagte Barry angewidert. »Ich denke schon.«

Hastig trank Salter den Rest seines Tees. »Wenn Sie mich jetzt bitte entschuldigen, ich muss noch eine Arbeit beenden. Die Beerdigung ist morgen Nachmittag, ich kann also nicht warten. Jenny wird sich um Sie kümmern.«

Er ging hinaus. Barry trank seinen Scotch aus. Bis auf das Ticken einer Standuhr in der Ecke war alles still. In dem Zimmer hing ein undefinierbarer, modriger Geruch, als sei es das erste Mal seit Jahren wieder benutzt worden. Der Geruch passte nur zu gut zu den schweren Mahagonimöbeln und dem ganzen Zweck des Hauses.

Als er die Tür öffnete, nahm er einen entschieden angenehmeren Geruch wahr – Essen. Er ging ihm nach in die alte Küche, deren Fußboden aus Steinplatten bestand. Das Mädchen stand am Herd vor einer Kasserolle, in der sie mit einem Kochlöffel rührte, und warf ihm einen Blick über die Schulter hinweg zu.

»Es ist gleich fertig«, sagte sie mit ihrer toten Stimme, legte den Kochlöffel hin und strich sich mit den Händen über die Schenkel. »Ich gehe nur noch schnell in den Schuppen und hole etwas Holz für den Herd.«

Sie zog eine große rote Taschenlampe unter dem Spülbecken hervor und trat zur Tür. Barry erreichte sie vor ihr und öffnete. »Ich komme mit. Sie können sicher Hilfe brauchen.«

Sie sah ihn unsicher an, gab ihm dann die Taschenlampe. »Na gut, über den Hof.«

Der Boden war glitschig, und Barry passte genau auf, wo er hintrat, geriet aber trotzdem mitten in eine Pfütze und fluchte. Als das Mädchen die Tür des großen Schuppens aufmachte, sah er drinnen mehrere Fahrzeuge: einen schwarzen Leichenwagen, eine große schwarze Limousine, einen Lieferwagen und einen Land Rover.

Der Holzstapel war auf der anderen Seite unter einem Hängeboden mit Heu. Sie sagte: »Da drüben, Mr. Sinclair«, und einen Augenblick lang sah sie im Schein der Lampe so gut aus wie vorhin, als er sie das erste Mal erblickt hatte.

Sie beugte sich über den Stapel und stellte dabei ein Knie so vor, dass ihr Schenkel sich unter dem alten Baumwollstoff abzeichnete. Barry langte hin und legte die Hand auf den Schenkel. Sie blickte ihn über der Schulter an, und in ihren Augen war das, wovon Salter gesprochen hatte, ohne es definieren zu können.

Barry reichte ihr die Taschenlampe und lächelte. »Nehmen Sie das, ich trage das Holz.«

Sie wartete, bis er fertig war, und ihr Gesicht war nun über der Lampe im Schatten. Er legte sich ein halbes Dutzend Scheite in die Armbeuge und ging vor ihr ins Haus zurück.

London hat wie jede andere Großstadt seinen Anteil von Gammlern und Obdachlosen, die sich nicht mehr selbst helfen können. Die irgendwo am Straßenrand schlafen, weil ihnen nichts anderes übrig bleibt.

Als Devlin und Harry Fox kurz vor neun Uhr in Lincoln's Inn Fields eintrafen, sahen sie eine fahrbare Suppenküche der Heilsarmee, neben der das französische Aufnahmeteam seine Utensilien aufbaute. Fox parkte den Wagen und ging mit Devlin zu Anne-Marie, die sich in eine gewaltige bestickte Lammfelljacke gehüllt hatte und mit einer fröhlich aussehenden Frau in der Uniform eines Heilsarmeemajors redete. Sie wandte sich um, sah Devlin und Fox näher kommen und ging ihnen entgegen, um sie zu begrüßen.

»Wird Zeit, dass ihr euch kennen lernt«, sagte Devlin. »Harry Fox.«

»Sehr angenehm, Miss Audin«, sagte Fox förmlich.

»Was tun Sie eigentlich hier?«, sagte Devlin. »Das sind doch Filmkameras.«

»Video«, sagte sie. »Ein Dokumentarfilm über die Schattenseiten des Londoner Lebens, für das französische Fernsehen.« Sie zeigte auf die Gestalten, die sich mit unsicheren Schritten aus dem Schatten der Platanen lösten. »Männer ohne Hoffnung«, fuhr sie fort. »Manchmal auch Frauen. Arbeitslos, alkoholabhängig oder gerade aus dem Gefängnis entlassen. Wenn die Asyle voll sind, schlafen sie einfach auf der Straße. Die Suppe und die Sandwiches, die sie hier kriegen, sind wahrscheinlich das Einzige, was sie heute zu sich nehmen.«

Harry Fox sah eine Weile zu, wie die ehrenamtlichen Helfer das Essen an die Hungrigen ausgaben. Er hatte sein Lebtag noch keine so verwahrlosten und elenden menschlichen Wesen gesehen.

»Ziemlich schlimm«, sagte er.

»Manche von ihnen schlafen auf den Gittern über den Abzugsschächten des Hotels um die Ecke, um sich an der warmen Luft aus dem Heizungskeller zu wärmen«, sagte sie. »Die anderen wickeln sich einfach in alte Zeitungen und drängen sich in dem Pavillon im Garten drüben aneinander. Da ist es wenigstens trocken.«

»Verstehe«, sagte Devlin. »Aber was möchten Sie beweisen? Dass Ihnen das nicht gleichgültig ist? Das weiß ich. Warum wollten Sie mit mir reden?«

»Ich möchte mit Ihnen kommen«, antwortete sie. »Morgen früh. Nach Marseille. Sie könnten Martin bitten, mich zu empfangen. Vielleicht hört er auf Sie.«

»Und das hier?« Devlin schaute in die Runde.

»Oh, ich drehe heute Abend einfach so viele Meter, wie

ich brauche. Ich wollte sowieso Dienstag zurück nach Paris.«

Devlin schaute zu Fox hinüber und nickte. »Sie könnte ganz nützlich sein.«

Fox sagte: »Von mir aus, ja. Dann sehen wir uns morgen in Heathrow, Miss Audin, um zehn Uhr, bitte pünktlich. Ich hoffe, es macht Ihnen nichts aus. Ich kaufe Ihnen ein Ticket. Wir treffen uns am Eingang zur Lounge für internationale Flüge.«

»Gut«, sagte sie, stellte sich auf Zehenspitzen und küsste Devlin ernst auf beide Wangen. »Vielen Dank, Liam. Und nun muss ich arbeiten.«

Sie ging zu den Kameras. Am Anfang der Schlange der Wartenden erbrach sich jemand heftig.

»O Gott«, sagte Devlin. »Ausgerechnet das, was ich nicht vertragen kann. Nichts wie weg hier.« Sie eilten zum Wagen zurück.

Salter führte Barry eine schmale, mit billigem Linoleum belegte Holztreppe zu einem langen Flur hinauf, an dessen Ende er eine Tür öffnete und Licht machte. Barry, der die beiden Koffer schleppte, trat hinter ihm in das Zimmer und stellte die Koffer stöhnend hin. Er sah ein Doppelbett mit Messinggestell, einen Kleiderschrank, eine viktorianische Frisierkommode aus Mahagoni und einen Waschtisch mit Marmorplatte.

»Hier sind Sie gut untergebracht, ich meine, auch in strategischer Hinsicht«, sagte Salter. »Die Hintertreppe ist manchmal sehr praktisch. Ich bin vorn im Haus. Hier hinten sind nur Sie und Jenny.« Er lächelte schief. »Bis morgen früh. Sie wollen sicher zuerst das Boot sehen, und dann bringe ich Sie zu den anderen auf die Farm.«

Er ging rückwärts hinaus und machte die Tür zu. Barry zog sein Sakko aus und hängte es über die Stuhllehne. Stirnrunzelnd musterte er sich in dem gesprungenen Spiegel über dem Waschtisch. Irgendetwas stimmte hier nicht. Es war überall zu spüren, in dem schweigsamen Mädchen, in Salters verschlagenem Blick.

»Einer der unsympathischsten Kerle, die ich je gesehen habe«, sagte er leise vor sich hin, ehe er zur Tür ging und den Schlüssel herumdrehte.

Er zog sich aus, ließ die Lampe an und ging zu Bett, lehnte sich an die Kopfkissen, rauchte eine Zigarette und dachte nach über seinen Auftrag. Es war wirklich sehr einfach. Den Lastwagen stoppen. Die Deutschen und ihre Begleitung kampfunfähig machen, mit dem Gefechtskopf nach Marsh End fahren, ihn auf das Boot laden, das Salter besorgt hatte, und in See stechen, um nachts den russischen Trawler zu treffen. Absurd einfach. So einfach, dass bestimmt etwas schief geht, dachte er.

Er zündete sich noch eine Zigarette an und sah fast im selben Augenblick, wie sich der Türknauf langsam drehte. Er griff nach der Ceska, war mit einem Satz an der Tür und drehte den Schlüssel. Er riss die Tür auf und sah, wie Jenny den Flur zurücklief. Sie war barfuß, trug ein weißes Baumwollnachthemd und um die Schultern einen breiten Schal.

Auf einmal drehte sie sich um und starrte ihn an. Sie musste die Pistole in seiner Hand gesehen haben, aber sie zeigte keine Reaktion – nicht die kleinste Reaktion. Er trat zur Seite, und sie kehrte um, ging an ihm vorbei ins Zimmer und legte sich aufs Bett, ohne ein Wort zu sagen, starrte zur Decke und faltete die Hände über der Brust. Barry schloss ab, legte die Ceska griffbereit hin und ließ sich neben das Mädchen fallen.

Er erstaunte über die Stärke seines Verlangens. Als er sie küsste, zitterte er wie ein kleiner Junge, aber sie reagierte nicht, nicht einmal, als seine Hände über ihren Körper glitten und das Nachthemd hochschoben.

Sie lag passiv da und ließ ihn alles tun, was er wollte, aber sie reagierte immer noch nicht, starrte nur mit weit aufgerissenen Augen zur Decke hoch. Inzwischen machte es ihm nichts mehr aus, denn er brauchte sie so sehr, wie er seit Jahren keine Frau mehr gebraucht hatte.

Danach drehte er sich erschöpft zur Seite und langte nach der Zigarettenschachtel. Sie blieb noch einen Augenblick liegen, stand dann wortlos auf und ging hinaus.

Barry rauchte und sah zur Decke. Es war verrückt, ergab keinen Sinn. Wie lange war es her, dass er so was nötig gehabt hatte. Verdammt lange. Er schloss die Augen – und dachte an Norah Cassidy.

6

Das Wasser lief auf, gurgelte langsam in die Krebslöcher und überzog die schlammigen Flächen mit einem glänzenden, welligen Spiegel, auf dem fette Quallen trieben. Irgendwo schrie ein Brachvogel.

Barry und das Mädchen überquerten einen schmalen Steindamm und folgten einem Weg durch harten Strandhafer und Schilfrohr, das ihnen bis zum Kopf ging. Das Schilf reichte auf beiden Seiten der Mündung bis zum Meeresufer, und der Wind, der den biegsamen Wald hin und her schwanken ließ, machte unheimliche flüsternde Geräusche darin.

Barry sagte trocken: »Man könnte schwören, dass man hier von tausend Augen beobachtet wird.«

»Die Geister der Toten«, sagte sie. »Mein Vater hat mir oft erzählt, dass die Römer vor zweitausend Jahren hier gewesen sind. Ravenglass, oben an der Küste, war schon damals ein Hafen.« Sie blieb einen Moment stehen, eine merkwürdig archaisch wirkende Gestalt mit ihrem Kopftuch und dem schäbigen Regenmantel; sie erschauerte sichtlich. »Ich mag diesen Platz nicht. Er macht mir Angst. Wenn es nicht unbedingt sein muss, kommt kein Mensch hierher, nicht mal die Einheimischen.«

Sie ging jetzt den Damm entlang, und er folgte ihr. Ein paar Minuten später erreichten sie einen schmalen Flusslauf. Ein halb verfallener hölzerner Anleger auf faulenden Pfählen reichte ins Wasser. Zu Barrys Überraschung waren zwei Boote daran festgemacht, nicht nur eines.

Das erste war ein schönes, schnittiges Fahrzeug mit einem scharfen Bug, weiß lackiert, parallel zur Wasserlinie verlief ein schwarzer Strich. Man sah, dass der Eigner es liebevoll pflegte. Der Name – *Kathleen* – stand in Goldbuchstaben am Bug.

»Das ist Mr. Salters Boot«, sagte sie. »Das andere hat er gestern von einer Werft in Ravenglass heruntergebracht.«

Der Unterschied war frappierend. Das zweite Boot war ein schwarz gestrichener Vierzig-Fuß-Cruiser, der *Jason-Fowey* hieß, doch die Buchstaben waren so verblichen, dass Barry Mühe hatte, sie zu lesen. Er kletterte über die Reling und ging ins Ruderhaus, und das Mädchen folgte ihm.

»Es sieht nicht nach viel aus, aber es ist sehr seetüchtig.«

»Bist du denn schon mal damit gefahren?«

Sie nickte. »Mr. Salter benutzt es manchmal.«

»Wozu?«

Sie zuckte mit den Schultern. »Zum Fischen, wenn er Lust dazu hat. Mit der *Kathleen* fährt er nur bei sehr gutem Wetter raus.«

»Verbringt er seine Freizeit damit, das Kompassgehäuse zu polieren und so?«

Sie sah ihn überrascht an. »Wieso wissen Sie das?«

»Oh, ich hab nur ein bisschen kombiniert.« Er zündete sich eine Zigarette an. Er sagte: »Die Männer auf der Farm, hast du sie schon gesehen?«

»Ich hab heute Morgen Milch hingebracht.«

»Alte Freunde von Mr. Salter?«

»Weiß ich nicht. Ich hab sie noch nie gesehen.«

»Aber sie haben dir nicht gefallen?« Sie standen sich so nahe, dass ihre Schultern einander berührten, und er fühlte wieder jene seltsame Erregung in sich aufsteigen. Sie drehte sich beinahe widerwillig um, senkte den Blick, und er streichelte mit dem Handrücken ihr Gesicht. Sie lehnte sich an ihn, aber da klangen auf den Bohlen des Anlegers Schritte.

Barry ging an Deck, als Salter gerade über die Reling sprang. »Da sind Sie ja, Mr. Sinclair«, sagte er. »Zufrieden?«

»Ich würde lieber das andere nehmen«, antwortete Barry.

Salter ärgerte sich und zeigte es. »Das ist aber mein Boot. Ein wunderschönes Boot, wie Sie sehen. Damit könnten Sie bis zum Mittelmeer fahren. Die Jason bietet jedoch mehr, als man auf den ersten Blick erkennt, das kann ich Ihnen versichern. Sie sieht vielleicht nicht sehr einladend aus, aber gehen Sie mal in den Maschinenraum ... Sie hat einen Penta-Motor, Benzin, und macht zweiundzwanzig Knoten. Echolot, automatische Ruderanlage.«

»Meinetwegen«, sagte Barry. »Ich verlasse mich auf Sie.«

Salter machte ein erleichtertes Gesicht. »Gut. Wenn es Ihnen nichts ausmacht, nehme ich Sie jetzt mit zur Farm und stelle Ihnen Preston und Varley vor. Ich habe heute, wie gesagt, noch eine Beerdigung und bin ziemlich in Eile.«

Hedley Preston wachte auf und starrte zur Decke. Einen Augenblick lang fiel ihm absolut nicht ein, wo er war, aber dann erinnerte er sich. Er hatte einen scheußlichen Geschmack im Mund, seine Kehle war ausgedörrt, und er sprang auf und langte nach der Whiskyflasche auf dem Spind. Sie war leer, und er knallte sie in eine Ecke. Er zog Jeans an und einen Pullover. Er war ein dünner Mann mit einem missmutigen Gesicht, das die ersten Spuren alkoholischer und anderer Exzesse zu zeigen begann.

Er machte sich eine Zigarette an, hustete, als der Rauch seine Kehle kratzte, und blickte aus dem Fenster auf den regennassen Hang hinaus. »Verdammt«, sagte er, »die Freuden des Landlebens.« Dann öffnete er die Tür.

Jenny Crowther riss vor Schreck den Mund auf und taumelte gegen ihn. Jack Varley stand genau hinter ihr. Varley, ein Stier von Mann, trug ein schmutziges Sweatshirt und eine Cordhose. Er hatte ein Vollmondgesicht, in dem seine Augen wild funkelten. Preston fing das Mädchen mit einem Arm auf, hielt es fest und wehrte Varley ab.

»Okay, was ist los?«

»Ich hatte gestern Abend noch eine Stange Zigaretten

in meinem Zimmer. Jetzt sind sie weg. Das Miststück muss sie geklaut haben.«

Er hatte eine Fahne, nicht nur von dem Schnaps, den er gestern Abend getrunken hatte, denn der sehr intensive Geruch ließ erkennen, dass er schon wieder zur Flasche gegriffen hatte.

»Ich hab sie gestern Abend beim Pokern gewonnen«, sagte Preston geduldig. »Du warst so besoffen, dass du dich an nichts mehr erinnerst, das ist dein Problem.«

»Zum Teufel«, sagte Varley. »Du willst sie nur beschützen.«

Das Mädchen machte sich aus Prestons Arm frei und lief. Varley stieß Preston zur Seite und rannte hinterher. Sie bekam die Tür auf und war schon fast draußen, als er sie an der Schulter packte. Und dann schien er zu stolpern, fiel und landete hart auf dem Kopfsteinpflaster des Hofs.

Er versuchte aufzustehen, aber seine Füße wurden geschickt unter ihm weggetreten, und er landete wieder auf dem Rücken. Auf seiner Kehle stand ein Fuß. Er zappelte und sah in Frank Barrys unerbittliches Gesicht. Barry trat kräftiger zu, und Varley begann zu würgen, worauf der Druck nachließ. Barry zog die Ceska aus der Tasche und drückte Varley die Mündung an die Stirn.

Das Mädchen schrie auf und hielt sich eine Hand vor den Mund, und Henry Salter sagte verzweifelt: »Um Gottes willen, Mr. Sinclair!«

Barry sagte leise: »Wenn du sie noch mal anrührst, bist du ein toter Mann.«

Wut und Angst stiegen in Varley hoch. Barry nahm seinen Fuß weg und trat zurück. Als der große Mann auf die Beine kam, lachte der in der Türöffnung lungernde Preston.

»Eine rührende Szene.« Er trat vor, als Barry seine Aktentasche aufhob. »Ich bin Hedley Preston. Der Halbaffe da ist Sam Varley. Sie müssen ihm verzeihen, er hat gerade erst gelernt, aufrecht zu gehen.«

»Es dauert nicht mehr lange, und ich stopfe dir für immer dein dreckiges Maul«, sagte Varley und ging ins Haus.

Preston ging, gefolgt von dem Mädchen und Salter, an ihm vorbei. Als sie das Wohnzimmer betraten, saß Varley bereits mit einer Flasche in der Hand auf einem Stuhl am Kamin.

Barry stellte die Aktentasche auf den Tisch und sagte zu dem Mädchen: »Du gehst jetzt in die Küche und machst uns einen Tee oder was Ähnliches.« Sie zögerte, und er nickte beruhigend. »Nun geh schon, es wird nichts mehr passieren.«

Sie ging hinaus. Salter schloss die Tür und lehnte sich dagegen. Barry nickte Varley zu und sagte zu Preston: »Der fängt ja schon früh an.«

»Das ist seine kleine Schwäche. Aber heute Abend wird er in Topform sein, wie man im Showbusiness sagt.«

»Wirklich?« Barry legte die Ceska neben die Aktentasche auf den Tisch und knöpfte seinen Mantel auf.

»Erzählen Sie uns was über den Job«, sagte Preston.

»Er ist sehr einfach. Wir halten Mittwochmorgen einen Lastwagen an, auf einer Landstraße gut dreißig Kilometer von hier. Wir entladen ihn und bringen die Ladung her.«

»Und was für eine Ladung ist es?«, fragte Preston.

»Das geht euch nichts an.« Barry machte die Aktentasche auf. »Das hier dürfte euch auf jeden Fall mehr interessieren.« Er schob ihm ein Bündel Zwanzigpfundnoten zu. »Das sind fünftausend für jeden. Die andere Hälfte gibt's, wenn wir fertig sind.«

Varley stand auf, ging zum Tisch und streckte die Hand aus. Preston schlug sie fort. »Und das ist alles, was Sie uns sagen wollen?«

»Es ist ein einfacher Job«, wiederholte Barry. »Sehr einfach. Ihr erfahrt Mittwochmorgen, was ihr genau zu tun habt. Höchstens drei Stunden Arbeit, dann könnt ihr wieder verschwinden. Wenn ihr nicht wollt, könnt ihr natürlich ...«

Preston sagte schnell: »Schon gut, wir machen mit.« Er schob die Bündel hastig zu einem Stapel zusammen. »Alles, was Sie wollen, Mr. Sinclair. Wie der Geist aus der Flasche sagte: Sie brauchen nur zu befehlen.«

»Sehr schön.« Barry klappte die Aktentasche zu und wandte sich an Salter. »Ich fahre jetzt mit Ihnen zurück. Ich brauche den Land Rover. Hab heute Nachmittag was zu erledigen.«

Preston sagte: »Sie kommen doch zurück?«

»O ja«, antwortete Barry. »Darauf könnt ihr euch verlassen.«

Er ging mit Salter auf die Diele, als Jenny gerade mit einem Tablett erschien. »Sie wollen schon weg?«, sagte sie.

»Ich bin heute Abend wieder da.« Barry lächelte. »Keine Sorge. Der Affenmensch wird Sie nicht wieder anfassen. Der andere Gauner ist schlauer als er und wird dafür sorgen.«

Er zwinkerte verschwörerisch, ging hinaus, stieg in Salters Limousine, und die beiden fuhren los.

Varley sah ihnen durchs Wohnzimmerfenster nach und sagte tückisch: »Sobald ich den kleinen Bastard erledigt habe ...«

»Sei nicht blöd, Samuel«, unterbrach Preston. »Wenn ich mich nicht sehr irre, kann er jederzeit Kleinholz aus dir machen.« Er tippte auf die Geldbündel vor ihm. »Hier liegen zehn Riesen, Samuel, und zehn andere kommen noch. Der Lastwagen, von dem er gesprochen hat, muss wirklich etwas sehr Interessantes geladen haben.«

Varley lächelte verschlagen. »Oh, du denkst offenbar an dasselbe wie ich?«

»Ich hab in der Schule Latein gehabt, Samuel. *Festina lente.* Eile mit Weile. Dann kriegst du am Ende alles.«

»Auch ihn?«

»Warum nicht?«

Varley lachte begeistert und langte nach der Flasche. »Darauf muss ich einen zur Brust nehmen.«

Barry und Salter gingen in die Scheune und blieben neben dem Land Rover stehen. Salter sagte: »Ich hab nicht versucht, die beiden als etwas hinzustellen, was sie nicht sind, das müssen Sie zugeben. Man sagte mir, Sie brauchen harte Jungs, die alles machen. Und das sind sie.«

»Dieser Preston scheint mal bessere Tage gesehen zu haben.«

»Ja, er kommt aus ganz guten Verhältnissen. Sein Vater war Buchhalter in Bradford, und er ging dort zur Oberschule. Er hat also eine anständige Schulbildung. Soweit ich weiß, lernte er auch Buchhaltung und kam wegen einer Urkundenfälschung ins Gefängnis. Seitdem hat er sich nicht mehr umgeschaut. Wurde vor sechs Monaten entlassen, nachdem er drei von fünf Jahren für bewaffneten Raubüberfall auf einen Supermarkt abgesessen hatte. Varley ist natürlich ein Tier.«

»Ein betrunkenes Tier«, ergänzte Barry. »Aber das macht nichts. Ich weiß wenigstens, woran ich bin. Bis später.«

Er fuhr den Land Rover aus dem Schuppen und über den Hof. Salter wandte sich dem Leichenwagen zu, in dem nun ein Sarg stand. Er holte ein Taschentuch heraus, untersuchte das Fahrzeug sehr sorgfältig und hielt dann und wann inne, um ein Chromteil nachzupolieren.

Der Jet der Air France landete pünktlich auf dem Flughafen Marignane, gut zwanzig Kilometer außerhalb von Marseille. Da er nur zu einem Viertel besetzt war, brauchten die Passagiere nicht lange am Zoll oder am Schalter der Einwanderungsbehörde zu warten. Eine Dreiviertelstunde nach der Landung fuhren Devlin und Anne-Marie mit einem gemieteten Peugeot zur Küstenstraße hinunter.

Devlin sagte: »Wir schlafen heute Nacht in einem Hotel in St. Denis. Dort liegt auch das Versorgungsboot für das Gefängnis.« Sie nickte, sagte nichts, sondern konzentrierte sich auf das Steuer, und Devlin fügte hinzu: »Es ist Ihnen doch klar, dass Sie morgen nicht mitkommen können? Ich meine, ich muss erst mal die Lage peilen.«

»Ich weiß, Liam.« Sie warf ihm einen Blick zu und lächelte. »Genau wie ich weiß, dass er mich vielleicht immer noch nicht sehen will. Ich hab schon vor langer Zeit gelernt, dass man von Martin nichts erwarten darf.«

»Meinen Sie das wirklich?«

»In Vietnam, als es so aussah, als würden wir beide sterben, sagten wir einmal, wir müssten uns unbedingt in Paris wieder sehen. Ein Straßencafé im Regen, der Geruch der nassen Kastanienbäume.«

»Ohne den geht's nicht«, sagte Devlin.

Sie lächelte, ohne ihn anzusehen. »Mein lieber Liam, warum konnte ich mich nicht in Sie verlieben? Ich sollte ein typisch französisches Hemdblusenkleid tragen, sehr schick.«

»Wie in den Fernsehspots. Der Traum des kleinen Ladenmädchens.«

»Nur, dass unserer wahr wurde, Liam. Er war in Ulster, machte Ferien, und wir trafen uns in Paris. Wir fanden unser Straßencafé, und die Kastanienbäume waren genau, wie sie sein sollten. Zwei Wochen, und dann fuhr er zurück.« Sie zog die Schultern hoch. »Er hatte eine Freundin, die auf ihn wartete, verstehen Sie? Dunklere Haare als ich und viel anspruchsvoller.«

Schweigend, da es nichts mehr zu sagen gab, fuhren sie weiter.

Der Dorfpub in Brisingham war ein großer, gemütlicher Raum mit einer niedrigen Balkendecke, mehreren hochlehnigen Bänken und einigen Holztischen. Im Kamin prasselte ein Feuer.

Barry war der einzige Gast. Er stand am Ende der Theke und verschlang gerade das letzte Roastbeef-Sandwich, das die Wirtin, eine imposante blonde Matrone, ihm gemacht hatte.

»Großartig«, sagte er. »Könnte nicht besser sein.« Er griff nach seinem Bier. »Wo bleiben denn Ihre Gäste?«

»Im Winter kommen hier nicht viele Touristen durch. Dann ist nur abends was los. Die Einheimischen.«

»Ich dachte, hier wäre ein Flugplatz der RAF. Das ist doch Brisingham, oder?«

»Ist schon vor Jahren praktisch stillgelegt worden. Es sind nur noch zehn oder zwölf Männer da, wenn's hoch kommt. Das heißt, manchmal landen noch Flugzeuge, aber nicht oft.« Sie seufzte. »Ich weiß noch, dass man vor zwölf Jahren oder so nicht bis zur Theke kommen konnte, so viele RAF-Jungs drängelten sich hier.«

»So ist das Leben«, sagte Barry. »Nichts bleibt so, wie es ist. Vielen Dank für die Sandwiches!«

Zehn Minuten später näherte er sich der Umzäunung des Flugfelds und nahm Gas weg. Er rollte langsam am Haupttor vorbei, an dem ein Vorhängeschloss hing, und trat dann wieder aufs Gaspedal. Acht Kilometer weiter zeigte ein Wegweiser rechts nach Wastwater, auf eine schmale Landstraße, die sich oben in den Bergen verlor.

Er musste nicht lange suchen, um zu finden, was ihm vorschwebte. Ein Wäldchen, eine kleine ebene Grasfläche an der Straße. Als er den Motor abgestellt hatte, war alles still, nur dann und wann rief ein Vogel. Er kam sich vor, als sei er ganz allein auf der Welt.

Er stieg aus und schaute sich um. »Wirklich«, sagte er leise, »eine bessere Stelle konnte ich kaum finden.«

Der Granit von der Belle-Île war in ganz Frankreich berühmt, und die Nachfrage war immer noch so groß, dass man einen neuen Anleger gebaut hatte, an dem auch größere Frachter festmachen konnten. Der Steinbruch selbst befand sich in den nördlichen Klippen, und als Lebel sich näherte, flatterte gerade die rote Flagge, ein Zeichen, dass gleich gesprengt werden sollte.

Kurz darauf hallte die Explosion wie Donner von den Felswänden wider, ein gewaltiger überhängender Felsen zersprang in tausend Stücke, die zu Tal prasselten. Ein Pfiff ertönte, und die Sträflinge und ihre bewaffneten Wärter kamen aus dem Unterstand und gingen wieder an die Arbeit.

Brosnan und Savary arbeiteten zusammen. Savary belud eine Lore, die auf dem primitiven Geleise neben ihnen stand, und Brosnan zerkleinerte mit Vorschlaghammer und Meißel die größeren Steinbrocken. Er war bis zur Taille entblößt und trug ein Stirnband. Wenn er den Hammer niedersausen ließ, spannten sich seine Rückenmuskeln zu einem Riffelmuster; die in seinen rechten Unterarm tätowierte Häftlingsnummer war deutlich zu sehen.

Als Savary den Aufseher erblickte, hielt er inne, stützte sich auf seine Schaufel und wischte sich mit einem schmuddeligen Lappen das Gesicht ab. »He, Pierre, ich werde langsam alt. Haben Sie nicht einen Job in der Küche für mich, oder meinetwegen auch in der Bücherei? Ich bin nicht anspruchsvoll.«

»Unsinn«, sagte Lebel. »Für einen Mann in Ihrem Alter sind Sie fabelhaft in Form. Dank des regelmäßigen Trainings und der harten Arbeit.« Er wandte sich an Brosnan und holte ein Blatt Papier und einen Kugelschreiber aus der Tasche. »Sie bekommen Besuch mit dem Morgenboot, mein Sohn. Wollen Sie ihn empfangen?«

Brosnan hatte sich auf den Vorschlaghammer gestützt und sah ihn überrascht an. »Wer ist es denn?«

Lebel schaute auf den Zettel. »Charles Gorman. Anwalt, Lincoln's Inn Fields, London. Grund des Besuchs: juristische Angelegenheiten.« Lebel wiederholte seine Frage: »Wollen Sie ihn empfangen?«

»Warum nicht?«, sagte Brosnan.

Lebel reichte ihm den Zettel und den Kugelschreiber. »Dann unterschreiben Sie in dem Kasten für Einverstanden.« Brosnan tat es und gab ihm Zettel und Kugelschreiber zurück. »Sehr gut«, sagte Lebel. »Ihr könnt weitermachen.« Er faltete das Dokument zusammen und steckte es in die Tasche. »Und heute Abend habe ich wieder mal 'ne nette Abwechslung für euch. Eine neue Leiche. Ein alter Mann auf der Krankenstation kann jeden Augenblick abkratzen.«

»Wie freundlich, dass Sie immer an uns denken.« Savary fing wieder an zu schaufeln, während Lebel sich entfernte. »Interessant, Martin. Du hast mir gar nicht erzählt, dass du Besuch von deinem Anwalt erwartest.«

»Noch interessanter finde ich, dass er gar nicht mein Anwalt ist«, antwortete Brosnan. »Ich hab noch nie im Leben von einem Charles Gorman gehört.«

Er holte aus und spaltete den vor ihm liegenden Felsbrocken mit einem einzigen Hammerschlag.

Als Barry den Land Rover auf den Hof lenkte und hielt, war es dunkel. Noch während er den Motor abstellte, hörte er eine Frau schreien. Er sprang aus dem Wagen, die Haustür flog auf, und Licht flutete in den Hof. Jenny Crowther hätte es beinahe geschafft, aber Varley holte sie ein und packte sie brutal.

Ihr Kleid war zerrissen, eine Schulter war entblößt, und Varley lachte roh und versuchte, sie zu küssen. Sie wehrte sich mit Händen und Füßen, und in ihrem Gesicht spiegelten sich Abscheu und Entsetzen. Barry rannte zu den beiden und trat Varley in die Nieren, nahm ihn dann am Kragen und riss ihn zurück. Varley schrie vor Schmerz auf und fiel auf die Knie. Er verharrte kurz in dieser Stellung, schüttelte den Kopf und sah zu Barry hoch. Dann stand er langsam auf, schüttelte noch einmal den Kopf, wie um einen klaren Gedanken zu fassen, und griff mit vorgestreckten Fäusten an.

Barry sprang zur Seite, bekam sein rechtes Handgelenk zu fassen, drehte es um und ließ Varley gegen die Mauer sausen. Varley ging wieder auf die Knie, versuchte aufzustehen, und Barry rammte ihm das Knie in die Magengegend.

Varley fiel stöhnend auf den Rücken, und dann erschien Hedley Preston in der Tür und lachte. Offensichtlich hatte er ebenfalls getrunken.

»Ich hab dir doch gesagt, er kann jederzeit Kleinholz aus dir machen, Sam. Du hättest auf mich hören sollen. Ich irre mich nie.« Erst jetzt sah Barry, dass Preston ein Glas in der Hand hatte. Er hob es hoch. »Auf Ihr Wohl, Mr. Sinclair, und auf alle, die nach Ihnen kommen.«

Barry sagte: »Sie hätten es verhindern können, Sie Idiot. Ich habe Ihnen gesagt, Sie sollen ihn zurückhalten.« Seine rechte Hand schoss hervor, die Ceska spuckte einmal, und Preston ließ mit einem lauten Schrei das Glas fallen und griff sich an den Hals.

Er lehnte am Türpfosten, und zwischen seinen Fingern sickerte Blut hervor. Barry tippte ihn sanft mit der Mündung zwischen die Augen.

»Keine Angst, Preston. Ist nur ein Kratzer, ich ziele nämlich sehr genau. Aber das nächstemal sind Sie ein toter Mann.«

Er drehte sich um, nahm das Mädchen am Arm und schob sie zum Land Rover. »Ich bringe Sie runter zu Salter. Ich werde heute Abend übrigens auch dort schlafen.« Sie zitterte und umklammerte seinen Arm, und abermals spürte er jene eigenartige Erregung. »Ist ja schon gut«, sagte er, als sie zum Tor fuhren, »ist ja schon gut.«

Später, als er rauchend am Fenster seines Schlafzimmers stand und in den Hof blickte, sah er sie mit der Taschenlampe aus der Küche kommen und zum Schuppen gehen. Er verließ das Zimmer und lief die Treppe hinunter.

Als er den Schuppen betrat, füllte sie gerade einen Korb mit Holz. »Warte, lass mich das machen«, sagte er.

»Ich schaff's schon, vielen Dank«, antwortete sie leise, ohne sich umzudrehen.

Er zündete sich eine Zigarette an und hatte das Gefühl, ein eiserner Ring legte sich um seine Brust und drohte ihn zu ersticken. Sie hatte das zerrissene Baumwollkleid ausgezogen, und das schwarze Kleid, das sie nun trug, war ebenfalls zu klein und spannte am Gesäß und an den Oberschenkeln.

Sie richtete sich auf. Barry ließ die Zigarette fallen und trat zu ihr, zog sie an sich. Er hielt sie einen Augenblick fest, legte die Lippen an ihren Hals, und dann drückte er sie behutsam ins Heu hinunter.

Zum ersten Mal erwachte sie zum Leben, griff ihm ins Haar und küsste ihn mit einer Gier, die beängstigend war.

7

Als Oberaufseher des Blocks, in dem Brosnan und Savary waren, hatte Lebel auch die Aufgabe, Brosnan am Dienstagmorgen ins Besuchszimmer zu bringen. Als er die Tür öffnete und den Gefangenen hineinführte, stand Devlin mit dem Rücken zu ihnen am Fenster. Brosnan bekam einen der größeren Schocks seines Lebens, als der kleine Mann sich umdrehte und ihn ansah.

»Guten Tag, Mr. Brosnan. Mein Name ist Charles Gorman. Meine Kanzlei ist von der Brosnan Corporation in Boston, Massachusetts, beauftragt worden, gewisse juristische Dinge mit Ihnen zu besprechen, die Ihre Zukunft betreffen. Außerdem soll ich mich mit Ihnen über ein eventuelles Gnadengesuch an den französischen Präsidenten unterhalten. Ihre Frau Mutter ist der Meinung ...«

»Meine Mutter verschwendet ihre Zeit, Mr. Gorman«, unterbrach Brosnan. »Sie wird mich nur in einem Sarg von diesem Felsen fortbekommen.«

»Monsieur Gorman«, sagte Lebel, »Sie und Ihr Klient müssen sich an diesen Tisch setzen, einander gegenüber, wenn ich bitten darf. Dann kann ich Sie allein lassen. Als sein Anwalt haben Sie das Recht darauf. Ich werde die Tür abschließen. Wenn Sie gehen wollen, läuten Sie bitte.«

»Dürfen wir rauchen?«, fragte Devlin.

»Selbstverständlich, Maître.«

Lebel ging hinaus, der Schlüssel drehte sich im Schloss. Brosnan streckte die Hand über den Tisch, und Devlin nahm sie und hielt sie einen langen Augenblick fest.

»*Cead mile failte*«, sagte er auf gälisch. »Hunderttausendmal willkommen.«

Devlin lächelte. *»Go raibh maith agat«*, antwortete er. »Ich danke. Reden wir weiter gälisch, um die Kerle zu verwirren, falls sie mithören sollten.« Er setzte sich, zündete eine Zigarette an und schob die Schachtel über den Tisch. »Schön, dich wieder zu sehen, Marteen.«

Es war die Koseform des Namens, die man sonst nur bei einem Kind benutzen würde. In den alten Tagen wäre es Brosnan nicht unbedingt lieb gewesen, von einem Mann, der erheblich älter war als er, so angeredet zu werden. Aber dann hatte er Devlin eben besser kennen gelernt.

»In Anbetracht der Umstände siehst du sehr gut aus, mein Junge.«

»Bin noch nie so fit gewesen. Ich arbeite fast jeden Tag im Steinbruch. Du siehst aber auch gut aus. Immer noch am Trinity?«

»Sie behalten mich aus Freundlichkeit. Ich bin dieses Jahr als Gastprofessor nach Yale eingeladen worden.«

»Gott steh ihnen bei.«

»Es wurde nichts draus. Das State Department wollte mir partout kein Visum geben.« Devlin schwieg einen Moment und sah sich deprimiert um. »Und das soll nun die Endstation sein – wirklich?«

Brosnan sagte: »Sie haben die Teufelsinsel aufgegeben, aber sie hatten das hier in Reserve. Übrigens, Liam, wie ist es dir ergangen? Hast du je die ›Wiesen von Mayo‹ gefunden, die du immer gesucht hast? Erinnerst du dich, das Gedicht von Blind Raftery?«

Devlin sagte: »Einmal, vor tausend Jahren. Um genau zu sein, im November 1943, im Augenblick höchster Gefahr, wie man sagen könnte.«

»Bei der Churchill-Sache?«

»Eine süße, nicht sonderlich hübsche kleine Bäuerin«, sagte Devlin. »Die mir das Herz nicht einmal brach, sondern zweimal. Sie war siebzehn und ich fünfunddreißig.«

»Zu alt?«

»Nicht für sie. Aber es gab ein Problem. Ich war der Feind.«

»Du willst also sagen, du hast deine ›Wiesen von Mayo‹ vor sechsundzwanzig Jahren gefunden?«

Devlin lächelte unendlich traurig. »Und zugleich wieder verloren. Ist das nicht ein schlechter Witz?«

»Nicht unbedingt. Aber was soll dieser Besuch?«

»Ganz einfach. Was würdest du sagen, wenn du hier rauskommen könntest?«

Brosnan nahm es einen Augenblick lang nicht ernst. »Nun, ein kleines Wunder wäre wunderbar, denn das wäre schon nötig. Aber selbst meine Mutter, diese gottesfürchtige Dame, hat schon vor geraumer Zeit feststellen müssen, dass alle Opferkerzen und Gebete und saftigen Almosen nichts nützen.«

»Hat sie dich hier besucht?«

»Ja, einmal, vor vier Jahren. Ich hab damals nur mit ihr geredet, um ihr klarzumachen, dass es das letztemal sein würde.«

»Und Anne-Marie?«

Brosnan antwortete nicht. Erst nach einer Weile sagte er: »Warum fragst du?«

»Ich habe sie heute Morgen in St. Denis zurückgelassen. Sie bittet dich inständig, sie zu empfangen.«

»Nein«, sagte Brosnan leise. »Ich will nicht.«

Er sprang auf und ging ans Fenster, griff nach dem Gitter und legte das Gesicht an die Mauer. Nach einer Weile drehte er sich um.

Das Fenster mit dem rostigen Gitter hatte keine Scheiben mehr, und der Wind pfiff durch. Devlin schauderte und sagte: »Gott schütze uns, *avic*, aber ich hasse es, dich hier zu sehen.«

Brosnan kehrte zum Tisch zurück, nahm noch eine Zigarette und setzte sich wieder hin. »Also, Liam, was soll das Ganze? Was hast du vor?«

Devlin lachte verschmitzt. »Betrachte mich einfach als das kleine Wunder, von dem du eben gesprochen hast, halt den Mund und hör gut zu.«

Als er ausgeredet hatte, lehnte Brosnan sich zurück und grübelte. Seine Augen ließen keinerlei Gefühl erkennen.

»Nun?«, sagte Devlin.

»Ich weiß nicht«, antwortete Brosnan. »Früher habe ich an die irischen Freiheitsparolen geglaubt. Es kam ganz von selbst, von der Liebe zur Literatur und zu den Landsleuten, aber dann merkte ich plötzlich, dass man bereit sein muss, über Leichen zu gehen, um das Ziel zu erreichen.«

»Und ist es das nicht wert?«

»Ich frage mich allmählich, ob es irgendeine Sache gibt, die das Leben eines einzigen Menschen wert ist.«

»Ich weiß, Marteen, deine revolutionäre Begeisterung ist ein bisschen abgekühlt. Meine auch, und ich war viel länger dabei als du.«

Brosnan stand auf, ging wieder ans Fenster, umklammerte die Gitterstäbe und schaute hinaus. »Ich fühle mich auf einmal alt, Liam. Richtig alt, weißt du, was ich meine? Ich kann mich über nichts mehr aufregen. Alles lässt mich kalt. Auch Frank Barry und der KGB und Ferguson und DI5 und die dummen sinnlosen blutigen Spiele, mit denen sie die Welt beglücken.«

»Auch die Möglichkeit, hier rauszukommen?«

»Das schafft selbst Ferguson nicht«, sagte Brosnan gleichgültig.

»Er ist anderer Meinung.«

Brosnan antwortete nicht, und Devlin kam, da ihm nichts anderes übrig blieb, auf das Thema zu sprechen, das er bisher vermieden hatte. »Hast du gehört, was mit Norah passiert ist?«

Brosnan nickte, ohne sich umzudrehen. »Ja, sie ist vor anderthalb Jahren gestorben.«

Devlin räusperte sich. »Es geht darum, wie sie gestorben ist.«

Brosnan drehte sich um, sein Gesicht war ausdruckslos, die Augen sehr dunkel. »Willst du mir etwas erzählen?«

Devlin sagte: »Ich weiß nicht recht, wo ich anfangen soll, Marteen.«

Brosnan war mit drei langen Schritten am Tisch, fuhr ihm mit den Händen an die Kehle, drückte ihn auf die Tischplatte. »Rede«, forderte er mit rauer Stimme. »Sag es mir!«

Nachdem er es erfahren hatte, blieb er mit aufgestütztem Kopf eine lange Weile am Tisch sitzen, ohne ein Wort zu sagen. Dann stand er plötzlich auf und klingelte.

Er schaute zu Devlin hinüber: »Ich muss jetzt nachdenken. Wir reden später weiter.« Ehe Devlin antworten konnte, wurde der Schlüssel im Schloss gedreht, und Lebel erschien. »Mr. Gorman hat mir ein paar Dokumente gebracht, die ich unterschreiben soll. Ich würde gern ein bisschen Zeit zum Überlegen haben. Kann ich für eine Stunde in meine Zelle?«

Lebel wandte sich an Devlin. »Haben Sie etwas dagegen, Monsieur?«

»Keineswegs.«

»Dann warten Sie bitte hier. Ich komme gleich wieder und bringe Sie zur Cafeteria. Sie können in der Zwischenzeit etwas essen oder trinken, wenn Sie möchten.«

Savary war gerade zur Mittagspause in die Zelle zurückgebracht worden. Er lag auf dem Bett und rauchte eine Zigarette, als die Tür aufgeschlossen wurde und Lebel Brosnan zurückbrachte.

»Eine Stunde also«, sagte der Aufseher und verschwand.

»Nun, was war?«, begann Savary, aber Brosnan, der an der Tür stehen geblieben war und horchte, brachte ihn mit einer ungeduldigen Handbewegung zum Schweigen.

»Aha, ein Geheimnis?«, sagte der alte Mann, als Brosnan sich auf das Bett gegenüber setzte. »Ich verstehe«, fügte er listig hinzu. »Dieser Gorman – du kennst ihn also doch?«

»Halt den Mund und hör gut zu«, sagte Brosnan. »Ich hab nicht viel Zeit.«

Als er fertig war, saß Savary da und ballte aufgeregt die

Hände. »Um Himmels willen, das ist wahrscheinlich deine erste und letzte Chance, Martin. Du musst es tun!«

Brosnan legte ihm eine Hand auf die Schulter, um ihn zu beruhigen. »Nein, Jacques, hör mir zu – nur noch eine Minute. Erstens glaube ich nicht, dass Ferguson die Sache mit den französischen Behörden hindrehen kann. Ich bin nicht irgendein kleiner Dieb, irgendein Gelegenheitseinbrecher oder Polizeispitzel. Ich habe einen Bullen getötet, und du weißt ja, wie man im Palais de Justice darüber denkt. Zweitens würde es, selbst wenn Ferguson es schaffen sollte, lange dauern – zu lange für mich.«

»Was ist also deine Lösung?«

»Ich breche aus«, sagte Brosnan kurz.

»Aber das ist unmöglich, Martin. Bisher hat es noch kein Mensch von diesem verdammten Felsen geschafft.«

»Ich habe immer gewusst, dass ich durch die Kanalisation ins Freie komme. Das hab ich dir ja schon gesagt«, erklärte Brosnan. »Aber dann ist man immer noch auf der Insel. Als wir neulich Abend mit Lebel den Kerl ins Meer warfen, wusste ich auf einmal, wie's weitergeht. Wir brechen ins Lager ein, besorgen uns ein paar Rettungswesten für jeden und gehen vom Bestattungsfelsen ins Wasser.«

Savary starrte ihn verblüfft an. »Wir? Sagtest du wir?«

»Sicher, wir beide. Wenn du auf diesem Felsen bleibst, wirst du früher oder später in einem Sack im Meer enden, da gehst du doch lieber ein Risiko ein, solange du noch kämpfen kannst?«

»Aber der Teufelsstrudel«, sagte Savary. »Es wäre unser Tod.«

»Oder unsere Rettung, kapierst du denn nicht?«, sagte Brosnan. »Die Strömung hat zehn Knoten und geht in einem Bogen hoch nach St. Denis. Wenn nun an einer günstigen Stelle ein Boot auf uns wartet?«

Savary schüttelte den Kopf: »Fischerboote dürfen sich der Insel nur bis auf sechs Kilometer nähern. Das weißt du doch.«

»So weit würde uns die Strömung in einer halben Stunde tragen.«

»Aber das Boot würde uns nie finden, oder umgekehrt. Sei vernünftig, Martin. Das Meer da draußen, und dann noch nachts!«

»Daran hab ich schon gedacht«, sagte Brosnan. »Alles, was wir brauchen, ist eines von diesen elektronischen Signalfeuern. Sie gehören bereits zur Standardausrüstung der Luftwaffe. Bei den Piloten sind sie an die Schwimmwesten genäht, damit die Rettungsteams sie sofort finden, wenn sie notwassern müssen.«

»Und wenn sie uns verfehlen?«, flüsterte Savary.

»Ach, hör doch auf. Du kannst auch einen Herzinfarkt kriegen oder die Kälte nicht vertragen.«

»Ja, ja.« Savary wedelte mit der Hand. »Du steckst mich langsam an mit deiner Verrücktheit. Wann gehen wir?«

»Ich sehe keinen Grund, noch lange hier rumzuhängen. Wir können uns hier alles besorgen, was wir brauchen, bis auf die Signaldinger. Sie sind nicht größer als eine Zigarettenschachtel. Devlin muss uns eins besorgen und hier einschmuggeln. Ich sehe da kein Problem.«

»Und das Boot?«

»Ich hab gedacht, das könnte dein Sohn übernehmen.«

»Jean-Paul?«

»Wenn die Union Corse nachts keinen schnellen Trawler von St. Denis losschicken kann, sollte sie besser einpacken.«

»Natürlich.« Savary war inzwischen aufgeregt wie ein Kind und lachte. »Jesus, ich komme mir auf einmal so lebendig vor wie seit Jahren nicht mehr.«

Begeistert umarmte er Brosnan und küsste ihn auf beide Wangen. Brosnan drehte sich um und hämmerte gegen die Tür der Zelle. »Los, Pierre!«, rief er. »Es geht weiter!«

Anne-Marie, die auf dem Balkon ihres Hotelzimmers in St. Denis saß, hatte das Versorgungsschiff von Belle-Île in den Hafen einlaufen gesehen und war deshalb nicht überrascht, als Devlin eine halbe Stunde später auf den Balkon nebenan trat. Er kletterte herüber und ließ sich in einen Korbsessel fallen.

»Haben Sie ihn gesehen?«, fragte sie nervös.

»O ja, das habe ich.«

»Und wie geht es ihm?«

»Er war noch nie so gut in Form. In Kampfform, könnte man sagen.«

Ihr Gesicht umwölkte sich. »Was ist passiert?«

»Ganz einfach. Als ich die Sache kurz umriss, war er zuerst nicht sehr interessiert. Außerdem glaubte er nicht, dass Ferguson ihn rausholen könnte. Und um offen zu sein, bin ich irgendwie derselben Ansicht.«

»Ach?«

»Dann hab ich ihm von Norah erzählt.« Er schüttelte den Kopf. »Es hat ihn furchtbar getroffen. Wenn Frank Barry da gewesen wäre, hätte er ihm mit bloßen Händen das Genick gebrochen.«

Anne-Marie stand auf, ging zu der Mini-Bar in ihrem Zimmer und schenkte ihm einen Whisky ein. Sie kam damit zum Tisch zurück. »Und deshalb hat er es sich anders überlegt?«

»So kann man sagen.« Devlin trank einen kleinen Schluck. »Gott, den hab ich gebraucht. Also, um es kurz zu machen – er will in den nächsten zwei oder drei Tagen ausbrechen, zusammen mit seinem Zellengenossen, einem gewissen Savary.«

»Wie will er das schaffen?«, fragte sie.

Devlin berichtete. Als er fertig war, ging er ins Zimmer und schenkte sich nach. »Ich glaube, ich habe noch nie einen so hirnverbrannten Plan gehört.«

Zu seinem Staunen stand Anne-Marie auf und schaute über das Geländer in die Richtung, wo Belle-Île sich am Horizont abzeichnete. »Oh, ich weiß nicht. Ich sehe die Logik. Es ist so wunderbar einfach! Er könnte Recht haben. Es könnte klappen.«

»Es könnte ebenso leicht schief gehen.« Devlin trat neben sie. »Ich habe auf der Rückfahrt mit der Kapitän geredet. Er sagte, diese Strömung, die sie Teufelsstrudel nennen, ist in manchen Nächten wie ein reißender Fluss.«

»Was haben Sie Martin gesagt? Dass Sie ihm helfen werden?«

»Ich hatte kaum eine andere Wahl. Er hat mir die Pistole auf die Brust gesetzt ... Wenn ich nicht bis Donnerstagabend etwas ausklamüsert hätte, würde er es allein versuchen und sich die sechzehn Kilometer nach St. Denis treiben lassen.«

»Unmöglich.« Sie schüttelte den Kopf. »Sie würden an Unterkühlung sterben. Übrigens, dieser Savary, ist das zufällig Jacques Savary, der Gangster?«

»Ja. Er hat offenbar einen Sohn, Jean-Paul, der begeistert in die väterlichen Fußstapfen getreten ist. Ich soll so schnell wie möglich Kontakt mit ihm aufnehmen, in einem Nachtclub, der Maison d'Or heißt.«

»O ja«, sagte sie. »Eins der berüchtigtsten Lokale von Marseille. Ich würde gern zusehen, wie Sie da zurechtkommen. Lieber Liam, ich denke, mit Ihrem Französisch könnten Sie gut einen Dolmetscher gebrauchen.«

Er runzelte die Stirn und legte ihr die Hand auf den Arm, als sie sich abwandte. »Sind Sie auch sicher? Wenn es schief geht und wenn bekannt wird, dass Sie in die Sache verwickelt sind, könnten Sie ebenfalls im Kittchen landen.«

»Liam, lieber Liam.« Sie gab ihm einen zärtlichen Kuss. »So ein gerissener Kerl und gleichzeitig so ein Kind. Ich muss ihm einfach helfen, ich kann gar nicht anders.« Damit drehte sie sich um und ging ins Zimmer.

Als Frank Barry und Jenny Crowther durch die Schilfwälder von Marsh End zum Bootssteg am Fluss gingen, regnete es wieder. Die beiden Boote dümpelten sanft im Wasser. Barry sprang diesmal auf Salters Boot, die *Kathleen*, und hievte den Koffer, den er mitgenommen hatte, über die Reling.

Er ging in das blitzende Ruderhaus und durchsuchte es sorgfältig, ließ sich dabei auf alle viere nieder, bis er gefunden hatte, was er suchte. Unter dem Instrumentenbrett befand sich eine Klappe, hinter der die Bootselektrik war.

Als er die Arretiervorrichtung löste, öffnete sie sich an ihren Scharnieren.

Er sagte zu Jenny: »Tu mir einen Gefallen und pass auf, ob Salter kommt, ja?«

Er holte ein paar Gegenstände aus der Tasche, die er am Morgen im Haushaltswarenladen des nächsten Ortes gekauft hatte: einen Schraubenzieher, Schrauben, einen Spitzbohrer und eine flache Eisensäge. Außerdem hatte er noch einige Zwingen dabei, wie man sie benutzt, um Gegenstände an einer senkrechten Fläche festzuklemmen.

Er bohrte die notwendigen Löcher in die Klappe und schraubte die Zwingen an. Dann machte er den Koffer auf, holte eine Maschinenpistole heraus, lud sie und klammerte sie fest. Anschließend lud er eine Smith & Wesson und befestigte sie unter der Sterling. Er hob die Klappe, und die Arretierung rastete ein.

Jenny, die draußen im Regen stand und den Pfad im Auge behielt, hatte ab und zu ins Ruderhaus gesehen. »Wofür ist das alles?«, fragte sie, und ihre Stimme klang auf einmal nicht mehr so wie früher – als wäre sie plötzlich ein anderer Mensch.

»Ich nenne es ein Ass im Ärmel.«

Er nahm die andere Sterling heraus und entfernte mit der Eisensäge schnell das Ende des Schlagbolzens, wobei er darauf achtete, dass er nicht zu viel absägte. Um sicherzugehen, feuerte er ein Magazin in die Luft. Dann tat er mit der anderen Smith & Wesson das Gleiche.

Er legte die Waffen wieder zu den Gaskanistern in den Koffer und wandte sich zu Jenny, die ihn neugierig anstarrte. »Aber jetzt kann man nicht mehr damit schießen!«

»Genau, Schatz.« Barry trat in den Regen hinaus und legte ihr einen Arm um die Taille. »Ich bin sehr gut organisiert. Ich muss immer wissen, woran ich bin.«

Sie klammerte sich an ihn, ihr Gesicht glühte, und er küsste sie. »Ich mag Regen. Er macht mich lebendig wie sonst nichts. Was für ein herrlicher Tag!« Er lächelte auf sie hinunter. »Und da wir noch genug Zeit haben, schlage ich vor, wir fahren in dies Sündenbabel, nach Ravenglass, und du zeigst mir die Sehenswürdigkeiten.«

Zwanzig Minuten später, acht Kilometer hinter Marsh End in Richtung Ravenglass, fuhr er plötzlich an den Straßenrand und bremste.

»Warum hältst du?«, sagte sie.

»Da drüben, was ist das?«

Er zeigte auf einen Kontrollturm und mehrere verfallene Hangars an einer von Gras und Unkraut überwucherten Piste, die von einer zweiten Rollbahn gekreuzt wurde. Der Zaun um das Gelände war rostig.

»Der Flugplatz Tanningley«, sagte sie. »Die RAF hat ihn im Krieg gebaut. Vor ein paar Jahren hat jemand versucht, dort einen Fliegerverein aufzuziehen, aber es lohnte sich nicht. Seitdem ist das Flugfeld nicht mehr benutzt worden.«

»Wirklich?«, sagte Barry. »Sehr interessant.«

Er ließ den Motor wieder an und fuhr weiter.

Das Maison d'Or war in der Altstadt von Marseille und konnte nur zu Fuß erreicht werden, durch eine schmale, kopfsteingepflasterte Gasse, die von vier- bis fünfgeschossigen Mietshäusern mit eisernen Balkonen und Holzläden vor den Fenstern gesäumt wurde. Ungeachtet der neuen, strengen Bestimmungen, die die städtische Polizei durchsetzen sollte, saßen in den meisten Türöffnungen Prostituierte und lockten mit ihrer leichten, grellbunten sommerlichen Bekleidung Freier an. Viele von ihnen unterhielten sich laut und ungeniert mit ihren Kolleginnen auf der anderen Straßenseite.

Devlin und Anne-Marie, die sich eingehakt hatten, waren die Zielscheibe ironischer und vulgärer Bemerkungen. Er staunte über die fröhliche Unbefangenheit, mit der Anne-Marie sich auf die Situation einstellte, und über ihre Schlagfertigkeit. Zu schade, dass er den Argot kaum verstand!

Er sagte: »Eins ist sicher, die Damen mit dem ältesten

Gewerbe der Welt wirken alles andere als ausgebeutet oder unterdrückt. Wie lässt sich das mit Ihren emanzipatorischen Bemühungen vereinbaren?«

»Ich fordere nur, dass alle Frauen eine Wahl haben sollen, eine freie Wahl«, antwortete sie. »*Was* sie wählen, ist ihre Sache.«

Die Tür des Maison d'Or war verschlossen, und Anne-Marie drückte auf den winzigen Klingelknopf. Sofort wurde eine kleine Klappe zur Seite geschoben, und ein Paar kalter blauer Augen musterte sie.

»Wir möchten uns ein bisschen amüsieren«, sagte sie.

»Das möchten wir alle, Schätzchen. Seid ihr Mitglieder?«

»Nein, wir sind nicht aus Marseille, aber ich habe meinem Freund hier ein paar schöne Stunden versprochen.« Sie machte eine obszöne Geste mit den Fingern.

Die Tür wurde geöffnet, und sie traten ein. Der Portier sah aus, als sei er in seinen besseren Tagen ein ganz guter Catcher gewesen, Mittelgewicht. Das Gewebe um seine Augen war vernarbt. Er betrachtete Anne-Marie mit Kennerblick und stieß einen Pfiff aus.

»Sie könnte eine Bereicherung sein.«

Das Foyer war in Tiefrot und Gold gehalten. Die beiden Mädchen an der Garderobe trugen elegante schwarze Kleider, und eine von ihnen näherte sich und nahm ihnen die Mäntel ab.

»Ich hab ja gesagt, das Maison d'Or ist was Besonderes«, flüsterte Anne-Marie.

In dem prunkvollen venezianischen Spiegel an der Wand erblickte Devlin einen jungen Mann, der aus einer kleinen Tür getreten war, die von der goldglänzenden Draperie am Eingang zum Clubraum fast verdeckt wurde. Er hatte schwarze, leicht gelockte Haare und war sehr attraktiv, was nur durch einen etwas verächtlichen Zug um die Augen abgeschwächt wurde. Seinem Blick schien nichts zu entgehen. Aus irgendeinem seltsamen Grund bildete sein gebrochenes Nasenbein keinen unangenehmen Widerspruch zu dem modischen dunkelblauen Flanellanzug von

Yves Saint-Laurent. Er beobachtete sie einen Moment. Ohne die zwischen seinen Lippen hängende Gauloise aus dem Mund zu nehmen, trat er dann auf sie zu.

»Monsieur«, sagte er zu Devlin. »Erlauben Sie?«

Devlin hob lächelnd die Arme, und der junge Mann tastete ihn fachmännisch ab.

»Was soll das?«, fragte Anne-Marie ungehalten.

»Psst«, sagte Devlin. »Kein Problem. Ich bin sauber.«

»Nehmen Sie's bitte nicht persönlich«, sagte der junge Mann zuletzt befriedigt.

»Schon gut«, sagte Devlin. »Ich kann Sie verstehen. Übrigens ... Wir hätten gern Monsieur Savary gesprochen.«

»Das geht leider nicht«, antwortete der junge Mann. »Monsieur Savary ist nicht da. Aber ich könnte ihm etwas ausrichten.«

»Ich glaube, wir müssen es ihm persönlich sagen«, erwiderte Devlin. »Sonst bekommt er es vielleicht in den falschen Hals. Es geht um seinen Vater.«

Der Türsteher sagte: »Der spinnt wohl.«

Der junge Mann brachte ihn mit einer Handbewegung zum Schweigen, sein Mund war immer noch zu jenem leichten Lächeln verzogen, aber seine Augen lächelten nicht mehr. »Sehr interessant, Monsieur.«

»Ja, Sie könnten es vielleicht erwähnen, wenn Savary kommen sollte. Wir haben es nicht eilig.«

Devlin nahm Anne-Marie am Ellbogen und ging zum Clubeingang. Der junge Mann schnippte mit den Fingern, und ein Oberkellner erschien irgendwo aus dem Nichts und führte sie zu einem Tisch.

»Champagner«, sagte Anne-Marie. »Und irischen Whisky für Monsieur.«

»Haben Sie zufällig Old Bushmills da?«, unterbrach Devlin.

»Selbstverständlich, Monsieur«, antwortete der Oberkellner. »Wir sind stolz darauf, alle Wünsche unserer Gäste erfüllen zu können.«

»Ich nehme an, das bezieht sich nicht nur auf die Getränke«, sagte Devlin und schaute sich um.

Das Nachtlokal hätte in irgendeiner beliebigen Stadt sein können. Ein Trio spielte gedämpfte Musik, es gab eine kleine Tanzfläche, die Tische standen dicht nebeneinander, und hinter einem Türbogen sah man ein Spielzimmer. Überraschend war höchstens die Tatsache, dass die Dekoration ausgesprochen geschmackvoll war – das galt für die Wandbehänge ebenso wie für die Teppiche und die Möbel.

Der Oberkellner brachte ihnen die Getränke selbst. »Möchten Sie vielleicht eine Kleinigkeit essen?«

Diesmal antwortete Anne-Marie: »Später. Im Augenblick warten wir auf Monsieur Savary.«

Der Oberkellner zuckte leicht mit den Schultern und entfernte sich. Devlin sagte: »Haben Sie das Gefühl, wir seien hier nicht erwünscht?«

Er prostete ihr zu, sie trank ein paar kleine Schlucke von ihrem Champagner. Weil es noch früh war, war nicht viel los – jenes eigenartige allabendliche Zwischenstadium im Leben solcher Nachtclubs, dessen Ende jeder herbeisehnt.

Der Portier stand mit einem Glas in der Hand an der Bar und ließ sie nicht aus den Augen. Er trank aus und näherte sich ihnen.

»Aufgepasst«, murmelte Devlin. »Ich müsste mich sehr täuschen, wenn nicht gleich was passiert.«

Der Türsteher sagte zu Devlin: »Hören Sie, Monsieur Savary kommt heute Abend nicht mehr, ich an Ihrer Stelle würde austrinken und das Lokal wechseln. Die Puppe kann natürlich bleiben.« Seine Hand senkte sich auf Anne-Maries Schulter, die Wurstfinger glitten in ihren Blusenausschnitt.

Sie zuckte nicht einmal zusammen. »Ich hätte gern noch etwas Champagner«, sagte sie zu Devlin.

»Sicher.« Er griff nach der Flasche. »Übrigens«, sagte er zu dem Türsteher. »Ich wäre Ihnen dankbar, wenn Sie Ihre Pfoten da wegnähmen. Ich meine, sie weiß schließlich nicht, was Sie eben damit gemacht haben, verstehen Sie?«

Der Türsteher lockerte seinen Griff sehr langsam. »Du kleiner Wichser«, sagte er. »Weißt du, was ich gleich mit dir machen werde?«

»Nein«, sagte Devlin. »Aber ich würde es gern hören.«

Er schenkte Anne-Marie gerade nach, und mit einer fast beiläufigen Geste hob er die Champagnerflasche und schleuderte sie dem Portier an den Kopf. Der Mann brüllte vor Schmerz, stürzte hin und versuchte, sich am Tischtuch festzuhalten. Gläser klirrten zu Boden und zersprangen.

Sofort drohte ein Tohuwabohu auszubrechen, die anwesenden Gäste schrien entsetzt, die Band hörte auf zu spielen, und mehrere Schlägertypen in Dinnerjacketts kamen in den Raum gelaufen. Der junge Mann mit der gebrochenen Nase erschien, wedelte mit den Armen und rief einen kurzen Befehl.

Die Leute traten zurück, der Portier stand auf, schüttelte den Kopf wie ein Stier und drückte eine Serviette auf das champagnerverschmierte Blut. »Sie hatten Recht, Chef«, sagte er. »Er ist nicht so harmlos, wie er aussieht.«

Der junge Mann begutachtete den Schaden. »Nicht schlecht, Claude, aber du hast schon Schlimmeres überstanden. Geh und lass dir ein Pflaster geben.«

Ein halbes Dutzend Kellner war bereits damit beschäftigt, die Spuren des Kampfes zu beseitigen. Der junge Mann drehte sich zu Devlin und Anne-Marie. »Nun, Monsieur ...«

»Devlin.«

»Ihre Art gefällt mir.«

»Und mir Ihre«, sagte Devlin. »Sie sind Jean-Paul Savary?«

»Schuldig.« Savary verbeugte sich ironisch.

»Wozu dann diese Show?«

»Weil ich Mademoiselle Audin erkannt habe.« Er nahm ihre Hand und küsste sie galant. »Es gibt keinen größeren Bewunderer Ihrer Arbeit als mich. Aber ich brauchte etwas Zeit zum Nachdenken, ich lasse mich nicht gern ins kalte Wasser stoßen.« Er setzte sich und schnippte dem

Oberkellner. »Eine Nachricht von meinem Vater, sagten Sie? Wie ist das möglich?«

»Er sitzt in Belle-Île mit einem Freund von mir in einer Zelle.«

»Häftling drei-acht-neun-drei-null, Martin Brosnan«, sagte Savary.

»Stimmt.« Devlin zog die Augenbrauen hoch. »Sie wissen sogar seine Nummer?«

»Ich weiß alles, was mit meinem Vater und Belle-Île zusammenhängt, und auf dem Felsen ist die Nummer beinahe noch wichtiger als der Mann selbst. Sie sorgen dafür, indem sie sie in den rechten Unterarm tätowieren lassen.«

Anne-Marie sagte: »Ihr Vater ist schon sehr lange dort. Ich bin überrascht, dass die Union Corse es nicht fertig gebracht hat, etwas für ihn zu tun.«

»Wenn man ihn für eine andere Sache verurteilt hätte ...« Er schüttelte den Kopf. »Aber er hat versucht, de Gaulle zu erledigen. Und er hätte es um ein Haar geschafft. Sie werden ihm nie verzeihen. Er wird dort bleiben, bis er stirbt.«

Seine Stimme war plötzlich brutal. Anne-Marie fuhr fort: »Und Sie haben nie versucht, ihn rauszuholen?«

»Von Belle-Île?« Er lachte ungläubig. »Bisher ist noch nie jemand von dem verdammten Felsen entkommen. Kein Mensch.«

Devlin sagte aufgekratzt: »Nun, Martin Brosnan und Ihr Vater werden Donnerstagnacht versuchen, einen Rekord aufzustellen, ob mit oder ohne Ihre Hilfe. Das soll ich Ihnen von Ihrem Vater ausrichten.«

Jean-Paul Savary, der die Hände flach auf den Tisch gelegt hatte, saß da und starrte Devlin an. Dann wandte er sich langsam zu Anne-Marie. »Ist das wahr?«

»Absolut.«

Er holte tief Luft und stand auf. »Dann schlage ich vor, wir gehen nach oben in meine Wohnung und reden dort in Ruhe weiter.«

In dem gemütlich eingerichteten Wohnzimmer war es stickig warm, und Anne-Marie öffnete die Fenstertüren zum Balkon, trat hinaus und blickte hinunter zum Hafen. Nach einer Weile drehte sie sich um und ging wieder ins Zimmer.

Devlin und Jean-Paul hatten ihre Jacken ausgezogen und beugten sich über den Tisch, auf dem eine Karte des Gebiets von Belle-Île lag, eine Karte in einem sehr kleinen Maßstab.

»Könnte es klappen?«, sagte Devlin.

»Theoretisch, ja. Das Leitsystem, von dem Brosnan gesprochen hat, ist kein Problem. Ich arbeite offen gesagt oft mit den hiesigen Schmugglerringen zusammen. Wir bergen immer wieder Sachen, die mit so einer Vorrichtung versehen und dann einfach über Bord geworfen werden. Auch das Boot ist kein Problem. Wir haben letztes Jahr eine Fischfanggesellschaft übernommen. Mit sechs Trawlern. Ich könnte morgen einen nach St. Denis schicken.«

»Demnach gibt es keinen technischen Grund, weshalb es nicht gehen sollte.«

»Das stimmt … Aber es ist so verflucht riskant, von dem Felsen aus ins Wasser zu gehen und sich dieser Strömung anzuvertrauen. Ich würde sagen, die Chance ist höchstens eins zu eins.«

»In Anbetracht dessen ist Ihre Laune erstaunlich gut.«

»Er sitzt seit vierzehn Jahren in einer Gruft, Monsieur Devlin. Es ist sicher die einzige Möglichkeit, die er jemals haben wird. Wer bin ich, ihm Steine in den Weg zu legen? Wir müssen allerdings noch andere Dinge berücksichtigen. Wichtiges, an das Sie anscheinend nicht gedacht haben.«

Es klopfte, und der bullige Claude, der Portier des Maison d'Or, schaute ins Zimmer. »Doktor Cresson ist da.«

»Gut, bring ihn her.«

Anne-Marie sagte: »Wozu brauchen wir denn einen Arzt?« Jean-Paul steckte sich eine Gauloise an und lächelte. »Sie werden sehen, *chérie*. Sie werden sehen.«

André Cresson war ein hoch gewachsener Mann mit traurigen dunklen Augen und Doppelkinn. Sein lohfarbener Gabardineanzug sah aus, als sei er seit Monaten nicht mehr gebügelt worden, und er zündete eine Zigarette an der anderen an und bestreute sein schwarzes Hemd dauernd mit Asche.

Er fragte: »Sie sagten, die beiden wollten durch die Kanalisation rauskommen?«

»Genau«, antwortete Devlin.

Cresson verzog das Gesicht. »Nicht sehr gut. Selbst in der besten Kanalisation kann alles Mögliche passieren, und in Belle-Île ...« Er zuckte mit den Schultern. »Wahrscheinlich ist sie dort noch aus dem achtzehnten Jahrhundert. Rückstände von Jahrhunderten ...«

»Was wollen Sie damit sagen?«, fragte Jean-Paul.

»Nun, in solchen alten Röhren gibt es häufig Ansammlungen von Kohlendioxyd und Methangas. Kohlendioxyd führt zum Tod durch Ersticken, und Methan ist beinahe noch schlimmer. Der geringste Funke genügt, und es explodiert. Aber sie müssen es wohl riskieren.«

»Sie meinen, keine Kerzen und keine Streichhölzer?«, sagte Devlin.

»Genau. Werden Sie Brosnan noch vor dem Ausbruch besuchen, Monsieur?«

»Ja. Ich habe mit dem zuständigen Mann von der Vollzugsbehörde gesprochen. Ich sagte ihm, ich müsse noch einige Dinge klären, ehe mein Klient unterschreiben könne. Er war sehr entgegenkommend. Ich fahre Donnerstagmorgen hin.«

»Dann schlage ich vor, dass Sie ihnen eine kleine, aber starke Taschenlampe mitnehmen. Im Gefängnis könnten sie Schwierigkeiten haben, sich eine zu besorgen. Die größte Gefahr ist allerdings, dass sie in die Abwässer fallen. Die Keimkonzentration kann zu Übelkeit, Erbrechen und binnen wenigen Stunden zum Tod führen. Oder sie holen sich eine Virushepatitis.«

Niemand sagte etwas. Anne-Marie brach das Schweigen: »Und was kann man gegen das alles machen?«

»Oh, sofort mit Medikamenten voll pumpen, wenn man sie aufgefischt hat.« Er lächelte kummervoll. »Das heißt, falls man sie auffischt. Das Wasser des Teufelsstrudels wird die Körpertemperatur selbst in einer lauwarmen Nacht schnell senken. Das würde besonders meinem alten Freund Jacques zu schaffen machen. Er ist, offen gesagt, nicht mehr der Jüngste.«

Jean-Paul sagte: »Na gut, dann kommen Sie mit uns auf den Trawler und geben ihnen alles, was nötig ist, sobald wir sie an Bord gezogen haben. Ich werde natürlich dafür sorgen, dass Sie uns diesen Gefallen nicht umsonst tun.«

Cresson schüttelte den Kopf. »Nein, Jean-Paul, Ihr Vater und ich sind schon so lange befreundet, dass ich kaum noch weiß, wann es angefangen hat. Dafür werde ich keinen Sou berechnen.«

Jean-Paul lächelte. »Ich nehme dankbar an, in seinem Namen.«

Devlin sagte: »Angenommen, alles klappt, und sie schaffen es. Was geschieht dann?«

»Erinnern Sie sich nicht?«, antwortete Anne-Marie. »Ich habe einen kleinen Bauernhof in den Bergen oberhalb Nizza. Ich gehe immer dorthin, wenn ich von allem wegkommen möchte. Er liegt sehr einsam und ziemlich hoch. Wenn jemand kommt, sieht man ihn schon Kilometer vorher. Dort können sie sich ein bisschen ausruhen.«

»Haben Sie da vielleicht auch Personal?«, fragte er.

»Ich bitte Sie.« Sie lachte. »Es gibt nur Schafe, eine spanische Bergrasse. Und einen alten Hirten, Louis, aber er ist die meiste Zeit oben in den Bergen.«

»Klingt nicht übel.«

Jean-Paul sagte: »Ich danke Ihnen für das Angebot, aber um meinen Vater werde ich mich kümmern.«

»Sie werden sich eine Zeit lang verstecken müssen«, erklärte Devlin. »Diese Geschichte wird schrecklich viel Staub aufwirbeln. Jeder Bulle in Frankreich wird sie suchen. Und man wird Interpol einschalten.«

»Klar«, sagte Jean-Paul. »Aber betrachten wir es mal anders. Wenn sie nun ertrinken? Wenn sie an Unterkühlung sterben und vom Teufelsstrudel an die Klippen bei St. Denis geschwemmt werden?«

Ein langes Schweigen entstand. Dann sagte Anne-Marie sehr leise: »Wenn Sie damit andeuten wollen, was ich denke, dann heißt das, dass die Toten nicht Jacques Savary und Martin Brosnan sein würden.«

»Und dass sie nicht mal der primitivsten gerichtsmedizinischen Untersuchung standhalten würden«, ergänzte Devlin.

»Von der Strömung so oft gegen die Felsen geschleudert, dass sie nicht mehr zu erkennen sind, mit eintätowierten Häftlingsnummern, in ihrer Gefängniskluft und mit gestohlenen Schwimmwesten aus dem Gefängnis?« Jean-Paul schüttelte den Kopf. »Ich schätze, man würde sie nicht weiter untersuchen.« Er reckte sich ein wenig und starrte nachdenklich auf die Karte hinunter. »Ich mache ein bisschen Geld mit Spielkasinos. Wir gewinnen letzten Endes immer, weil Fortuna mit uns ist. Ich möchte etwas prophezeien – die Eingebung des Spielers, gewissermaßen. Ich glaube, wenn die Behörden die beiden Leichen finden, werden sie sie so schnell wie möglich unter die Erde bringen und einfach bekannt geben, die Strafgefangenen Brosnan und Savary seien gestorben, entweder eines natürlichen Todes oder vielleicht als Folge eines Unfalls im Steinbruch.«

»Sie meinen, sie würden den Ausbruch totschweigen?«, sagte Devlin. »Mit anderen Worten, er hat nie stattgefunden?«

»Es wäre zumindest plausibel, wenn man darüber nachdenkt. So wahrt der Strafvollzug das Gesicht, und Belle-Île kann weiterhin den Ruf genießen, ausbruchsicher zu sein.«

Anne-Marie sagte: »Sie könnten Recht haben. Es wäre außerordentlich logisch.«

»Vielleicht«, sagte Devlin. »Aber darauf haben wir keinen Einfluss. Was tun wir als Nächstes?«

Jean-Paul wandte sich an Cresson. »Jetzt liegt alles bei Ihnen, André. Machen Sie sich auf die Socken. Gehen Sie zu allen Leichenhäusern, Bestattungsunternehmen und so. Der Kutter fährt morgen Nachmittag nach St. Denis. Ich möchte, dass in seinem Kühlraum zwei geeignete Leichen liegen, wenn er ablegt.«

André Cresson zündete die nächste Zigarette am Stummel der an, die er gerade zu Ende geraucht hatte, und zog einen Kugelschreiber und ein kleines ledergebundenes Notizbuch aus der Tasche. Er sagte zu Devlin: »Was Jacques angeht, bin ich mehr oder weniger informiert, ich war jahrelang sein Arzt. Würde es Ihnen etwas ausmachen, mir der guten Ordnung halber etwas über Ihren Freund Brosnan zu erzählen?«

8

Frank Barry lag rauchend auf dem Bett und starrte zur Decke hoch. Es war sieben Uhr morgens, und kalter Novemberregen peitschte ans Fenster. Jenny Crowther, die neben ihm lag, schlief noch, atmete leise aus halb geöffnetem Mund. Im Schlaf sah sie unglaublich unschuldig aus, beinahe kindlich. Einen Augenblick lang betrachtete er sie leidenschaftslos, um sich dann wichtigeren Dingen zuzuwenden.

Er glitt unter den Wolldecken hervor, tappte durch das Zimmer zu dem Stuhl, auf dem er seine Sachen gelassen hatte, und zog Hosen und einen alten Pullover an. Er fuhr sich mit den Fingern durchs Haar und ging zu seinen Koffern.

Jenny wurde unruhig, erwachte und setzte sich auf. »Du gehst schon?«, sagte sie, und ihre Stimme klang besorgt.

Er stellte die Koffer wieder hin und trat ans Bett. »Du musst hier bleiben. Ich möchte dich heute nicht auf der Farm sehen, kapiert?«

Sie sah ihn forschend an. »Kommst du zurück?«

»Später«, sagte er.

Sie warf ihm die Arme um den Hals und küsste ihn gierig. Es hatte keinerlei Wirkung auf ihn, und er war sich eines sonderbaren bedauernden Gefühls bewusst.

»Sei ein braves Mädchen«, sagte er, nahm die Koffer und ging hinaus.

Es roch nach gebratenem Speck, und in der Küche sah er Salter am Herd stehen.

»Guten Morgen, Mr. Sinclair«, sagte der Leichenbestatter. »Möchten Sie frühstücken?«

»Nein, danke.« Barry schenkte sich eine Tasse Tee ein und trank sie mit wenigen Schlucken aus. »Ich arbeite lieber mit leerem Magen.«

Salter hörte auf zu lächeln. »Dann ist heute der große Tag?«

»Ich dachte, ein ausgebuffter Ganove wie Sie wüsste inzwischen, dass es besser ist, nicht so viel zu wissen«, sagte Barry, als er wieder seine Koffer nahm und zur Tür ging. »Ich habe Jenny gesagt, sie soll sich heute nicht auf der Farm blicken lassen. Das gilt auch für Sie.«

Die Drohung war deutlich. Salter umklammerte den Bratpfannenstiel und machte ein erschrockenes Gesicht. Barry ging hinaus und über den Hof zum Schuppen.

Eine Viertelstunde später parkte er den Land Rover am Bootssteg. Jetzt nieselte es nur noch, und die feinen Tropfen schienen sich mit dem Dunst zu verbinden, der in der Morgenluft hing. Wie gewöhnlich, war keine Menschenseele zu sehen. Er kletterte über die Reling der *Kathleen* und trat ins Ruderhaus. Als Erstes klappte er den Deckel unter dem Instrumentenbrett auf, um nachzusehen, ob die Smith & Wesson und die Sterling noch da waren. Befriedigt ging er wieder an Deck. Das Beiboot der *Kathleen,* ein gelbes Schlauchboot mit Außenbordmotor, war mit einer Leine am Heckspiegel festgemacht. Er zog es an den Steg, sprang hinein und tuckerte los. Der Außenbordmotor war ebenso neu wie alles andere an Salters Boot. Er machte keinerlei Schwierigkeiten, und das Boot war bald auf halbem Weg zum Meer.

Da bog Barry in einen Arm, der hier in den Fluss mündete, folgte ihm eine Weile, probierte es dann mit einem anderen, fuhr gut zwanzig Minuten hin und her, drehte sogar wieder kurz landeinwärts, ehe er das Schlauchboot langsam durch dichtes Schilf steuerte und fand, was er gesucht hatte, einen etwa kreisförmigen Teich mit einem Durchmesser von 20 bis 25 Metern. Das Ufer fiel steil ab, und in der Mitte war das Wasser rund fünf Meter tief.

Es war, als sei er der erste Mensch, der jemals hier gewesen war. Außer den Regentropfen hörte er keinerlei Geräusch, und er erschauerte unwillkürlich, da er an Geschichten denken musste, die er als kleiner Junge in Irland gehört hatte – über verzauberte Tümpel und dergleichen. Seltsam, aber er hatte fast den Eindruck, der Teich habe auf ihn gewartet. Als sei er schon einmal hier gewesen. Das war natürlich Unsinn, fest stand nur, dass er sich hervorragend für seine Zwecke eignete. Er ließ den Motor wieder an und fuhr zu den Booten zurück.

Hedley Preston stand vor dem Schrankspiegel und schob die dunkelblaue Army-Mütze so hin, dass es einigermaßen verwegen wirkte. In dem Kampfanzug sah er ziemlich bedrohlich aus. Als Letztes band er den breiten Gürtel um.

»Sieh mal einer an«, sagte er vor sich hin. »Wer hätte das gedacht.«

Er ging nach unten, wo der ähnlich gekleidete Varley mit einem Glas in der Hand am Kamin stand. Varley blickte ihn über die Schulter hinweg an und sagte sauertöpfisch: »Mein Gott. Der Held.«

»Eins steht fest«, antwortete Preston gut gelaunt, »wenn Sinclair dich wieder trinken sieht, kannst du endgültig einpacken.«

»Ich scheiße auf Sinclair«, sagte Varley, doch als in der Diele Schritte klangen, versteckte er das Glas hastig hinter einem Foto auf dem Kaminsims.

Barry erschien mit einem der Koffer in der Türöffnung. Er sah vom Scheitel bis zur Sohle aus wie ein waschechter Soldat, und der Browning in dem Gurthalfter an seiner Hüfte rundete das Bild ab.

»Da wären wir«, sagte Preston. »Jetzt müssen wir nur noch wissen, worum es geht.«

»Ich werde euch gleich sagen, was ihr zu tun habt«, antwortete Barry. »Mehr nicht.«

Er legte den Koffer auf den Tisch, öffnete ihn, nahm eine Karte des Gebiets heraus und faltete sie auseinander. »An diesem Punkt der Straße nach Wastwater kommt ein Lastwagen vorbei, möglicherweise auch zwei. In dem einen sind fünf oder sechs Soldaten. Sie werden eine Eskorte haben. Wie viel Mann, erfahre ich erst später.«

»Soldaten?«, sagte Varley. »Davon haben Sie vorher nichts gesagt.«

»Mach dich nicht nass«, sagte Barry. »Sie lassen keine bewaffneten Soldaten auf die Leute los, du brauchst also keine Angst zu haben. Wir blockieren die Straße mit dem Land Rover, um sie zu stoppen.« Er nahm eine Gasgranate aus dem Koffer. »Ihr schmeißt eine davon hinten auf den Laster. Das Gas wirkt sofort. Sie werden eine Stunde bewusstlos sein.«

»Und wir?«, fragte Preston.

»Dafür ist gesorgt.« Barry hielt eine kleine khakifarbene Gasmaske hoch, an der ein grüner Kanister baumelte.

»Sie schlafen also wie die Babys«, sagte Preston. »Und was machen wir?«

»Wir laden alles, was auf dem Laster ist, in den Land Rover. Dann in einer halben Stunde zur Küste, wo ich ein Boot liegen habe. Wir bringen die Sachen rauf, und damit ist eure Rolle zu Ende. Ihr könnt machen, dass ihr aus der Gegend verschwindet.«

»Mit noch mal fünftausend Pfund für jeden«, sagte Preston. »Vergessen wir nicht das Wichtigste.«

Barry nahm die Sterling-MP und die Smith & Wesson aus dem Koffer. »Die sind beide scharf, falls was schief geht, aber erst schießen, wenn ich es sage. Kapiert?«

»Ja, Mr. Sinclair.« Preston nahm liebevoll die Sterling hoch. »Kann es was Schöneres geben?«

Varley ergriff vorsichtig die Smith & Wesson und steckte sie in sein Halfter. »Eines wüsste ich noch gern«, sagte er aggressiv. »Was hat dieser verdammte Laster eigentlich geladen? Es muss doch sehr wichtig sein, sonst ...«

Barry klappte den Kofferdeckel zu, stellte den Koffer auf die Erde und sah sie an. Es dauerte einen langen Moment, bis er sagte: »Okay. Gehen wir.«

Er ging hinaus. »Warte mal«, begann Varley, aber Preston boxte ihn heftig in die Seite, sodass er nicht weiterredete.

»Hör endlich auf mit dem Mist, verstehst du? Wenn man Geduld hat, kommen die Dinge von selbst zu einem, das hab ich dir schon mal gesagt. Tun wir also im Augenblick nur, was der Kerl sagt.« Er nahm die Sterling und folgte Barry auf den Hof.

Das Begräbnisinstitut bildete die eine Seite eines kleinen Platzes in der Altstadt. Als Jean-Paul Savary, Devlin und Anne-Marie sich näherten, stand draußen ein zweispänniges Leichenfuhrwerk, ein prachtvolles, schwarzes, beschnitztes Gefährt mit weinenden Engeln an den Ecken. Zwischen den Ohren der Pferde wippten lange schwarze Federn.

»Straußenfedern«, sagte Jean-Paul. »Eigentlich ist es jetzt illegal, aber konservative Leute wie hier in Marseille brechen nicht von heute auf morgen mit alten Traditionen.«

Er betätigte einen Klingelzug am Seiteneingang. Die Tür wurde sofort von einem großen, mageren, alten Mann in einem abgetragenen schwarzen Anzug geöffnet. »Bitte hier entlang, Monsieur Savary«, sagte er.

Sie folgten ihm durch einen dunklen Korridor. Der Geruch von Weihrauch und Kerzen, der die Luft schwängerte, war beinahe Übelkeit erregend. Auf beiden Seiten des Gangs gingen kleine Kapellen ab, und in den meisten von ihnen war ein Leichnam in einem offenen Sarg aufgebahrt, damit Verwandte und Freunde Abschied nehmen konnten.

Devlin sagte: »Vielen Dank, aber ich würde es lieber anders machen.«

»Spielt das wirklich eine Rolle?«, fragte Anne-Marie. »Wenn man tot ist, ist man tot.« Sie blieben in einer Türöffnung stehen, um einen alten Mann zu betrachten, der aufgestützt in einem mit schwarzem Satin ausgeschlagenen Sarg lag. Er trug einen dunkelblauen Anzug, ein weißes Hemd mit Krawatte, seine Haare waren glatt gekämmt, sein Gesicht war mit Bühnen-Make-up geschminkt, die Lippen zinnoberrot. »Was kann es ihm schon ausmachen, dass sie ihn in einen Freak aus dem Wachsfigurenkabinett verwandelt haben?«

»Sie meinen, solange seine Mutter es schön findet?« Devlin schauderte zusammen. »Vielen Dank. Als schlechter Katholik werde ich in meinem Testament bestimmen, eingeäschert zu werden.«

Am Ende des Gangs machte der alte Mann eine Tür auf und trat zur Seite. Sie gingen in den Raum, in dem die Toten vor dem Aufbahren gewaschen und, falls gewünscht, einbalsamiert wurden. Dr. Cresson stand, wie immer mit einer Zigarette zwischen den Lippen, an einem Ausguss aus Stein und redete mit einem winzigen, rattengesichtigen Mann, der einen glänzenden blauen Anzug trug und eine schwarze Tasche in der Hand hatte.

Cresson wandte sich ihnen zu und begrüßte sie: »Ah, da sind Sie ja.«

In der Mitte des Raums standen zwei lange Tische, auf denen jeweils eine mit einem Tuch bedeckte Leiche lag.

»Geht alles nach Plan?«, fragte Jean-Paul.

»Ich denke. Sie sind beide bei einem Autounfall ums Leben gekommen.«

»Können wir sie sehen?«

»Das würde ich nicht empfehlen. Es sei denn, Sie stehen auf so was. Sie sind kein angenehmer Anblick.«

»Reicht die Ähnlichkeit?«

Cresson nickte. »Ich glaube schon. Ich muss natürlich noch ein bisschen an ihnen arbeiten.« Er winkte den rattengesichtigen Mann her. »Das ist Mr. Black, der Tätowierer, von dem ich gesprochen habe. Er ist Engländer, lebt aber schon seit einiger Zeit in Marseille. Mr. Black – das ist Jean-Paul.«

Jean-Paul nahm die Hand des Kleinen.

»Angenehm«, sagte Black. »Kann ich anfangen?«

»Selbstverständlich.« Jean-Paul wandte sich an Cresson. »Haben Sie die Zahlen?«

»Ja.«

»Dann müssen Sie nur noch aufpassen, dass sie nicht verwechselt werden.«

Anne-Marie und Devlin sahen fasziniert zu, wie der kleine Mann seine Tasche aufmachte, eine batteriegetriebene Tätowiernadel und eine Flasche mit Farbe herausholte und an die Arbeit ging.

»Eine Kleinigkeit, aber sehr wichtig«, sagte Jean-Paul.

Während sie zusahen, tätowierte der Kleine Brosnans Nummer sorgfältig auf den Unterarm der größeren Leiche. Er rieb die Farbe ein, tupfte das Fleisch ab und hielt den Arm hoch.

»Zufrieden, Monsieur Savary?«

»Wunderbar«, sagte Jean-Paul. »Sie sind ein wahrer Künstler, mein Freund. Und jetzt mein Vater, Nummer zwei-acht-neun-eins-sieben.«

»Sofort, Monsieur.«

Jean-Paul wandte sich an Anne-Marie und Devlin: »Ich denke, der Rest liegt in der Hand des Schicksals.«

Barry beobachtete durch ein Fernglas von einem erhöhten Punkt zwischen Bäumen an der Straße 200 Meter nördlich vom Flugplatz Brisingham, wie die Transportmaschine der Bundeswehr entladen wurde. Er konnte nur zwei Fahrzeuge sehen, einen Dreitonner und einen Jeep. Die Bundeswehrsoldaten luden drei Kisten auf die Pritsche des Lasters und kletterten dann nach.

Ihr Offizier redete noch eine Weile mit einem jungen Mann in der Uniform eines Captains der britischen Armee. Dann stiegen die beiden in den Jeep, der, gefolgt von dem Lkw, über die geteerte Piste fuhr. Barry wartete noch, bis beide Fahrzeuge das Tor passierten und auf die Straße einbogen. Dann sprang er in den Land Rover.

Nach Barrys Abfahrt hatte sich das Nieseln in einen kräftigen Landregen verwandelt, sodass es alles andere als angenehm war, hinter der grauen Steinmauer und den Bäumen an der Straße hocken zu müssen, um nicht gesehen zu werden. Varley hatte eine kleine Flasche Scotch dabei, die er alle paar Minuten an die Lippen hob.

Preston sagte: »Du bist wirklich nicht mehr normal.«

»Kümmer dich um deinen eigenen Scheiß«, fuhr Varley ihn an. »Ich weiß selbst, was ich zu tun hab. Von dir brauch ich mir nichts sagen zu lassen, und auch nicht von diesem verdammten Wichtigtuer, diesem Sinclair.« Er leerte die Flasche und ließ sie auf die Erde fallen. »Ich werd's ihm zeigen, wenn es so weit ist.« Er hielt einen Finger an die Nase. »Du wirst schon sehen.«

Preston schüttelte angewidert den Kopf. Varley war ein Risiko, nicht nur jetzt, sondern auch in Zukunft. Andererseits ... Wer brauchte ihn schon? Preston streichelte den Lauf der Sterling, spannte dann plötzlich, da er ein Motorgeräusch hörte, alle Muskeln.

»Da! Ich glaube, er kommt.«

Einen Augenblick später kam der Land Rover in Sicht. Barry fuhr ihn auf die Böschung, stieg aus und ging zwischen den Bäumen hindurch zu ihnen.

»Alles in Ordnung?«, fragte Preston.

»Ja«, antwortete Barry. »Zwei Fahrzeuge. Ein Jeep mit drei Mann fährt voraus, dann kommt ein Dreitonner. Im Fahrerhaus der Chauffeur und ein deutscher Feldwebel, hinten ein halbes Dutzend Deutsche. Also drei Gasgranaten. Ich lege die erste in den Jeep, wenn ich hingehe und mit ihnen rede. Ihr beide übernehmt den Laster, einer das Fahrerhaus, der andere die Pritsche.«

»Zu Befehl, Herr General.« Varley salutierte leicht schwankend.

Barry bückte sich, hob die leere Whiskyflasche auf und warf sie mit einem Fluch fort. Er packte den großen Mann an der Kampfjacke. »Wenn du das Ding vermasselst, du besoffenes Schwein, jage ich dir eine Kugel in den Kopf. Darauf kannst du dich verlassen.«

Mehr Zeit hatte er nicht, denn plötzlich ertönte das Brummen eines Motors; der Laster hatte die Steigung erreicht.

»Los«, sagte Barry. »Setzt die Masken auf!« Er drehte sich um und rannte zur Straße. Er öffnete die Tür des Land Rovers, nahm seine Gasmaske, hängte sie um den Hals und wartete.

Der Bundeswehrmajor saß hinten im Jeep, und der junge britische Captain vorn neben dem Fahrer drehte sich halb zu ihm um, während sie sprachen. Er sah Barry erst, als der Fahrer ihn auf ihn aufmerksam machte und Gas wegnahm.

Der Captain sagte: »Was macht denn der da?«, und kurbelte das Fenster hinunter. »Was ist los?«, fragte er den näher tretenden Barry.

»Neuer Plan, mein Sohn. Hat man es Ihnen nicht gesagt?«, antwortete Barry. »Das ist doch wieder mal typisch.«

Er zog die Nadel ab und warf die Gasgranate durch das geöffnete Fenster, drehte sich sofort um und zog sich die Maske über das Gesicht.

Preston und Varley rannten zur Straße, Preston lief über den Asphalt zur Rückseite des Lastwagens und schleuderte seine Granate über die Ladeklappe.

Es war Varley, der Mist baute. Er zog die Nadel seiner Granate im Laufen ab, strauchelte und fiel, und die Granate rollte, in eine kleine weiße Wolke gehüllt, von ihm fort.

Die Tür des Fahrerhauses wurde aufgestoßen, und ein großer Artilleriefeldwebel sprang auf die Straße. Barry hatte keine Wahl, zog seinen Browning und schoss zweimal auf ihn, als er sich auf Varley warf. Dann hob er blitzschnell die qualmende Granate auf und warf sie ins Fahrerhaus, wo der Chauffeur noch am Steuer saß.

Auf einmal war es sehr still. Preston kam zum Fahrerhaus herum, während Barry Varley auf die Füße zerrte und wütend hin und her schüttelte. Seine Stimme wurde von der Gasmaske gedämpft.

Er gab Varley frei und lief zur Rückseite des Lkws, ließ die Ladeklappe herunter, kletterte über die leblosen Körper der Bundeswehrsoldaten und betrachtete die drei grünen Container.

Preston und Varley kamen hinterher. Sie brauchten genau vier Minuten, um die Container in den Land Rover umzuladen. Nach einer weiteren Minute fuhren sie los; die beiden Militärfahrzeuge blieben im Regen an der Straße zurück.

Jenny Crowther ging langsam den Weg am Fluss entlang, eine verloren wirkende Gestalt mit Kopftuch und Regenmantel. Ehe Barry kam, war ihr Leben nichts gewesen, ein grauer Tag nach dem anderen. Jetzt kreiste alles um ihn, sie konnte an nichts anderes mehr denken.

Sie trat an den Steg und betrachtete, die Hände in den Taschen vergraben, die beiden Boote. Nach einer Weile kletterte sie über die Reling der *Kathleen* und ging ins Ruderhaus. Sie setzte sich auf die Bank, lehnte sich an das Schott und starrte auf das Instrumentenbrett. Dann streckte sie die Hand aus und öffnete die Inspektionsklappe. Sie sah die Sterling und den Revolver, die ordentlich in ihren Zwingen festgeklemmt waren und Unheil verkündend blitzten. Sie fasste sie vorsichtig an, stieß die Klappe wieder hoch und ging zurück an Land.

Sie ging zur *Jason*, betrachtete sie und fragte sich stirnrunzelnd, was das Ganze sollte. Sie kletterte an Bord, betrat das Ruderhaus und blieb unschlüssig stehen, wusste nicht, was sie hier wollte. Plötzlich hörte sie in der Ferne einen Automotor.

Als sie an Deck trat, war das Geräusch schon sehr nahe. Sie zögerte, ging dann schnell in die Kabine hinunter und machte die Tür hinter sich zu.

Am Ende des Bootsstegs hielt der Land Rover, und Barry stieg aus und ging nach hinten, wo Preston und Varley mit den drei Behältern waren.

»Die Dinger müssen auf die *Jason*, aber schnell«, sagte er. »Gebt mir gleich einen rüber, ich schaffe es allein.«

»Aber bitte«, sagte Preston und schob den Container voran.

Er war relativ leicht. Barry hatte keine Mühe, ihn über die Reling zu hieven und den Niedergang hinunter zu tragen. Jenny hörte ihn kommen, ging zum anderen Ende der Kabine und versteckte sich in der Toilette.

Barry öffnete die Kabinentür und wuchtete die Kiste hinein. Er stellte sie auf den Boden, und dann kamen Preston und Varley mit der zweiten, die größer war.

»Gut«, sagte Barry. »Und jetzt die letzte, dann habt ihr's geschafft und könnt abhauen.«

Varley warf Preston einen tückischen Blick zu, aber sie drehten sich um und gingen wieder hoch. Barry folgte ihnen. Als sie den Land Rover erreicht hatten, beobachtete er, wie sie den dritten Behälter hinunterließen. Sie betraten wieder den Bootssteg, er langte unter den Fahrersitz, nahm die Aktentasche und folgte ihnen.

Gespannt wartete er darauf, dass sie losschlugen. Preston würde garantiert eine Show daraus machen. Barry postierte sich an der Heckreling, stellte die Aktentasche auf die Erde und löste den Riemen des Halfters an seinem Gürtel. Er konnte sie unten in der Kajüte murmeln hören, als er den Browning herausholte, entsicherte und wieder in den Halfter steckte. Er zündete sich eine Zigarette an und wartete.

Sie kamen zurück an Deck, und Preston sagte: »Ich hoffe, Sie haben das Geld dabei?«

»Sicher.«

»Nun ... also, über eins wollten wir noch mit Ihnen reden: Was in den Kisten unten ist und wie viel wirklich in der Aktentasche ist.«

»Mit anderen Worten, Sie Schlaumeier – wir wollen alles«, unterbrach Varley. »Kapiert?«

Barry lächelte und drehte sich um. Preston hatte die Sterling auf ihn gerichtet, und Varley zog seine Smith & Wesson.

»Komme ich hier lebend weg?«

»Ich fürchte nein, Mr. Sinclair.« Preston zuckte mit den Schultern. »Sie werden die Partie verlieren.«

»Verdammter Mist.« Barry warf die Zigarette fort. »Und dabei hättet ihr das Geld bekommen und euch in Sicherheit bringen können.«

Seine Hand zuckte zum Gürtel, legte sich um den Kolben des Browning. Preston zog die Sterling ab. Der Bolzen klickte mechanisch, doch mehr geschah nicht. Prestons Lächeln gefror. In diesem letzten, schrecklichen Moment begriff er alles.

Als Barry feuerte, kam Jenny an Deck gestürzt. »Nein!«, schrie sie und sprang vor Preston. Die Kugel traf sie in den Rücken, schleuderte sie gegen ihn.

Preston benutzte sie als Schild und machte einen Schritt rückwärts, und Barry schoss ihm durch den Kopf. Die Schädeldecke zersplitterte, und er stürzte, immer noch mit dem Mädchen im Arm, ans Ruderhaus.

Varley feuerte wie rasend mit seiner Smith & Wesson, doch nichts kam, nur ein leeres Klicken nach dem anderen. Mit einem verzweifelten Aufschrei schleuderte er Barry die nutzlose Waffe entgegen und drehte sich um, wollte davonrennen. Barry schoss ihn zweimal in den Rücken, zerschmetterte seine Wirbelsäule, und Varley fiel dann mit dem Oberkörper über die Reling.

Vögel flogen aus dem Schilf auf und stoben angstvoll piepend davon. Barry steckte den Browning wieder ein, kniete sich hin und wiegte Jenny Crowther in seinen Armen. Sie war tot, ihre offenen Augen starrten ins Leere. Er drückte sie sanft zu.

»Armes, dummes, kleines Ding«, sagte er und küsste sie auf die Stirn. »Es war so überflüssig – völlig überflüssig. Ich hatte alles eingeplant.«

Er hob sie auf, ging die Kajütstreppe hinunter und legte sie auf eine der Bänke. Dann kletterte er zurück an Deck und kniete neben Preston nieder, öffnete das Kampfhemd und durchsuchte ihn schnell. Wie er erwartet hatte, trug Preston die 5000 Pfund bei sich, ebenso Varley. Er schleifte sie nacheinander die Treppe hinunter, nahm dann seine Aktentasche, kletterte über die Reling an Land und lief zur *Kathleen.*

Er ging ins Ruderhaus und sah sich um. Die einfachsten Verstecke waren immer die besten, jedenfalls nach seiner Erfahrung. An der Wand war eine Bank mit einem Lederpolster, das sich leicht abheben ließ. In dem Hohlraum darunter lagen alle möglichen Utensilien, Taue, Ölkanister, Plastikbeutel. Er legte die Aktentasche unter die Plastikbeutel und ging hinaus.

Als Nächstes wickelte er die Behälter schnell in eine dicke Plastikfolie, machte das Beiboot der *Kathleen* los, zog es längsseits zum Steg und vertäute es am Heck der *Jason*. Dann ging er wieder an Bord, stieß die Jason ab, lief ins Ruderhaus und ließ den Motor an. Zehn Minuten später steuerte er zwischen den Schilfbänken hindurch zu dem Teich, den er am Morgen entdeckt hatte.

Er stellte die Maschine ab. Die *Jason* glitt ein Stück weiter, hielt dann. Er ging die Kajütstreppe hinunter, achtete nicht auf die Leichen und öffnete alle Bodenventile. Als er wieder das Deck betrat, sank die Jason schon. Er zog das Schlauchboot heran, sprang vorsichtig hinein und paddelte zum Ufer.

Die *Jason* sank jetzt schnell, das Wasser hatte fast das Deck erreicht. Barry zündete eine Zigarette an, wartete; und dann, mit einem letzten Glucksen, verschwand das Boot unter der Wasseroberfläche. Erst jetzt ließ er den Außenbordmotor an und tuckerte durch das Schilf zurück zum Fluss.

Henry Salter saß in der Küche und trank Tee. Er wusste nicht, ob seine Nerven noch lange mitmachen würden, seine Hand zitterte, als er einen Schuss Brandy in den Tee tat. Der Wind drückte gegen das Fenster, das im Rahmen klapperte, und Regen klatschte gegen die Scheiben. Er hasste den Winter. Er ängstigte ihn, erfüllte ihn mit Unbehagen – aber nicht so sehr wie Barry. Er konnte hören, wie er im Zimmer über ihm rumorte und kurz darauf die Treppe hinunterkam.

Als Barry das Zimmer betrat, hatte er den dunklen Regenmantel an, in dem er gekommen war, und trug einen der braunen Lederkoffer. Er setzte sich auf den Stuhl gegenüber und stellte den Koffer auf den Tisch.

»Das wäre geschafft. Ich habe auf der Farm Ordnung gemacht. Es sieht so aus, als ob niemand da gewesen wäre.«

»Und Preston und Varley?«

»Konnten es gar nicht abwarten, den Rest von den Mäusen zu kriegen und zu verschwinden. Apropos Mäuse«, sagte er und machte den Koffer auf, nahm Prestons 5000 Pfund heraus und schob sie über den Tisch. »Wie versprochen.«

Salter schwitzte ein wenig, als er die Hand ausstreckte und das Geld berührte. »Ich habe eben Radio gehört, Mr. Sinclair. In den Nachrichten ist nichts über einen ungewöhnlichen Vorfall gekommen.«

»Es würde doch sowieso keinen ehrbaren Bürger wie Sie betreffen, Mr. Salter.«

»Natürlich nicht«, sagte Salter. »Fahren Sie jetzt gleich mit der *Jason* los?«

»Die *Jason* ist schon unterwegs, mein Bester«, lächelte Barry. »Genau nach Plan. Ich bin sehr gut organisiert, müssen Sie wissen.« Er langte in den Koffer, holte Varleys Geld heraus und schob es bündelweise über den Tisch. Salter sah fasziniert zu. »Ein kleiner Bonus, Mr. Salter. Sie haben mir sehr geholfen, und ich sage immer, ein guter Mann ist seinen Lohn wert. Ich nehme an, dass ich in Kürze wieder in der Gegend sein werde. Es wird nichts Kompliziertes sein, aber es wäre beruhigend zu wissen, dass Sie da sind und mir wieder ein bisschen beistehen könnten.«

»Selbstverständlich, Mr. Sinclair. Ich werde alles tun«, sagte Salter hastig.

»Sehr schön. Ich gehe dann.«

Barry nahm den Koffer und schritt zur Tür. Salter sagte: »Übrigens, Mr. Sinclair – was ist mit Jenny?«

Barry drehte sich langsam um. »Um Jenny brauchen Sie sich keine Sorgen mehr zu machen. Von nun an bin ich für sie verantwortlich.«

»Ich verstehe.« Salter nickte wissend. »Das überrascht mich nicht. Das Mädchen mag Sie. Liebe auf den ersten Blick, hm?«

Barry zwang sich zu lächeln. »Na ja, wer von uns braucht das nicht dann und wann?«

Er ging hinaus. Salter saß da und spitzte die Ohren. Erst als er den Leihwagen fortfahren hörte, fing er an, mit zitternden Fingern das Geld zu zählen.

9

Als Barry den Flughafen von Manchester erreichte, war sein Haar wieder pomadisiert und ordentlich gescheitelt. Er trug die dicke Hornbrille. Die Maschine nach Jersey würde schon in 20 Minuten starten, und er sank erleichtert in seinen Sitz, denn das nächste Flugzeug ging erst am nächsten Tag. Er überdachte noch einmal alles.

»Armer Nikolaj«, sagte er leise, als seine Gedanken bei Romanoff angelangt waren. »Dir stehen ein paar schlaflose Nächte bevor.«

Sein Scotch kam, und er trank ihn langsam und genießerisch. Bis jetzt war alles bestens gelaufen.

Eine Stunde später verließ er das Flughafengebäude von Jersey, stieg in ein Taxi und ließ sich zum Hafen fahren. Dort erwartete ihn die erste Enttäuschung. Laut einer Bekanntmachung, die mit Kreide auf eine schwarze Tafel geschrieben war, würde heute keine Fähre mehr nach St. Malo hinüber fahren.

Barry ging in das Reedereibüro und fragte einen Angestellten, der die Gleichgültigkeit des Eingeweihten an den Tag legte: »Tut mir Leid, Sir, technische Probleme. Morgen früh kommen Sie aber bestimmt weg. Unsere Leute werden ein anderes Boot rüberschicken, wenn sie eins haben.«

Barry fügte sich in das Unvermeidliche, schlenderte den Anleger entlang zum Ort und nahm für die Nacht ein Zimmer im Royal Yacht Hotel.

Anne-Marie saß auf dem Balkon ihres Hotelzimmers in St. Denis und suchte den Horizont nach Belle-Île ab, denn es war ein ruhiger Tag mit ausgezeichneter Sicht. Schließlich entdeckte sie die Insel, die kaum mehr war als ein

Schatten, selbst als sie das Fernglas genauer eingestellt hatte.

Devlin kam in einem Bademantel aus seinem Zimmer und rubbelte sich die vom Duschen nassen Haare ab. »Der Kutter hat vor einer Stunde am Fischereianleger festgemacht, wenn es Sie interessiert.«

»Ist Jean-Paul an Bord?«

»Nein, er kommt erst morgen Nachmittag, mit Cresson.«

»Fahren Sie morgen Abend mit ihnen?«

»Ja.«

»Nehmen Sie mich mit?«

Sie bettelte nicht, so etwas lag ihr nicht.

»Was für eine tolle Story das werden könnte«, antwortete Devlin. »Was für Bilder! Noch ein Pulitzer-Preis.«

»Schuft«, sagte sie liebenswürdig.

»Haben Sie auch alles bedacht, selbst das Schlimmste? Wir könnten sie verfehlen ...«

»Oder tot aus dem Wasser fischen?« Sie nickte ernst. »Ich möchte trotzdem mitkommen, Liam.«

»Warum nicht?«

»Danke.«

»Danken Sie nicht zu früh«, sagte er. »Warten wir, bis es so weit ist. Aber ich muss mich jetzt beeilen und ein Gespräch führen, das ich mindestens vierundzwanzig Stunden vor mir her geschoben habe.«

»Wichtig?«

»Ferguson«, sagte er.

Ferguson war ganz plötzlich zum Generaldirektor zitiert worden. Als in der Wohnung am Cavendish Square das Telefon klingelte, saß Harry Fox im Arbeitszimmer am Schreibtisch und arbeitete Akten auf.

»Brigadier Ferguson, bitte!«

»Tut mir Leid, er ist nicht da. Kann ich Ihnen helfen?«

»Harry, mein Sohn. Hier ist Onkel Liam, der lang vermisste.«

Fox war sofort da. »Professor, um Gottes willen, wo

haben Sie gesteckt? Ferguson hat schon vor Verzweiflung die halbe Wohnung demoliert. Sie sollten in Kontakt bleiben.«

»Mein Gott, Harry, meinen Sie, Sie könnten es schaffen, mich nicht mehr Professor zu nennen? Ich komme mir dann immer vor wie ein alternder Charakterdarsteller, der in einer Fernsehschmonzette Einstein spielt. Richten Sie Ferguson aus, ich hätte geschuftet wie ein Irrer.«

»Was ist passiert? Haben Sie mit Brosnan gesprochen?«

»Das habe ich, und ich bin nicht sehr weit gekommen, bis ich Norah erwähnte. Da glühte er vor Rache und wachte auf.«

»Er will also mitmachen?«

»In gewisser Weise, ja. Hören Sie, Harry, es wird Ferguson nicht passen, aber Martin schätzt seine Chance, ihn herauszuholen, nicht sehr groß ein, und deshalb will er es selbst versuchen.«

»Wie bitte?« Fox hatte einen Schreck bekommen. »Das ist doch Wahnsinn. Nicht zu schaffen.«

»Er ist anderer Meinung. Ich nehme an, Sie schneiden unseren Plausch mit, habe ich Recht?«

Fox musste lachen. »Natürlich. Ist Miss Audin auch da?«

»Ja. Ich mache jetzt Schluss.«

»Moment«, rief Fox. »Wo können wir Sie erreichen?«

Devlin schmunzelte. »Bitte keine Anrufe. Wir melden uns wieder«, sagte er und legte auf.

Eine halbe Stunde später kam Ferguson zurück. Er sah abgespannt aus und ging zum Sideboard, um sich einen Brandy einzuschenken.

»Wollte der hohe Herr etwas Besonderes, Sir?«

»Wir mussten alle antreten, alle Direktoren und Sektionschefs. Scheußliche Sache da im Lake District. Soldaten von der Bundeswehr waren mit einem Laster und einem Jeep unterwegs zum Testgelände Wastwater, um diese neue deutsche Panzerabwehrrakete vorzuführen. Irgendjemand setzte sie auf einer Landstraße außer Gefecht. Sehr professionell. Gasgranaten hinten in den

Lkw, offenbar welche von unseren. Wie die SAS sie fürs Stürmen benutzt.«

»Wurde auch geschossen?«

»Ein Toter, ein deutscher Feldwebel. Die anderen waren anscheinend in Kampfuniform, Gasmasken und alles. Nahmen natürlich den Gefechtskopf und hauten damit ab.«

»Ist was für uns drin, Sir?«

»Ich bin nicht sicher. Genau genommen geht es nur die örtliche Polizei an. Die Special Branch hilft natürlich, und ich habe auf alle Fälle Carter mit ihnen hochgeschickt. Da die Sache delikat ist, hat der Generaldirektor es geschafft, dass die Ermittlungen geheim gehalten werden. Kein Wort zu den Medien. Den Deutschen wird es nicht sehr gefallen.«

Fox sagte: »Devlin hat vorhin angerufen, Sir.«

Fergusons Augen blitzten. »Tatsächlich? Und?«

»Ich denke, Sie hören besser selbst.« Fox schaltete den Kassettenrecorder ein.

Ferguson lauschte, und seine Miene umdüsterte sich. Als die Aufnahme zu Ende war, sprang er auf und lief wütend durchs Zimmer.

»Dieser verdammte Devlin!«

»Ich glaube, offen gesagt, nicht, dass er etwas machen konnte, Sir. Es ist schließlich Brosnans Entscheidung.«

»Ein Wahnsinn«, sagte Ferguson. »Wenn ein Wunder passiert, und er schafft es, wird es in Frankreich eine absolute Sensation sein. Der Mann würde ein Star werden. Die Polizei müsste das ganze Land von oben nach unten kehren, um ihn zu finden – sonst wäre die Regierung ein für alle Mal blamiert.«

Er stand zornig am Fenster. Fox sagte leichthin: »Sie könnten es ohne weiteres verhindern, Sir.«

»Indem ich den Gefängnisdirektor alarmiere? Würden Sie das fertig bringen, Harry?«

»Nein, Sir, ich glaube nicht.«

»Ich auch nicht, und Devlin weiß das verdammt gut, sonst hätte er uns keinen reinen Wein eingeschenkt.« Er schüttelte den Kopf. »Ich weiß nicht. Ist diese Audin noch mit ihm zusammen?«

»Offensichtlich, Sir. Was soll ich tun?«

»Wir haben nicht viele Möglichkeiten, Harry.« Ferguson runzelte plötzlich die Stirn. »Ich hab's. Ich möchte, dass Sie einen kurzen Report über die Angelegenheit zusammenstellen, bis zum jetzigen Stand. Nur die wichtigsten Fakten, wer daran beteiligt ist, was wir bisher unternommen haben. Alles außer der Sache mit Norah Cassidy.«

Fox war überrascht. »Darf ich fragen, wozu?«

»Ich erkläre es Ihnen später. Bitte nur zweifach, eine Ausfertigung für meine persönliche Akte, die andere für Mrs. T.«

»Soll ich sie gleich nach Nummer zehn schicken, Sir?«

»Noch nicht. Dann hab ich noch ein bisschen Zeit, um mich vorzubereiten. Das ist alles. Sie kann mich jederzeit kommen lassen. Man kann nie wissen. Ein Verstand wie eine Schweizer Uhr, diese Dame. Natürlich Sicherheitsstufe eins. Sagen Sie Meg Johnson, sie soll es selbst tippen. Niemand anders darf es sehen.«

Meg Johnson war eine resolute grauhaarige Dame Ende 50, verwitwet seit 1951, als ihr Mann in Korea gefallen war. Sie war seit der Gründung von Fergusons Dezernat seine Chefsekretärin.

Der Bericht über die Sache Brosnan, den Harry Fox ihr diktiert hatte, passte genau auf ein Din-A4-Blatt. Er war sauber getippt, mit vorschriftsmäßigem Rand. Was für die Premierministerin bestimmt war, musste perfekt sein. Alles andere konnte Folgen haben.

Sie brachte es Fox, der es schnell las und zustimmend nickte. »Ausgezeichnet, Mrs. Johnson, Sie haben sich selbst übertroffen. Bitte eine Kopie für Downing Street, aber sie bleibt bis auf weiteres noch zusammen mit dem Original in Brigadier Fergusons Roter Akte.«

Sie ging den Korridor zurück zu ihrem Büro und las den Report sicherheitshalber noch einmal. Der Inhalt ging sie nichts an. Sie hatte darauf trainiert, sich nie irgendwelche Details zu merken. Das war die beste Methode, wie sie im Lauf der Jahre herausgefunden hatte.

Befriedigt öffnete sie die Tür, die von ihrem Büro zum Kopierraum führte. Mary Baxter, ihre Stellvertreterin, hatte Dienst. Sie waren alte Bekannte und arbeiteten schon seit Jahren zusammen.

Mrs. Johnson sagte: »Hallo, Mary, was tun Sie denn hier?«

»Die kleine Jean hat sich heute Mittag nicht gut gefühlt. Ich bin für sie eingesprungen.«

Meg Johnson reichte ihr den Bericht. »Bitte einmal kopieren.«

Mary Baxter schaltete das Kopiergerät an. *Für die Premierministerin, streng vertraulich.* So viel nahm sie auf, und dann klingelte in Meg Johnsons Zimmer das Telefon, und Meg drehte sich um und eilte hinaus, um abzunehmen.

Es war eine Routinesache, die nur drei oder vier Minuten erforderte. Während sie das Memo über das Gespräch schrieb, hörte sie ein nervöses Hüsteln, blickte auf und sah Mary Baxter mit dem Report in der Tür stehen.

»Nur eine Kopie, sagten Sie?«

»Ja, Mary. Vielen Dank. Legen Sie sie bitte hierher«, antwortete Meg Johnson, die sich immer noch auf ihr Memo konzentrierte.

Mary Baxter tat es und verließ das Zimmer. Sie machte sorgfältig die Tür hinter sich zu, nahm dann die beiden zusätzlichen Kopien des Brosnan-Reports heraus, die sie gemacht hatte. Sie faltete sie sauber zusammen und steckte sie in die Tasche ihres Tweedrocks. Sie sah auf die Uhr. Beinahe Feierabend. Sie knipste das Licht aus und ging.

Mary Baxter hatte, wie Nikolaj Romanoff Barry erklärt hatte, einen untadeligen Hintergrund. Ihr Vater hatte sein Leben lang als Stabsarzt in der Army gedient, und ihre Mutter war gestorben, als sie fünf Jahre alt gewesen war. Mary hatte ihre Schulzeit in Internaten verbracht.

Als junges Mädchen sah sie unscheinbar, fast ein bisschen hässlich aus und hatte kaum Freunde. Sie war als

Ministerialsekretärin in den öffentlichen Dienst getreten. Da sie unbedingt zuverlässig war, wurde sie schnell befördert, und eine Weile später, als die Sicherheitsbehörden ihr Plazet gegeben hatten, versetzte man sie zu DI5.

Sie hatte ein bisschen Geld, das ihr Vater ihr hinterlassen hatte, und eine hübsche Wohnung in St. John's Wood, aber sonst kaum etwas. Sie war 42 und immer noch unscheinbar; ihr strenger Knoten, die Tweedkostüme, die sie bevorzugte, und die Gesundheitsschuhe mit den flachen Absätzen taten wenig, um sie attraktiver zu machen.

Dann hatte sie Piotr Yasnow kennen gelernt. Sie war zu einer Party in der brasilianischen Botschaft eingeladen worden; dergleichen kam dann und wann vor. Gewöhnlich warf sie die Einladungen in den Papierkorb, aber diesmal war sie aus irgendeinem Grund hingegangen, und dort traf sie dann Yasnow.

Er war mehr als aufmerksam gewesen, hatte sich den ganzen Abend um sie gekümmert. Er hatte sie nach Hause gebracht und sie in der Woche danach zu einem Konzert in der Albert Hall begleitet.

Schließlich gab sie seinem beharrlichen Werben nach und ging mit ihm ins Bett. Er war der Erste, der sie mit den Freuden des Sex bekannt machte. Als sie dann herausbekam, dass er Handelsattaché an der sowjetischen Botschaft war, war sie ihm schon so verfallen, dass es ihr nichts ausmachte. Sie gab ihm alles, was er haben wollte, auch die wichtigen Informationen, die über ihren Schreibtisch gingen. Normalerweise hatte sie nur beschränkten Zugang zu sicherheitsrelevanten Dokumenten, sodass dies hier ein echter Knüller war.

Sie würde ihn erst in vier Tagen sehen, eine Ewigkeit, und er hatte ihr immer wieder eingeschärft, ihn auf keinen Fall in seiner Wohnung aufzusuchen. Aber in diesem Fall ...

Sie hatte zwei Kopien gemacht, um sicherzugehen, dass wenigstens eine gut war. Sie legte eine in eine Schublade ihrer Frisierkommode, steckte die andere in ihre Handtasche und ging.

Pjotr Yasnow war seit zwei Jahren Handelsattaché bei der sowjetischen Botschaft in London. Er war Hauptmann des KGB und hatte zuvor an der Botschaft in Paris gedient, wo er unter Nikolaj Romanoffs sachkundiger Führung bemerkenswerte Fortschritte gemacht hatte. Der gut aussehende, dunkelhaarige und elegant gekleidete Pjotr war ein Liebling der Frauen, ein Umstand, der praktische Vorteile bot und erklärte, warum seine Vorgesetzten ihm den Luxus eines kleinen Stadthauses am Ebury Court, unweit von St. James, finanzierten.

Leise vor sich hin summend, stellte er die Dusche ab, schlüpfte in seinen Bademantel und ging ins Wohnzimmer, um sich eine Zigarette anzuzünden. Er trat ans Fenster, blickte auf den Platz hinunter und sah Mary Baxter um die Ecke kommen. Sie eilte an den beiden Fernmeldetechnikern vorbei, die neben ihrem grünen Zelt über dem Einstieg im Trottoir standen. Mary Baxter kam auf sein Haus zu. Yasnow fluchte leise und ging nach unten.

Die Special Branch ist, wie schon der Name sagt, ein Sonderdezernat von Scotland Yard und dient in erster Linie als ausführendes Organ der Sicherheitsbehörden. Ihre Arbeit besteht zu einem großen Teil aus dem Observieren verdächtiger Personen, und die beiden Detective-Sergeants, die in ihrem Zelt am Ebury Court Fernmeldemonteure spielten, waren schon seit einem Monat auf Pjotr Yasnow angesetzt.

Mary Baxter läutete und drehte sich um, schaute über den kleinen Platz, während sie wartete, und gab dem einen Detective-Sergeant Gelegenheit, vom Zelt aus einige ausgezeichnete Fotos zu machen.

»Ich hab sie noch nie gesehen, und du?«

»Die passt gar nicht zu ihm«, sagte sein Kollege. »Sieht ja aus wie eine Oberlehrerin.«

Die Tür wurde geöffnet, und Yasnow erschien in seinem weißen Bademantel. Mary Baxter flog ihm an den Hals und küsste ihn, und die Kamera des Sergeants klickte wieder.

»Sehr interessant«, sagte er, als die Tür geschlossen wurde. »Er schien sich nicht gerade zu freuen. Du folgst der Dame am besten, wenn sie herauskommt. Stell fest, wer sie ist. Ich hab so ein Gefühl, dass es wichtig sein könnte.«

Yasnow gab sich keine Mühe, seinen Zorn zu verbergen. »Ich hab dir doch gesagt, dass du mich hier auf keinen Fall besuchen sollst!« Er packte sie an den Schultern und schüttelte sie. »Willst du alles verderben?«

»Pjotr, bitte, ich hab's doch nur gut gemeint.«

In ihren Augen standen Tränen, und der Anblick widerte ihn an, aber er versuchte, es nicht zu zeigen. Er drückte sie kurz an sich.

»Schon gut, tut mir Leid, dass ich die Nerven verloren habe, aber du musst meine Lage verstehen.«

»Ich weiß, Pjotr. Es tut mir schrecklich Leid.« Sie öffnete ihre Handtasche. »Aber ich war sicher, das würde dich interessieren. Ich dachte, du würdest es sofort sehen wollen.«

Für die Premierministerin, streng vertraulich. Als Yasnow diese Worte gelesen hatte, zog sein Magen sich vor Aufregung zusammen, und während er weiterlas, zitterte das Papier in seiner Hand. Er wandte sich von ihr ab und ging zum Kamin. Das war mit Abstand die größte Sache, an die er jemals rangekommen war. Kaum zu fassen, dass ihm diese frigide Ziege in Tweed so etwas servierte.

Sie näherte sich ihm zögernd. »War es richtig? Kannst du es gebrauchen?«

Er drehte sich zu ihr um und zog sie mit einem bestrickenden Lächeln an sich. »Für ein ungewöhnlich tüchtiges Mädchen einen extra langen Kuss«, sagte er und presste seine Lippen auf ihre.

Sie klammerte sich bebend an ihn. »O Pjotr, ich würde alles für dich tun. Alles.«

Zärtlich drückte er ihren Kopf an seine Schulter und sah dabei auf die Uhr. Es würde nur eine Viertelstunde dauern, und wenn es sie glücklich machte … Er fasste sie um die Taille. »Komm nach oben, Liebling«, flüsterte er und führte sie aus dem Zimmer.

Mary Baxter ging eine halbe Stunde später. Sie hatte sich noch nie so lebendig gefühlt. Es war, als sei etwas, das jahrelang in ihr blockiert gewesen war, unvermittelt freigesetzt worden. Sie strotzte so sehr vor Energie, dass sie einen großen Teil des Wegs zu Fuß ging, ehe sie dann die U-Bahn nahm. Sie hatte keine Ahnung, dass sie beschattet wurde.

Yasnow verließ sein Haus eine Stunde darauf und ging einige Häuserblocks weit, ehe er einem Taxi winkte. Er ließ sich in der Kensington High Street absetzen und ging das letzte Stück zur Sowjetbotschaft in Kensington Palace Gardens zu Fuß. Fünf Minuten später war er allein mit Oberst Josef Goltschek, seinem unmittelbaren Vorgesetzten.

Goltschek las den Bericht zweimal und nickte. »Sehr interessant.« Er steckte sich eine amerikanische Zigarette an. »Es wird natürlich kaum den Dritten Weltkrieg verhindern oder so. Die eigentliche Bedeutung liegt wohl nicht im Inhalt des Reports, sondern in der Tatsache, dass die Baxter sich tatsächlich Berichte beschaffen kann, die nur für die Regierungschefin bestimmt sind. Das dürfte uns ungeahnte Möglichkeiten eröffnen.«

»Und was mache ich mit dem Report?«, fragte Yasnow.

»Schicken Sie ihn Nikolaj Romanoff in Paris. Code Drei, nur für ihn persönlich. Er wird am besten wissen, was daraus zu machen ist.«

»Gut.« Yasnow stand auf und ging zur Tür.

Als er sie öffnete, sagte Goltschek: »Noch etwas, Pjotr.«

»Ja?«

»Sie werden Ihre Freundin weiterhin zufrieden stellen müssen.«

»Dafür sollte man mich zum Helden der Sowjetunion ernennen«, sagte Piotr Yasnow sarkastisch.

An jenem Abend um neun wurde Mary Baxter von einem weiblichen Detective-Sergeant der Special Branch in Fergusons Büro geführt. Ferguson nickte seiner Mitarbeiterin zu, und sie verließ den Raum und machte hinter sich die Tür zu.

»Nehmen Sie Platz, Miss Baxter.«

Sie folgte der Aufforderung, fühlte sich plötzlich schrecklich müde. Angst hatte sie nicht. Der Schock der Festnahme hatte sie irgendwie betäubt, sodass sie im Grunde noch nicht wieder fähig war, etwas aufzunehmen. Nie hatte sie daran gedacht, dass so etwas geschehen könnte.

»Sie wissen, warum Sie hier sind?«, sagte Ferguson.

»Ich habe keine Ahnung. Es sei denn, ich hätte im Büro etwas falsch gemacht.«

Er schob die Aufnahmen des Observierungsteams über den Schreibtisch. Sie starrte mit leerem Blick darauf, nahm dann das Bild, auf dem sie Yasnow in der Türöffnung küsste. »Sie haben nicht das Recht ...«, begann sie.

»Wir haben jedes Recht«, sagte er freundlich. »Sie arbeiten für den britischen Sicherheitsdienst. Und das macht Ihre Beziehung zu einem Mann wie Yasnow sehr verdächtig.«

»Wieso?«, fragte sie. »Ich habe erst viel später erfahren, dass er Handelsattaché bei der sowjetischen Botschaft ist.«

»Er ist auch Hauptmann des KGB, Miss Baxter.«

Sie sah ihn ungläubig an. »Das stimmt doch nicht.«

»Ich habe hier ein Foto von ihm in Uniform. Gut zu erkennen, nicht wahr?«

Es klopfte, und Harry Fox kam mit ernstem Gesicht ins Zimmer. Er warf einen Blick auf Mary Baxter, legte dann die zweite Kopie des Brosnan-Reports, die sie für sich gemacht hatte, vor Ferguson auf den Schreibtisch.

»Das habe ich in ihrer Frisierkommode gefunden, Sir«, sagte er grimmig.

»Allmächtiger Gott.« Ferguson stand auf, gab Fox ein Zeichen und trat mit ihm hinaus auf den Korridor. »Passen Sie so lange auf sie auf«, sagte er zu der Sicherheitsbeamtin, und sie ging ins Büro und schloss die Tür.

»Nun, Sir?«, sagte Harry Fox. »Was machen wir?«

»Was können wir schon machen, außer hoffen und beten, dass Devlin wieder anruft. Jetzt könnte er echte Probleme bekommen.«

»Und die Baxter?«

»Mal sehen.«

Sie gingen zurück ins Büro, und die Beamtin ließ sie wieder mit Mary Baxter allein. Diese saß mit dem Foto von Yasnow in Uniform auf ihrem Schoß da. Sie hatte aufgehört zu weinen, ihr geschwollenes Gesicht hatte nun einen Ausdruck, der an Wut grenzte, eine Tatsache, die Ferguson sich umgehend zunutze machte.

»Er hat Sie ganz schön zum Narren gehalten, stimmt's?«

»Er hat mir gesagt, er liebt mich«, sagte sie bitter. »Alles Lügen. Nichts als Lügen.« Sie zerriss das Bild in mehrere Fetzen. »Ich könnte ihn umbringen.«

»Es wäre vernünftiger, es ihm mit gleicher Münze heimzuzahlen.«

»Was soll das heißen?«, fragte sie.

»Sie könnten ins Gefängnis kommen«, antwortete er. »Für viele Jahre. Das wäre schade, denn es gibt einen anderen Weg, die Sache aus der Welt zu schaffen.« Er hielt die Kopie des Berichts hoch. »Das ist jetzt Schnee vom letzten Jahr. Wir können nicht mehr viel daran ändern.«

»Würden Sie sich bitte etwas genauer ausdrücken?«

»Es ist ganz einfach. Sie setzen Ihre Beziehung zu Yasnow fort, als ob nichts geschehen wäre, und bringen ihm die Informationen, die ich Ihnen geben werde.«

Sie schüttelte entsetzt den Kopf. »Ich glaube nicht, dass ich das fertig bringen kann.«

»Warum nicht?«, fragte Ferguson. »Er hat sie für seine Zwecke eingespannt, nicht wahr? Wäre es da nicht mehr als gerecht, wenn Sie ihn nun für Ihre einspannten?«

Ihre Gesichtszüge verhärteten sich; die Änderung, die mit ihr vorging, war frappierend. »Sie haben Recht, Brigadier. Womöglich wird es mir sogar Spaß machen.« Sie stand auf. »Könnte ich mir irgendwo das Gesicht waschen?«

»Sicher.« Ferguson zeigte zur Tür. »Das Bad ist dort.«

»Mein Gott«, sagte Fox gedämpft, als sie hinausgegangen war.

»Sehen Sie, Harry, ich hab Ihnen ja gesagt, was für ein

schmutziges Geschäft es ist. Sagen Sie dem Mädchen von der Special Branch, dass sie nach Haus darf. Wir werden sie nicht mehr brauchen.«

Im Funkraum der Nachrichtenabteilung der Pariser Sowjetbotschaft ratterte der Chiffrierapparat. Die Funktechnikerin sah zu, wie die Nachricht zeilenweise auf dem Bildschirm erschien. Als sie durchgegeben war, nahm sie das Band heraus, das sie aufgezeichnet hatte, und ging damit zur Leiterin der Funkzentrale.

»Ein Code Drei aus London. Für Oberst Romanoff. Als Zusatzinformation sind noch drei Funkbilder gekommen. Hier sind die Nummern.«

»Er ist in Berlin«, sagte ihre Chefin. »Muss morgen Nachmittag oder Abend zurückkommen. Lassen Sie das Band bis dahin liegen. Außer ihm kann ohnehin niemand etwas damit anfangen. Er braucht seinen persönlichen Schlüssel, um es zu dechiffrieren. Ich hole die Bilder aus dem Funkraum, die tun Sie dann dazu.«

Die Funkerin ging wieder an ihren Platz, legte das Band in den Datensafe, schloss diesen ab und wandte sich anderen Arbeiten zu.

Auf dem Balkon von Anne-Maries Hotelzimmer in St. Denis war es um diese Zeit, kurz vor Mitternacht, recht kalt. Sie ging ins Zimmer, zog ihre Lammfelljacke an, kehrte zurück und setzte sich wieder neben Devlin.

»Morgen um diese Zeit haben wir vielleicht schon alles überstanden.«

»Stimmt.« Seine Zigarette glühte im Dunkel auf.

»Wie wird er sein, Liam?«

»Er hat sich verändert, Mädchen. Sehr. Machen Sie sich auf einiges gefasst.«

»Ich werde es verkraften. Jeder Mensch muss dazulernen und wachsen und sich ändern.«

»Aha, Sie meinen den dornigen Pfad zur Reife.« Devlin schüttelte den Kopf. »Ich wollte etwas anderes sagen. Er ist nicht mehr der wilde Mann, der Sie aus jenem vietnamesischen Sumpf gerettet hat, und er ist auch nicht mehr der tapfere Kämpfer, der neunundsechzig in Ulster an meiner Seite stand. Wenn er überhaupt etwas dazugelernt hat, dann offen gesagt nur eines – dass andere Leute ihn zu sehr ausbeuteten. Ich nehme an, er glaubt jetzt an nichts mehr.«

»Das kann ich nicht glauben.«

Devlin sagte: »Liebes Mädchen, versuchen Sie nicht, ihn zu einem selbstlosen Helden hochzustilisieren. Er mag alles Mögliche sein, aber das nicht. Ich haue mich jetzt hin. Das Versorgungsschiff legt um sieben ab.«

Er schwang ein Bein über das Balkongeländer, sprang hinüber und ging in sein Zimmer. Sie blieb noch lange Zeit sitzen und starrte hinaus auf das dunkle Meer.

10

Als Lebel die Tür des Besuchszimmers öffnete und Brosnan hineinführte, stand Devlin am Fenster und schaute durch die Gitterstäbe ins Freie.

Er drehte sich lächelnd um. »Ah, da sind Sie ja.«

»Mr. Gorman.« Brosnan gab ihm die Hand und setzte sich. Devlin nahm Platz auf dem Stuhl an der anderen Seite des Tisches.

»Läuten Sie bitte, wenn Sie mich brauchen, Monsieur.« Lebel ging hinaus und schloss die Tür ab.

Sie sprachen jetzt gälisch. Devlin sagte: »Wird er dich durchsuchen, wenn er dich wieder zur Zelle bringt?«

»Pierre?« Brosnan schüttelte den Kopf. »Der macht sich das Leben nicht schwer. Was hast du mir mitgebracht?«

Devlin klappte seine Aktentasche auf. »Steck dir eine Zigarette an.« Er schob eine Schachtel über den Tisch, dann noch eine. »In der ersten ist das Leitgerät, in der anderen eine Taschenlampe. Ich war nicht sicher, ob ihr euch hier eine besorgen könnt. Sie ist für den Abwasserkanal.«

»Wir haben aber Kerzen und Streichhölzer.«

»Heilige Muttergottes«, sagte Devlin. »Das Schlimmste, was ihr tun könnt. Ihr würdet euch selbst in die Luft jagen. Jetzt hör gut zu.«

Er ging alles durch. Als er ausgeredet hatte, nickte Brosnan. »Du scheinst an alles gedacht zu haben, aber du warst schon immer ein großer Organisator. Die Sache mit den beiden Leichen gefällt mir. Das wird Jacques amüsieren. Der Sohn schlägt offensichtlich ganz nach dem Vater.«

»Wann wollt ihr los?«

»Wir werden um halb neun für die Nacht eingeschlossen. Bis dahin ist es dunkel, jedenfalls um diese Jahreszeit, sodass wir sofort starten können. Die nächste Blockkontrolle ist erst um Mitternacht.«

»Dann werden sie also merken, dass ihr weg seid?«

»Nur, wenn jemand anders als Lebel kontrolliert. Das glaube ich aber nicht. Wenn wir Glück haben, merken sie es erst morgen früh um sieben.«

Devlin nickte. »Wie lange braucht ihr durch die Kanalisation?«

»Zuerst müssen wir ein bisschen klettern. Ich würde sagen, eine Stunde. Mit einigem Glück wären wir dann um halb zehn beim Bestattungsfelsen. Mit der Strömung müssten wir es bis ungefähr Viertel nach zehn zur Sechskilometer-Grenze schaffen.«

Devlin legte die Stirn in Falten. »Es ist dir doch klar, dass dies so eine Art Höllenfahrtskommando ist?«

Brosnan erwiderte: »Natürlich.«

Devlin stand auf und rollte eine kleine Plastikkugel über den Tisch. »Wenn man die Hülle abzieht, leuchtet es drinnen. Ein Hilfssignal, das wir im Krieg benutzt haben. So ein Ding hat mir mal das Leben gerettet. Ich weiß, dass an den Schwimmwesten Lichter sind, aber ...«

Er zuckte mit den Schultern und ging ans Fenster und spähte hinaus. Die Strömung war deutlich an den weißen Schaumkrönchen zu erkennen, die sich durch das ansonsten ruhige Wasser zogen.

Brosnan schlug ihm auf die Schulter. »Keine Sorge, Liam. Jacques Savary und ich wissen, was wir tun. Letztlich kommen wir sowieso alle in eine Kiste. Das Wichtigste ist, dass man möglichst lange um sich tritt.«

Das Tragflügelboot von Jersey nach St. Malo brauchte ungefähr eine Stunde für die Kanalüberquerung. Frank Barry ging in dieser Zeit alle überregionalen englischen Zeitungen durch, die er vor der Abfahrt in St. Helier gekauft hatte.

In keiner stand ein Wort von dem Überfall in Wastwater, und das war sehr aufschlussreich. Aber auch ganz logisch. Nicht einmal die Bundesdeutschen würden solch eine Sache an die große Glocke hängen wollen.

Seelenruhig passierte er den Zoll, zeigte seinen französischen Pass vor, ging dann sofort zu einer Telefonzelle und rief Romanoff in seiner Pariser Wohnung an.

Irana Wronski, Romanoffs persönliche Sekretärin von der Botschaft, nahm ab. Sie sagte ihm, sie habe eben mit Romanoff in Ost-Berlin telefoniert, und er würde erst mit der Mitternachtsmaschine zurückkommen.

Barry sagte: »Falls Sie vorher noch mit ihm sprechen sollten, sagen Sie ihm bitte, ich würde mich morgen früh wieder melden.«

Er nahm seinen Koffer und verließ die Telefonzelle. Der Zug nach Paris ging in 20 Minuten. Andererseits brauchte er sich aber nicht zu beeilen. Der größte Teil des Tages lag noch vor ihm, und es war herrliches Spätherbstwetter. Also spazierte er über den Platz zu einer Leihwagenfirma, und eine Viertelstunde später bog das Peugeot-Kabrio mit zurückgeklapptem Verdeck auf den Zubringer ein.

Es war dunkel, und der Kutter glitt gerade an der Mole von St. Denis vorbei ins offene Meer, als Devlin dem jungen Savary die Leiter in den Fischladeraum hinunter folgte. Die Tür zum Kühlraum war offen, und in dem Raum standen Dr. Cresson und der große Claude aus dem Maison d'Or an der Arbeitsplatte, auf der normalerweise Fische ausgeweidet und sortiert wurden. Sie schnitten die Plastiksäcke auf, in denen die beiden Leichen lagen.

Nach allem, was er in dem Halbdunkel sehen konnte, waren die Gesichter bis zur Unkenntlichkeit entstellt.

»Jesus«, sagte er.

»Der Teufelsstrudel hat sie wer weiß wie oft gegen die Granitfelsen an der Küste bei St. Denis geworfen«, sagte Jean-Paul. »Da muss man mit so was rechnen.«

Devlin berührte das Bein einer Leiche. Es war wie Marmor. »Falls sie eine Autopsie machen, würde doch der richtige Todeszeitpunkt herauskommen, nicht wahr?«

»Das haben wir bis zu einem gewissen Grad verhindert, indem wir sie einfroren«, sagte Cresson. »Der Verwesungsprozess ist dadurch erheblich verzögert worden.

Offen gesagt werden wir sowieso nur dann Erfolg haben, wenn die Behörden unsere beiden Freunde hier nicht weiter unter die Lupe nehmen.«

Devlin folgte Jean-Paul zurück an Deck, und sie gingen ins Ruderhaus. Der Kapitän war älter, als Devlin erwartet hatte. Er hatte ein wettergegerbtes Gesicht und trug schwarzes Ölzeug und Schiffermütze. Der Stumpen, den er paffte, roch so schrecklich, dass Devlin in der Türöffnung stehen blieb.

»Nun, Marcel«, sagte Jean-Paul. »Was sagt der Wetterbericht?«

»Nichts Gutes, Chef«, antwortete der alte Mann. »Steife Brise, Windstärke sieben bis acht. Nicht genug, um Dächer abzuheben, aber für zwei Männer, die da draußen im Teufelsstrudel herumzappeln ...« Er zuckte mit den Schultern.

Jean-Paul, dessen Gesicht in der schummrigen Beleuchtung sehr bleich wirkte, wandte sich an Devlin. »Keine Sorge, dieser alte Seebär ist der beste Skipper an der ganzen Küste. Wenn jemand es schaffen kann, dann er, natürlich mit Hilfe von diesem Ding da.« Er tippte auf eine glänzende blaue Box auf dem Kartentisch. »Das Allerneueste ... Ich habe es gestern einbauen lassen. Mikroprozessoren und Digitalanzeige – es denkt praktisch allein. Sobald wir es auf die Wellenlänge des Leitgeräts programmiert haben, sagt es uns bei jedem Wetter den exakten Kurs.«

»Sehr schön«, sagte Devlin, »aber wenn Sie zufällig auch ein paar Kerzen dabeihaben, machen Sie sie bitte an, für alle Fälle.«

Jean-Paul wandte sich den Karten zu, und Devlin trat hinaus auf die Brücke, wo Anne-Marie, in ihre Felljacke gehüllt, an der Reling stand. Weiße Schaumkronen blitzten in der Dunkelheit, und Gischt sprühte über das Deck, wenn der Bug des Trawlers in die Wellen eintauchte.

»Sieht nicht gut aus, oder?«

»Nicht besonders.« Er hielt sich an der Reling fest. »Sie erfahren es ja doch ... Der Kapitän glaubt, es wird eher noch schlimmer werden.«

»So schlimm, dass sie es abblasen?«, sagte sie. »Ich meine, Martin und Savary?«

»Ich kann nur für Martin sprechen, und ich bin überzeugt, dass er sich nicht mal vom schlimmsten Sturm abschrecken lassen würde, wenn er nur das Gefängnis hinter sich bringt. Er kalkuliert sogar den Tod ein, verstehen Sie?«

»Mein Gott«, flüsterte sie und umklammerte dann plötzlich seinen Arm, als der Wind ein merkwürdiges brüllendes Geräusch aus der Ferne zu ihnen trug.

»Haben Sie das gehört, Liam? Was ist es?«

»Nach dem Klang zu urteilen, muss es der Teufelsstrudel sein.«

Sie sagte kein Wort mehr. Er legte einen Arm um ihre Schultern, und sie blieben an der Reling stehen und lauschten.

Pierre Lebel öffnete die Klappe vor dem Guckloch in der Zellentür auf der oberen Galerie. Brosnan und Savary saßen einander gegenüber, zwischen sich eine Holzkiste. Savary hatte ein Tarockspiel in der Hand und legte das Glücksrad aus.

»Damit kann man alle möglichen Fragen beantworten«, sagte er. »Und es zeigt den Ausgang bevorstehender Ereignisse.«

»Wirklich?«, sagte Brosnan. »Du überraschst mich. Ich wusste gar nicht, dass du auch Karten legen kannst.«

»Ich hab dir doch gesagt, dass ich Zigeunerblut habe.«

Lebel rief: »Ihr solltet längst im Bett sein, ihr zwei. Licht aus!«

Die Zelle war in Dunkel getaucht. Savary rief: »Gott segne Sie, Lebel, und danke für alles. Sie waren Spitze.«

»Idiot!«, flüsterte Brosnan.

Lebel kontrollierte die Nachbarzelle, sie horchten, wie seine Schritte sich langsam auf der Galerie entfernten. Die Gittertür am Ende klirrte, Lebel ging die Eisentreppe hinunter, und seine Schritte verklangen.

»Mach die Taschenlampe an«, sagte Savary. »Ich möchte nur sehen, was die Karten sagen.« Brosnan knipste die winzige Lampe an, die Devlin ihm mitgebracht hatte; sie gab einen überraschend hellen Lichtstrahl. Savary drehte die erste Karte um. Sie zeigte den Tod, ein Skelett, das über ein Feld mit Leichen ritt. Savary schob die Karten zusammen und legte sie auf das Regal. »Das kann ich jetzt absolut nicht brauchen. Mir reicht's. Gehen wir.«

Brosnan drehte seine Matratze um, langte durch den offenen Saum auf der Seite, die ihm nun zugewandt war, und holte ein zusammengerolltes Nylonseil und eine Schlinge mit Schnappverschlüssen an den Enden heraus; beides hatte er oft im Steinbruch benutzt, wenn er Sprengladungen in den Felsen anbrachte. Dann zog er einen Schraubenzieher mit schmalem Griff hervor und zuletzt eine schwere Zwölfzoll-Drahtschere, die Savary von einem Gefangenen bekommen hatte, der in der Schlosserei arbeitete. Mit Kleidungsstücken, Büchern und je einem Kissen bauten sie ihre Betten dann so zurecht, dass es aussah, als läge jemand darin.

»Glaubst du, es geht so?«, fragte Savary.

»Bei Lebel bestimmt. Die meisten Nächte guckt er nicht mal in die Zellen, und ich schätze, wenn er es doch tut, wird es reichen. Jetzt aber los. Wir haben eine Menge vor uns.«

Sie zogen die dicken Regenmäntel an, die die Gefängnisleitung für die Steinbrucharbeit bei schlechtem Wetter an die Häftlinge austeilte, und Handschuhe aus Leder und Segeltuch. Brosnan nahm das Seil, und Savary kniete sich mit einem Löffel vor das Schlüsselloch. Es klickte leise, und er stand auf. »Die Tür ist offen, Martin. Gehen wir.«

Sie gingen hinaus und zogen leise die Tür hinter sich zu. Sie blieben einen Moment im Schatten der Mauer stehen, schlichen dann zum Ende der Galerie.

Der Haupttrakt wurde von einer einzigen Glühbirne beleuchtet, und aus dem verglasten Büro des Dienst habenden Beamten drang gedämpfte Radiomusik. Das Dach und das Gewölbe waren stockdunkel. Brosnan stieg auf das Geländer und kletterte den Maschendraht zum Dach des Trakts hoch. Er hakte die Schlinge am Draht fest und nahm die Drahtschere heraus.

Er brauchte nur fünf Minuten, um ein Loch mit einem Durchmesser von etwa einem Meter zu schneiden, durch das er sich anschließend zog. Auf der anderen Seite stellte er sich auf einen der Stahlträger. Er sah hinunter zu Savary, dessen Gesicht ein heller Fleck in der Schwärze war, gab ihm ein Zeichen, und der Franzose kletterte hinterher.

Sie balancierten beide auf einem Träger und hielten sich an einem zweiten fest. Brosnan hakte die Leine an die Schlinge um Savarys Taille und tippte ihm auf die Schulter. Sie brauchten nicht zu reden, denn sie hatten alle weiteren Schritte im Kopf.

Der schwierige Teil kam jetzt, denn die vergitterte Öffnung, die sie erreichen mussten, war zehn Meter weiter oben im Dunkel. Brosnan legte eine Schlinge um den Träger, befestigte die Enden an seiner Taille und kletterte los, wobei er sich nach altbewährter Technik mit den Füßen am Träger abstemmte.

Nun kamen ihm seine Kraft und seine hervorragende Kondition zustatten. Er bewegte sich zentimeterweise hoch, bis er sein Ziel, ein großes Lüftungsgitter, erreicht hatte.

Es wurde von vier Schrauben gehalten; er zog den Schraubenzieher aus der Tasche, stemmte sich mit den Füßen gegen den Träger und begann zu arbeiten. Die Schrauben waren aus Messing und ließen sich relativ leicht herausdrehen. Die Schraube unten links lockerte er nur ein wenig, sodass das Gitter den Ausgang freigab, aber gehalten wurde.

Er schaute zu Savary, winkte und zupfte an dem Seil. Der Franzose sicherte sich mit seiner Schlinge am Träger und kletterte los.

Brosnan hielt das Seil gespannt und gab Savary alle nur mögliche Hilfestellung. Eine Weile ging alles gut, aber dann klappte irgendwo weit unten eine Tür. Savary erschrak über das unerwartete Geräusch, verlor den Halt und rutschte ab.

Brosnan biss die Zähne aufeinander, lehnte sich, einen Fuß auf dem Träger, an die Mauer und hielt das Seil, das ihm in Rücken und Schulter schnitt, gespannt. Savary hing daran, während unten ein Gefängnisbeamter durch den Mittelgang schritt und das verglaste Büro betrat. Stimmen ertönten, dann wurde gelacht.

Savary schwang wieder an den Träger, hielt sich fest, kletterte weiter. Endlich erreichte er Brosnan.

Sie ruhten kurz aus, und dann flüsterte Brosnan: »Los, Jacques, du zuerst.«

Savary hakte sich von dem Träger los, beugte sich vor und kletterte mit dem Kopf voran in den Lüftungsschacht. Brosnan wickelte sich das Seil um die Taille und folgte ihm.

Trockener Staub drang ihm in die Nase, und er nahm die Taschenlampe heraus und knipste sie an, ließ den Strahl vor Savary an den schmutzverkrusteten Metallkanten des Schachts entlangwandern. Der Franzose zog sich weiter, da der Raum nicht zum Kriechen reichte, und Brosnan blieb dicht hinter ihm. Dann spürte er einen Luftzug, hörte von unten leises Summen. Der Schacht mündete in einen kubischen Raum. Ringsum sah er die gähnenden Schlünde anderer Lüftungsschächte.

Das Summen kam aus einem knapp einen Meter großen Loch in der Mitte des Raums. Brosnan ging neben Savary in die Hocke und leuchtete mit der Taschenlampe hinein.

»Das ist er«, sagte er. »Ich habe vor zwei Jahren die Pläne für das Belüftungssystem gesehen, als ich mit dem Mann des Heizungsingenieurs in der Krankenstation arbeitete. Soweit ich mich erinnere, ist dieser Schacht ungefähr zwanzig Meter lang und endet unten im Kesselraum. Wie geht es dir?«

»Gut«, sagte Savary. »Mach dir keine Sorgen um mich. Ich hab mich seit Jahren nicht mehr so gut gefühlt.«

Brosnan untersuchte mit seiner Taschenlampe das Schachtinnere. Die Metallverkleidung war mit Eisenstreben befestigt.

»Guter Halt für die Füße«, sagte er. »Wenn du müde wirst, brauchst du dich nur ein paar Augenblicke an die

Seiten zu stemmen. Ich gehe zuerst, dann fällst du auf mich drauf, wenn du abrutschst.«

Savarys Zähne blitzten in der Dunkelheit. »Hals- und Beinbruch, Martin.«

Brosnan behielt die Taschenlampe in der Hand und fing an, nach unten zu steigen. Es war relativ leicht, viel leichter als der Abschnitt auf dem Träger über dem Haupttrakt. Das Summen der Generatoren wurde lauter, als er sich dem unteren Schachtende näherte. Von unten schimmerte Licht durch ein Gitter hoch. Er stützte sich an einer Strebe ab und versuchte, etwas zu erkennen. Alles, was er sah, war der Boden des Kesselraums. Normalerweise hatte dort um diese Zeit niemand Dienst, und falls doch jemand da war, würde es wahrscheinlich ein Kalfaktor sein. Und dann blieb ihm keine Wahl.

Er richtete die Taschenlampe nach oben und sah, dass Savary genau über ihm war. »Bleib da«, flüsterte er. »Ich seh nach, wie es unten steht.«

Er steckte die Lampe in die Tasche, hielt sich an zwei Streben fest und drückte mit beiden Füßen auf das Gitter. Es beulte aus, gab nach, und beim dritten Versuch löste es sich aus der Halterung und landete, gefolgt von Brosnan, fast drei Meter weiter unten mit einem lauten Krachen auf dem Boden.

Leicht lädiert, aber unverletzt stand er auf und sah sich um. Im Kesselraum war es nicht ganz so dunkel wie oben, denn über den Skalen am Instrumentenbrett auf der anderen Seite brannte eine kleine Glühbirne. Aber die Hauptsache: Es war kein Mensch da.

Er rief den Schacht hoch: »Alles in Ordnung, Jacques, du kannst springen. Lass einfach los.« Einen Moment später sauste sein Kamerad auf ihn zu, und er bekam ihn so zu fassen, dass er nicht hinstürzte.

Sie gingen sofort zur Tür. Brosnan machte sie auf und spähte nach draußen. Regen prasselte auf die Pflastersteine im Hof.

»Der Einstieg ist da drüben«, sagte er. »Rechts von der Tür zur Krankenstation. Bück dich und komm mir nach.«

Er drückte sich in den Schatten der Mauer und ging, gefolgt von Savary, um den Hof, bis er den Einstiegdeckel erreichte. Er hockte sich hin, holte den Schraubenzieher heraus und befreite die in den Deckel eingelassenen eisernen Handgriffe vom Schmutz, doch als er zog, bewegte der Deckel sich keinen Millimeter.

»Um Gottes willen, was ist denn?« Zum ersten Mal klang Panik in Savarys Stimme.

»Nichts«, sagte Brosnan. »Ist sicher jahrelang nicht benutzt worden. Ich schaffe es schon, keine Sorge.«

Er kratzte mit dem Schraubenzieher die Rille um den Rand des Deckels entlang. Er zog wieder mit aller Kraft, und Savary legte die Arme um seine Taille und zog mit. Der Deckel gab plötzlich nach, so schnell, dass Brosnan das Gleichgewicht verlor und sie beide hinfielen.

Fast im selben Moment schlug ihnen ein scheußlicher Gestank entgegen, der durch die Frische des Regens noch intensiviert wurde. Savary sagte: »O Gott, so schlimm hab ich mir das nicht vorgestellt.«

»Der einzige Weg«, sagte Jacques. »Runter mit dir.«

Savary verschwand in der Schwärze, und Brosnan stieg hinterher, bis er auf der kurzen Eisenleiter so weit unten war, dass er den Deckel wieder über die Öffnung ziehen konnte. Als er die Taschenlampe anknipste, sah er Savary bis über die Hüften in stinkendem Wasser und Exkrementen stehen. Der Franzose lehnte sich an die Mauer und übergab sich.

»Es ist doch nicht weit«, log Brosnan. »Ein paar hundert Meter, mehr nicht. Bestimmt.«

Der Tunnel war knapp zwei Meter hoch und sehr alt, an vielen Stellen bröckelten die Backsteine, und als sie wenige Schritte gemacht hatten, erfasste der Lichtstrahl Dutzende von Ratten, die die Steinsimse zu beiden Seiten entlanghuschten. Nach 50 oder 60 Metern ergoss sich der Abwasserkanal in ein großes Betonbecken, offensichtlich die Auffangkammer für die gesamte Kanalisation, denn auch aus anderen Röhren platschte der Dreck hinein.

Brosnan hielt die Taschenlampe hoch und rutschte ins

Becken; er stand fast bis zur Brust in dem widerlichen Brei. Savary glitt hinter ihm her, verlor das Gleichgewicht und ging unter. Brosnan zog ihn am Kragen hoch, und der Franzose bot mit seinem kotverschmierten Gesicht einen gespenstischen Anblick. Er war schwer angeschlagen.

Brosnan sagte: »Los, Jacques, wir müssen da durch. Bleib einfach hinter mir.«

Er stapfte durch das Becken und zog sich auf ein Sims aus Beton, half dann Savary hinauf. Sie gingen das Sims entlang, bis sie an eine eiserne Leiter kamen, neben der die Abwässer etwa zehn Meter tief hinunterstürzten.

Sie stiegen die Leiter hinunter. Als der schmale Gang endete, waren sie noch zwei weitere Leitern hinuntergestiegen.

»Wir müssen ganz nahe am Ufer sein«, sagte Brosnan. »Es kann nicht mehr lange dauern.«

Er ließ sich in die Flüssigkeit hinunter, und Savary folgte ihm. Mit jedem Schritt, den sie machten, stieg das Wasser höher. Jetzt herrschte eine leichte Grunddünung, und der Gestank war nicht mehr ganz so durchdringend; dann, nach einem oder zwei Metern, verschwand der Tunnel einfach in der Brühe.

Savary sagte: »Was nun?«

»Er muss unterirdisch ins Meer münden«, sagte Brosnan. »Damit habe ich nicht gerechnet.«

»Was machen wir also?«

»Rausschwimmen.«

»Unter Wasser?« Savary schüttelte den Kopf. »Ich glaube, das schaffe ich nicht.«

Brosnan gab ihm die Taschenlampe. »Nimm du sie so lange, ich sehe mal nach, wie es da unten ist.«

Er atmete ein paar Mal tief ein, tauchte unter und schwamm weiter, blieb dabei in Kontakt mit dem Tunneldach. Drei Meter, fünf, sieben, und dann hatte er es hinter sich und kam in einem Kanal zwischen den Felsen am Fuß der Steilküste an die Oberfläche.

Es war stockdunkel und regnete. Es ging eine schwere Dünung. Er ließ sich einen Moment treiben, holte tief Luft und tauchte wieder in die Mündung der Röhre. Die Rückkehr war schwieriger, aber kurz darauf kam er wieder neben Savary nach oben, stemmte sich gegen die Tunnelwand und rang nach Luft.

»Schlimm?«, fragte Savary.

»Sieben Meter, Jacques, mehr nicht. Dann bist du draußen.«

»Ich kann nicht«, sagte Savary.

Brosnan löste das eine Ende der Leine von seiner Taille und befestigte es an dem Schnapphaken von Savarys Schlinge. »Möchtest du lieber zurück?«

»Eher sterbe ich.«

»Also dann. Ich schwimme jetzt wieder hinaus. Wenn du so weit bist, rucke zweimal an der Leine und halt den Atem an. Ich zieh dich dann durch.«

Er ließ Savary keine Zeit zum Überlegen, tauchte einfach wieder unter und schwamm die Röhre entlang. Er kam an die Oberfläche und trieb kurz weiter, merkte dann, dass er mit den Füßen auf Grund kam; das Wasser konnte nicht mehr als anderthalb Meter tief sein. Vorsichtig zog er die Leine straff und wartete. Die Leine ruckte zweimal, unverkennbar. Er fing an, mit aller Kraft zu ziehen und ließ erst nach, als Savary keuchend und prustend neben ihm auftauchte.

Brosnan hielt ihn einen Moment fest, sagte dann: »Gut, und jetzt nichts wie weg hier.« Sie wateten zusammen aus dem Wasser und kletterten den Hang hoch. Über ihnen ragten die Mauern von Belle-Île düster in die Nacht.

Am Horizont zuckten Blitze, als sie an der Tür des kleinen Lagerraums hockten und Savary das Schloss bearbeitete. Endlich klickte es auf. Sie gingen hinein. Brosnan machte die Tür zu und knipste das Licht an.

»Alles in Ordnung?«, fragte er.

Savary nickte aufgeregt. Das Meer hatte den Schmutz von ihm gespült, und er schien wieder der Alte zu sein. »Wir schlagen die Kerle, nicht wahr, Martin?«

»Eins haben wir noch vor uns«, antwortete Brosnan.

»Mach dich fertig, aber bitte schnell. Und denk daran, zwei Schwimmwesten, nicht nur eine. Wir werden da draußen alles brauchen, um oben zu bleiben.«

Fünf Minuten später waren sie so weit. Brosnan holte das Leitgerät aus der Tasche, das Devlin ihm gegeben hatte, schaltete es ein und befestigte es an seiner äußeren Schwimmweste.

Er sagte zu Savary: »Auf geht's«, und dann öffnete er die Tür, und sie eilten hinaus.

Der Regen peitschte herunter, und im Schein eines Blitzes sahen sie, dass die Wellen sich in weißen Gischtwolken brachen. Sie kletterten die Klippen hinunter.

Über ihren Köpfen ragte der Bestattungsfelsen empor, und Savary blickte zu ihm hinauf. »Vielleicht ersparen wir Lebel nur eine Nachtschicht«, sagte er.

Brosnan wickelte die Leine auseinander und befestigte das eine Ende an Savarys Schlinge, das andere an seiner eigenen, sodass sie wie durch eine Nabelschnur – die etwa zwei Meter lang war – miteinander verbunden waren.

»Zusammen oder gar nicht«, meinte Savary.

»Genau.«

Sie gaben sich die Hand, gingen dann auf ein Felssims an den Ausläufern der Klippen, wo die See vorbeigischte. Brosnan schaute sich fragend um, Savary nickte, und sie sprangen gleichzeitig in den Teufelsstrudel.

Sie wurden beängstigend schnell weitergetragen, denn die Strömung hatte hier eine Geschwindigkeit von zehn oder zwölf Knoten. Seltsamerweise schien es zuerst nicht besonders kalt zu sein, aber das würde sich ändern.

Die Zeit schien stillzustehen, es gab nur noch das Meer und das Rauschen und das gelegentliche Rucken der Leine, wenn sie auseinander trieben. Dann und wann zuckte wieder ein Blitz, aber alles, was er beleuchtete, war die See, eine unendliche Weite von windgepeitschtem Wasser, in der sie völlig allein waren.

Nach einer Viertelstunde begann Brosnan die Kälte zu fühlen. Er fragte sich, wie Savary zurechtkam, zog an der Leine und bekam einen Augenblick später Antwort. Belle-

Île lag nun so weit hinter ihnen, dass nicht mehr zu befürchten war, sie könnten von dort entdeckt werden. Er knipste die Lampe an seiner Schwimmweste an. Kurz danach folgte Savary seinem Beispiel, und sie trieben weiter, hüpften über die Wellenkämme wie zwei Irrlichter in der Nacht.

Anne-Marie und Devlin standen auf der Brücke des Kutters an der Reling, während das Boot in die Wellentäler tauchte. Sie trugen beide Ölzeug und Südwester, und das Wasser strömte an ihnen hinunter.

Ein Blitz beleuchtete die Wellenberge, den endlosen weißen Schaumkronenteppich vor ihnen, und Devlin sagte verzweifelt: »Das ist schlecht … sehr schlecht.«

Doch da lehnte Jean-Paul sich aus dem Ruderhaus und rief triumphierend: »Wir haben sie! Wir haben sie!«

Anne-Marie und Devlin rannten zu ihm. Jean-Paul und Claude beugten sich über den blauen Kasten auf dem Kartentisch. Linien zuckten über den Bildschirm, ein rhythmisches Piepen ertönte, und die roten Zahlen der Digitalanzeige sprangen mit unfasslicher Geschwindigkeit weiter, bis endlich eine Nummer stehen blieb.

Jean-Paul rechnete schnell nach. »Das ist es«, sagte er dann zu dem alten Marcel, der am Ruder stand. »Sie sind gut anderthalb Kilometer nordöstlich. Kurs zwo-vier-zwo.« Während sie auf den neuen Kurs gingen, sagte er zu Devlin: »Wenn das Piepen zu einem hohen Dauerton wird, sind wir da.«

Anne-Marie hielt Devlins Hand, und sie starrten beide wie gebannt auf den Bildschirm.

Brosnan fror, sein Gesicht war wund von dem Salzwasser, und seine Augen brannten schrecklich. Er war todmüde, am Ende seiner Kräfte. Als Savarys Licht ausging, zog er an der Leine, bekam aber keine Antwort, und als er versuchte, zu dem Franzosen zu schwimmen, wurde ihm bewusst, dass er einfach nicht mehr die Kraft dazu hatte. Einige Augenblicke später erlosch das Licht an seiner eigenen Schwimmweste. Das war es also. Jetzt, wo es so weit war, schien es kaum noch eine Rolle zu spielen. Mit geschlossenen Augen und zurückgeworfenem Kopf trieb er dahin, wurde dann wieder auf einen hohen Wellenkamm gehoben. Er machte die Augen auf und sah rechts die Lichter eines Schiffes.

Er glitt in ein Wellental hinab, machte den Mund auf und schrie, was seine Lungen hergaben, aber in der brüllenden See konnte er nicht einmal sich selbst hören.

Er wurde auf eine weitere Welle gehoben, fühlte hinter sich die Last Savarys. Das Schiff war jetzt näher, so nahe, dass er sehen konnte, was es war – ein Trawler, dessen Umrisse sich in der Decksbeleuchtung deutlich abzeichneten. Er schrie und winkte, alles vergeblich. Er sauste wieder nach unten, und erst jetzt fiel ihm die kleine Leuchtkugel ein, die Devlin ihm im Gefängnis gegeben hatte.

Er langte in die rechte Tasche und fand sie, holte sie heraus, hielt sie verzweifelt mit seinen tauben Fingern fest und riss mit den Zähnen an der Plastikhaut. Das strahlende Licht erschien von überirdischer Schönheit, es blitzte in der Nacht, und er nahm es in die rechte Hand und hielt es hoch.

Der große Claude entdeckte das Licht an Backbord und rannte sofort zum Ruderhaus. Marcel stellte die Maschinen auf halbe Kraft zurück und steuerte in einem weiten Bogen zu dem hellen Punkt. Devlin und Anne-Marie liefen zur Backbordreling, wo Jean-Paul und Claude schon ein Netz ins Wasser ließen.

»Was meinen Sie?«, fragte Devlin.

»Das müssen sie sein. Sie müssen es sein«, sagte Jean-Paul durch die zusammengebissenen Zähne.

Er nahm den Scheinwerfer, den Claude ihm reichte, knipste ihn an und ließ den Strahl über das Wasser gleiten.

»Nichts!«, sagte Anne-Marie. »Nichts als diese verdammten Wellen.«

Und dann erschien Brosnan, den Arm erhoben, mit Savary im Schlepp, auf einem Wellenkamm.

11

Brosnan hustete, als der Whisky hinten in seiner Kehle brannte. Er blickte zu Devlin hoch, der auf dem Rand seiner Koje saß. »Bushmills?«, krächzte er.

»Was sonst? Ich hab die Flasche extra für dich mitgebracht. Und jetzt, wo du wieder unter den Lebenden bist, kannst du dich gleich auf Besuch gefasst machen. Ich sehe inzwischen nach, wie es Savary geht.«

Er trat aus dem Weg, und Anne-Marie setzte sich. Sie trug immer noch Ölzeug und strich sich mit einer unnachahmlichen Geste nasse Strähnen aus der Stirn.

»Da wären wir wieder«, sagte Brosnan.

»So scheint es.« Sie streckte die Hand aus und berührte kurz sein Gesicht. »Du bist immer noch eiskalt.«

»Total durchgefroren. Ich werde den Rest meines Lebens Albträume vom Teufelsstrudel haben. Was macht Jacques?«

»Dr. Cresson beschäftigt sich nebenan mit ihm.«

»Du meinst, er ist immer noch bewusstlos?«

»Ich fürchte, ja.«

Brosnan setzte sich auf, zog die Wolldecke um sich. »Ich will ihn sehen.«

Sie führte ihn in die Nachbarkabine. Jacques Savary lag, bis zum Kinn in Decken gehüllt, auf einer Koje. Sein Gesicht war schneeweiß und eingefallen, die Augen geschlossen. Jean-Paul und Devlin sahen besorgt, wie Cresson ihn verarztete.

»Er ist kalt«, sagte er. »Viel zu unterkühlt. In seinem Alter …« Er zog eine Spritze auf und injizierte den Inhalt in Savarys rechten Unterarm. »Das stärkste Mittel, das ich zu nehmen wage.« Er wandte sich an Jean-Paul: »Der Puls ist sehr schwach. Er muss so schnell wie möglich in ein Krankenhaus.«

»Auf keinen Fall!«, sagte Jacques Savary mit leiser Stimme.

Seine Augen waren offen, er lächelte schwach, und Jean-Paul ergriff seine Hand und kniete sich neben die Koje. »Was hattest du vor? Mich zu Tode zu erschrecken?«

»So ungefähr.« Savarys Augen suchten Brosnan und fanden ihn. »Wir haben's den Kerlen gezeigt, nicht?«

»Sie werden es nie vergessen«, sagte Brosnan.

Cresson sagte: »Und jetzt raus mit Ihnen. Er braucht Schlaf.«

Als Jean-Paul sich aufrichtete, hielt Savary ihn am Ärmel fest. »Ich werde nie wieder dahin zurückgehen. Nie wieder. Verstehst du?«

»Sicher, Papa.«

»Jetzt, wo wir draußen sind, müsst ihr zu der Stelle, wo die beiden Leichen über Bord gehen sollen, das ist im Augenblick das Wichtigste. Schlafen kann ich später noch genug.«

Brosnan ging in seine Kabine zurück, und Devlin und Anne-Marie folgten ihm. Er setzte sich auf die Koje. »Was passiert als Nächstes?«

»Der Kapitän setzt uns in ungefähr einer Stunde in St. Denis an Land. Jean-Paul hat seine eigenen Pläne für seinen Vater. Wir drei fahren zu Anne-Maries Bauernhaus in den Bergen oberhalb von Nizza.«

»Und Barry?«

»Für den ist noch mehr als genug Zeit, wenn du ein paar Tage ausgeruht hast. Ich würde vorschlagen, du machst noch ein Nickerchen, ehe wir an Land gehen.«

»Er hat Recht, Martin«, sagte Anne-Marie. »Wir lassen dich jetzt allein.«

Sie gingen hinaus. Brosnan legte sich hin, deckte sich zu und schloss die Augen, fand jedoch keine Ruhe; die verzerrten Bilder der Wellen, die sich im Dunkel brachen, wollten nicht weichen. Seine Augen brannten von dem Salz. Aber er war frei, das war das Unfassliche. Frei nach vier Jahren in einem der sichersten Gefängnisse Europas – und doch, der Gedanke daran schien keinerlei Wirkung auf ihn zu haben.

Zuletzt schlief er ein, fuhr aber plötzlich hoch und merkte, dass der Kutter kaum noch Fahrt machte. Er blieb noch kurz liegen und dachte nach, stand dann auf und zog die Sachen an, die sie für ihn zurechtgelegt hatten, Jeans, einen dicken Seemannspullover und einen kurzen Mantel.

Als er an Deck trat, regnete es immer noch, aber die See war ruhiger, weil sie bereits im Windschatten der Küste waren. Anne-Marie stand an der Reling und schaute zu, wie Devlin und Jean-Paul eine der Leichen in das Schlauchboot ließen, in dem Claude wartete. Die andere lag auf dem Rücken an Deck. Ihr Gesicht war in ein Tuch gehüllt, damit man die Verstümmelungen nicht sah, und sie hatte Brosnans Gefängniskluft, den Regenmantel und die beiden Schwimmwesten an.

»Dein anderes Ich.« Devlin kniete hin und schob den Ärmel hoch, sodass die tätowierte Sträflingsnummer zum Vorschein kam.

»Du denkst an alles«, sagte Brosnan.

»Jean-Paul, nicht ich. Ich begreife langsam, warum der Junge als Gangster so erfolgreich ist.«

Sie hoben die Leiche hoch und ließen sie in das Schlauchboot, wo Claude und Jean-Paul, der inzwischen ebenfalls hinuntergeklettert war, sie in Empfang nahmen. Brosnan sagte: »Ihr müsst sie aneinander leinen. Nicht vergessen. Dann wirkt es echter.«

»Wird gemacht.« Jean-Paul ließ den Außenbordmotor an und steuerte das Schlauchboot zur Küste.

Die drei lehnten an der Reling und sahen ihnen nach. »Wie ist das, dem eigenen Begräbnis beizuwohnen?«, sagte Devlin.

»Ich fühle mich wie der auferstandene Lazarus«, erwiderte Brosnan. »Reingewaschen von allem.«

»Und wofür?«, sagte Anne-Marie. »Eine Wiederaufnahme des alten Lebens? Oder für einen neuen Anfang?«

»Vielleicht wenn ich mit Frank Barry fertig bin.«

Sie schüttelte den Kopf. »Du riechst nach Tod, Martin, weißt du das nicht? Du wirst dich nie ändern.«

Sie drehte sich um und ging unter Deck. Brosnan sagte: »Was hat sie denn?«

»Wenn du das nicht weißt, kann ich dir auch nicht helfen«, antwortete Liam Devlin.

Im Fischereihafen von St. Denis ging es lebhaft zu, denn fast zwei Dutzend Kutter entluden ihren Fang. Jacques Savary saß zusammen mit Cresson auf dem Rücksitz eines schwarzen BMW. Er trug einen Kaschmirpullover und ein teures Sportsakko und sah darin so aus, wie er früher ausgesehen haben mochte. Jean-Paul beugte sich zu ihm und legte ihm ein Reiseplaid über die Knie.

Brosnan, Devlin und Anne-Marie standen ein paar Schritte entfernt und schauten zu. Als Jean-Paul zurücktrat, ging Brosnan zum Wagen, beugte sich nach unten und nahm Savarys Hand. »Vielleicht können wir es irgendwann noch mal machen?«

Savary hielt seine Hand einen Moment fest, zog ihn dann in einer unwiderstehlichen Gefühlsaufwallung an sich und umarmte ihn.

Brosnan wandte sich ab, und Jean-Paul, dessen Gesicht im gelben Schein der Lampe oben an der Schuppenwand sehr ernst war, schüttelte ihm die Hand.

»Es ist unmöglich, Ihnen für all das zu danken, was Sie getan haben, aber ich versichere Ihnen eines. Wir von der Union Corse haben einen langen Arm.« Er zückte seine Brieftasche, nahm eine Karte heraus und reichte sie Brosnan. »Meine Privatnummern.« Er lächelte listig. »Alle vier. Wenn Sie jemals irgendetwas brauchen sollten ... Wenn ich ›irgendetwas‹ sage, meine ich es auch so.«

Er umarmte Brosnan, hielt ihn einen Augenblick fest, gab Devlin und Anne-Marie die Hand, stieg in den BMW und nickte Claude, der am Steuer saß, zu. Die schwere Limousine setzte sich in Bewegung und bog am Ende des Anlegers auf die Straße ein.

Brosnan sah ihr nach. Er fühlte sich plötzlich, am Ende

eines langen Wegs, seltsam müde. Er wandte sich zu Devlin und Anne-Marie.

»Und nun?«

Anne-Marie nahm seinen Arm. »Los, Soldat, deinem Aussehen nach brauchst du jetzt mindestens eine Woche Schlaf.«

Sie setzte sich ans Steuer des gemieteten Citroëns, Devlin nahm neben ihr Platz, und Brosnan blieb nur der Rücksitz. »Wie lange brauchen wir?«, fragte er, als sie losfuhren.

»Um diese Zeit am Morgen drei Stunden, wenn wir Glück haben. Versuch zu schlafen.«

Brosnan lehnte sich zurück und machte die Augen zu. Zuerst sah er nur den Teufelsstrudel, das Wasser schlug über ihm zusammen, der widerliche Gestank erfüllte seinen ganzen Kopf, und dann war auf einmal alles pechschwarz.

Kurz nach sechs Uhr, als sich der Horizont fahl färbte, verließ Pierre Gaudier seine Hütte in den Dünen zwei Kilometer vor St. Denis. Er arbeitete im Fischereihafen als Packer und stand immer im Morgengrauen auf, um den Strand nach Treibholz abzusuchen, ehe andere kamen.

Die Karre, die er schob, hatte alte Autoreifen, die leicht über den feuchten Sand rollten, und er blieb dann und wann stehen, um ein Brett oder einen Knüppel aufzuladen. Als die Karre beinahe voll war, hatte er das Ende des Strandes erreicht, wo die Ausläufer des Teufelsstrudels über die zerklüfteten schwarzen Felsen gurgelten. Er hielt inne, um sich eine Zigarette anzustecken, ehe er zurückkehrte, und da bemerkte er plötzlich in den Felsen etwas Orangefarbenes. Er warf das Streichholz fort und ging hin.

Eine der Leichen lag über einem Felsen, die andere trieb daneben in einem Wasserloch. Gaudier bekreuzigte sich, packte den Ärmel der Leiche im Loch und versuchte, sie zum Strand zu ziehen. Erst jetzt sah er die Leine, die sie miteinander verband.

Er krabbelte zu dem Toten auf dem Felsen, um die Leine loszubinden, und sah in diesem Augenblick zweierlei: die auf die Schwimmweste gedruckten Worte »Strafvollzug – Belle-Île« und die weiße Gefängnisnummer quer über den Rücken des Mantels.

»Heilige Muttergottes«, sagte Gaudier und bekreuzigte sich. Er versuchte, die Leiche umzudrehen.

Da sah er das Gesicht oder das, was davon übrig war, und taumelte entsetzt zurück, verlor das Gleichgewicht und plumpste neben die zweite Leiche in das Loch. Mit einem rauen Schrei schob er sie von sich, krabbelte aus dem Wasser und rannte den Strand zurück nach St. Denis.

Kurz nach neun Uhr saß Pierre Lebel total fertig im Vorzimmer des Gefängnisdirektors. Das Geschehene war so unfasslich, dass er nicht imstande gewesen war, es richtig aufzunehmen. Er hatte die leere Zelle an der oberen Galerie um sieben Uhr entdeckt, und praktisch im selben Moment hatte der Polizeichef von St. Denis den Gefängnisdirektor angerufen.

Wie es sich zugetragen hatte, wie Savary und Brosnan das Unmögliche geschafft hatten, spielte im Moment keine Rolle. Das Einzige, was zählte, waren die Konsequenzen. Für Lebel konnte es nur eines bedeuten: fristlose Kündigung, 25 Dienstjahre so gut wie umsonst, Pension um die Hälfte gekürzt oder ganz futsch.

Die Tür wurde geöffnet, und der Direktor winkte ihn herein. Lebel betrat den Raum und blieb vor dem Schreibtisch stehen, während der Direktor sich eine Zigarre ansteckte und ans Fenster trat und hinaussah. Was er dann sagte, war völlig unerwartet.

»Bei dem Seegang gestern Nacht ins Wasser zu gehen! Nicht zu fassen.« Er schüttelte den Kopf. »Bewundernswerte Idioten waren sie, nicht wahr, Lebel? Warum haben sie das bloß getan, warum haben sie alles aufs Spiel gesetzt?«

Lebel staunte selbst über die Antwort, die er gab. »Um hier wegzukommen, Monsieur.«

Der Direktor nickte, schaute immer noch aufs Meer hinaus. »Ja, wer möchte das nicht, uns eingeschlossen?«

Es klopfte, und der Stellvertreter des Direktors kam

herein. »Die Leichen sind aus St. Denis eingetroffen, Monsieur.«

In der Leichenhalle war es kalt, bitterkalt, und von den beiden Toten, die noch ihre Kleidung samt Schwimmwesten trugen, troff Meerwasser auf die Tische und lief von dort auf den Boden. Der Gefängnisdirektor schob den rechten Ärmel der ersten Leiche hoch, dann den der anderen und warf einen Blick auf die tätowierten Nummern. Dann hob er die Laken an, um die Gesichter zu sehen, und ließ sie schnell wieder fallen.

»Das können der Teufelsstrudel und die Felsen bei St. Denis aus einem Menschen machen.« Er wandte sich an seinen Stellvertreter. »Schade, dass wir unseren Gefangenen keine Fotos davon zeigen dürfen.«

»Ja, Monsieur.« Der Stellvertreter zögerte. »Und nun, Monsieur?«

»Ich habe mit dem Justizminister in Paris gesprochen. Die Sache wird für die Presse freigegeben. Es ist nicht nötig, sie geheim zu halten. Sie beweist nur, was wir die ganze Zeit gewusst haben: dass es unmöglich ist, von Belle-Île zu entkommen.«

»Und die Leichen, Monsieur?«

»Werden wie üblich bestattet, genau nach Vorschrift, und zwar noch heute. Ich möchte auf keinen Fall Scherereien mit Verwandten, die sie für sich beanspruchen, besonders der Sohn von Savary. Er ist genauso ein Ganove, wie sein Vater einer war.« Er wandte sich an Lebel. »Und was Sie betrifft, meine ich, dass Sie in Anbetracht der Umstände im Grunde nicht dafür verantwortlich gemacht werden können. Andererseits muss ich aber irgendetwas tun, und sei es wegen des Protokolls. Ich werde also Ihr nächstes Monatsgehalt nicht auszahlen lassen.«

Lebel war außer sich vor Freude und konnte kaum ein Wort hervorbringen. »Vielen Dank, Monsieur«, stammelte er.

Der Direktor ging hinaus, und der Stellvertreter sagte: »Glück gehabt, Lebel.«

»Ich weiß«, sagte Lebel beflissen.

»Ich brauche Sie nicht daran zu erinnern, dass Sie die beiden noch bestatten müssen. Fangen Sie am besten gleich an.«

Er ging ebenfalls hinaus. Lebel drehte sich um und sah den alten Jean, das für die Leichenhalle zuständige Faktotum, zwischen den Tischen stehen. »Jacques Savary und Brosnan, hm?«, sagte er und schüttelte den Kopf. »Wer hätte das gedacht?«

Der alte Jean beugte sich nach unten, untersuchte die Nummer auf dem Unterarm der Leiche zu seiner Rechten, wandte sich dann zu der anderen. »Komisch«, sagte er.

»Was denn?«

»Savarys Nummer. Die Sieben ist so eigenartig, ich glaube, sie wird nur in England so geschrieben.«

Lebel setzte seine Lesebrille auf, hob den Arm und betrachtete die Nummer. Der alte Mann hatte Recht. Die Sieben war nicht so geschrieben, wie es in Frankreich und den anderen Ländern des Kontinents üblich war: Der Querbalken fehlte. Der alte Mann sah ihn forschend an: »Vielleicht hat der Tätowierer einen Fehler gemacht?«

Lebel steckte die Brille wieder ein und sagte ruhig: »Hol zwei Säcke und tu sie hinein. Ich werde dir helfen. Verstanden?«

Der alte Mann lächelte, wandte sich ab und schlurfte zu seinem Magazin.

Sie brachten sie zum Haupttor hinaus und schoben die Karre die Serpentinen zum Bestattungsfelsen hoch. Lebel holte die nötigen Gewichte aus dem kleinen Lagerraum, und jeder von ihnen beschwerte eine Leiche. Sie sagten kein Wort.

Es war ein ruhiger Tag, es regnete nicht mehr, das einigermaßen ruhige Meer kräuselte sich bis zum grauen Horizont, wo die Sonne durchzukommen versuchte. Sie schoben die Karre zum Rand der Klippen und hoben sie so an, dass beide Leichen gleichzeitig hinunterrutschten. Sie stürzten in die wirbelnde Flut und waren sofort verschwunden.

Der alte Jean sagte: »Der *einzige* Weg, von Belle-Île fortzukommen.«

Er drehte sich um und schob mit der Karre ab. Lebel murmelte vor sich hin: »So ist es.« Dann fügte er ebenso leise hinzu: »Und viel Glück, ihr verdammten Kerle, wo immer ihr sein mögt.«

Ferguson arbeitete in seiner Wohnung am Cavendish Square. Das Telefon klingelte, und er nahm schon nach dem ersten Läuten ab.

Es war Harry Fox: »Schlechte Neuigkeiten, eben über den Draht aus Paris. Stand noch nicht in den Zeitungen, kam zu spät für die Morgenausgaben. Brosnan und Savary sind gestern Nacht ertrunken, als sie versuchten, von Belle-Île zu entkommen.«

Ferguson legte den Füllhalter hin. »Sind Sie sicher, dass das stimmt, Harry?«

»Kein Zweifel, Sir. Die Leichen sind heute Morgen bei einem Nest angeschwemmt worden, das St. Denis heißt.«

»Das wäre also das«, sagte Ferguson.

»Ich fürchte, ja, Sir. Hat Devlin sich gemeldet?«

»Nein.«

»Ich denke, er wird jeden Augenblick anrufen, Sir ... in Anbetracht der Ereignisse.«

»Wahrscheinlich. Nicht verzagen, Harry. Bis nachher.«

Ferguson legte auf und brütete einen Moment vor sich hin, stand dann auf und ging ans Fenster.

»Barry«, flüsterte er. »Du verdammtes Arschloch. Warum konntest du nicht ein bisschen warten?«

Nikolaj Romanoffs Maschine hatte in Ost-Berlin 14 Stunden Verspätung wegen Nebels gehabt und landete erst am Mittag um zwölf Uhr auf dem Flughafen Charles de Gaulle. Romanoff fuhr sofort zur sowjetischen Botschaft und war gerade im Begriff, seinen Mantel auszuziehen, als Irana Wronski mit einer Tasse Kaffee hereinkam.

Sie war eine attraktive, vollbusige Frau von 32 Jahren mit sanft blickenden Rehaugen und schwarzen Haaren, die sie heute mit einer Samtschleife zu einem Knoten gebunden hatte. Der schlichte graue Rock, die weiße Seidenbluse und die erstklassigen hochhackigen Schuhe passten genau zu ihrem Typ.

Sie war seit acht Jahren Romanoffs Sekretärin, und er hatte sie einen Monat nach Antritt der Stelle verführt. Sie war ihm völlig ergeben und tat seine Affären mit anderen Frauen als irrelevant ab. Sie war der Fixpunkt in seinem Leben, das genügte ihr.

Sie wusste alles, was über seinen Schreibtisch ging, und sie hatte schon gestern spätabends mit ihm telefoniert.

»Kein angenehmer Flug, Genosse Oberst?« Im Büro erlaubte sie sich keine vertrauliche Anrede.

»Ich würd's am liebsten vergessen. Dieser Flughafen ist wirklich das Letzte, aber lassen wir das. Hat Barry sich wieder gemeldet?«

»Vor einer guten Stunde. Er sagte, er würde noch mal anrufen.«

»Hat er gesagt, warum er die Verabredung mit dem Kutter nicht eingehalten hat?«

»Nein, Genosse Oberst.«

»Haben Sie die britischen Zeitungen durchgesehen?«

Sie nickte. »Kein Wort, das sich irgendwie mit Barrys Plan in Verbindung bringen ließe. Eine dringende Nachricht von der Londoner Botschaft, vertraulich, nur für Sie, Code Drei. Vielleicht steht darin etwas.«

»Gehen wir und sehen wir es uns an.«

Romanoff ging hinaus. Sie folgte ihm in den Chiffrierraum und holte dann das Band und die Funkbilder. Der Techniker steckte es in den Entschlüsseler, Romanoff gab seinen persönlichen Code ein. Das Gerät ratterte kurz, die dechiffrierte Nachricht wurde auf einem Papierstreifen ausgedruckt, den Irana abriss und ihm reichte.

Es war ein vollständiger Bericht über die Brosnan-Sache mit ausführlichen Informationen über Devlin und Anne-Marie; die gleichzeitig gefunkten Bilder zeigten die drei.

Er gab die Dokumente Irana zurück. »Was halten Sie davon?«

Sie las den Bericht und runzelte die Stirn. »Darüber steht etwas in der letzten Morgenausgabe, Genosse Oberst.«

»Sind Sie sicher?«

»Ich zeige es Ihnen.« Sie gingen den Flur entlang zu ihrem Büro, das neben seinem lag. Die Pariser Morgenzeitungen lagen auf ihrem Schreibtisch. Sie blätterte sie schnell durch und sagte dann triumphierend. »Da ist es. ›Vor Redaktionsschluss. Häftlinge Martin Brosnan und Jacques Savary bei Fluchtversuch aus dem Gefängnis Belle-Île ertrunken‹.«

Romanoff nahm die Zeitung, setzte sich auf den Schreibtischrand und las die Meldung. »Dieser Savary scheint ja ein toller Bursche gewesen zu sein«, sagte er. »Sein Name kam mir gleich irgendwie bekannt vor.«

»Und Brosnan war auch nicht ohne«, sagte sie.

»Ja, wenn sie es geschafft hätten, wäre es sicher mulmig geworden.«

Das Telefon auf ihrem Schreibtisch klingelte. Sie meldete sich, lauschte, wandte sich dann an Romanoff: »Barry.«

Er nahm den Hörer und kam sofort zur Sache. »Sind Sie in Paris?«

»Das will ich meinen«, sagte Barry fröhlich.

»In einer halben Stunde bei mir zu Haus«, sagte Romanoff und legte auf.

Barry stand auf der Terrasse der Wohnung am Boulevard St.-Germain und schaute über den Fluss. »Ich muss sagen, Ihre Regierung lässt Sie nicht verhungern«, bemerkte er, als Romanoff ins Freie trat und ihm einen Scotch mit Soda reichte.

»Lassen Sie den Unsinn. Erklärungen, Frank, das ist es, was ich hören möchte. Was ist drüben schief gegangen?«

»Nichts.« Barry nahm eine Zigarette aus der Schachtel auf dem Tisch, zündete sie an und setzte sich in einen Korbsessel. »Hätte gar nicht besser laufen können.«

Romanoff war erstaunt. »Sie meinen, Sie haben es geschafft? Aber das ist nicht möglich. In den englischen Zeitungen stand kein Wort darüber.«

»Sicherheitsstufe eins«, sagte Barry. »Ist ganz logisch, wenn man darüber nachdenkt. Jedenfalls habe ich den Gefechtskopf, und nur das zählt.«

»Warum sind Sie dann nicht zu dem Treff mit unserem Schiff gefahren?«

Barry schmunzelte. »Nikolaj, in Anbetracht unserer langen Freundschaft kriegen Sie jetzt vielleicht einen Schock ... Aber ich traue Ihren Leuten nicht, und ich dachte, wenn ich mit dieser wertvollen Ware auf den Kutter ginge, würde ich vielleicht nie wieder an Land kommen. Können Sie mir folgen?«

»Quatsch.« Romanoffs Zorn war echt. »War ich nicht immer fair zu Ihnen? Habe ich Sie jemals übers Ohr gehauen?«

»Ich hatte nicht an Sie gedacht, sondern an die Burschen in Ihrer Zentrale«, sagte Barry. »Diese Sache ist groß, Nikolaj, ganz groß. Die größte, mit der Sie je zu tun hatten. Das haben Sie selbst gesagt. Womöglich zu groß.«

Romanoff holte tief Luft. »Was wollen Sie?«

»Ein Flugzeug, das jederzeit starten kann. Eine Cessna wird genügen. Ich werde sie natürlich selbst fliegen.«

»Wohin?«

»Zurück zum Lake District. Kein Problem. Ich werde eine geeignete unbenutzte Piste in der Nähe der Stelle finden, zu der ich will. Ich lasse die Maschine dann dort.«

»Und die britische Luftverkehrskontrolle? Sie interessiert sich dafür, wer ihren Luftraum unsicher macht.«

»Oh, wenn die feststellen, wo ich gelandet bin, bin ich längst über alle Berge.«

Romanoff nickte widerwillig. »Na gut. Es gibt da einen kleinen Fliegerclub bei Croix, ganz in der Nähe von Paris. Wir fanden ihn schon ein paar Mal ganz nützlich. Ich sorge dafür, dass ein passendes Flugzeug für Sie bereitsteht. Und was für unangenehme Überraschungen haben Sie sonst noch für mich?«

»Erstens: Die Übergabe findet in Irland statt, natürlich in der Republik.« Romanoff lief krebsrot an, und Barry schüttelte den Kopf. »Bitte keine Diskussion, entweder so, wie ich will, oder gar nicht. Alles, was ich je getan habe, lässt sich politisch auslegen, man kann mich also nicht ausliefern. Da drüben bin ich sicher. Eine alte Tante von mir hat ein kleines Anwesen an der Südküste, fünfzehn Kilometer von Cork entfernt. Sehr guter Platz für Geschäfte. Ich sage Ihnen natürlich noch, wie die Transaktion im Einzelnen laufen soll.«

Romanoff hob eine Hand. »Ich habe nicht vor, Ihnen zu widersprechen. Reden Sie weiter, damit wir es schnell hinter uns bringen.«

»Zwei Millionen«, sagte Barry. »Nicht mehr und nicht weniger.«

Romanoff machte ein entsetztes Gesicht. »Zwei Millionen! Sie müssen verrückt sein.«

»Nein, ich erwäge nur, mich zurückzuziehen. Ich werde auch nicht jünger, alter Knabe.« Ein lastendes Schweigen. Dann fuhr er fort: »Glauben Sie mir, Nikolaj, ich habe das Ding. Selbst wenn die Briten Sicherheitsstufe eins gegeben haben, sollten Ihre Kontaktleute in der Bundesrepublik bestätigen können, was passiert ist.«

»Das stimmt.« Romanoff nickte. »Mit dem Geld kann ich mich nicht festlegen. Ich muss Moskau fragen. Ich gebe Ihnen Bescheid.«

»Bis morgen früh«, sagte Barry. »Ich will hier nicht länger herumhängen.«

Romanoff sagte verdrossen: »Sie sind durch und durch ein Halunke. Ich war immer fair zu ihnen, und jetzt behandeln Sie mich so. Aber ich hätte es wissen sollen.«

Barry schenkte sich noch einen Whisky ein. »Man lernt nie aus.«

Romanoff ging ins Wohnzimmer und kam mit der Transkription der Nachricht aus London zurück. »Trotzdem will ich Ihnen das nicht vorenthalten.«

Barry las und hörte auf zu lächeln. »Das ist das Letzte, was ich erwartet hätte«, sagte er dann auffallend leise.

Romanoff fragte: »Haben Sie schon die Pariser Zeitungen von heute gelesen?«

»Nein, hätte ich das tun sollen?«

Romanoff schob ihm eine Zeitung hin. »Die Mittagsausgabe. Es steht etwas sehr Interessantes drin.«

In dieser Ausgabe war ein ausführlicher Bericht abgedruckt, mit Fotos von Savary und Brosnan. Barry las ihn schnell durch. »Brosnan tot? Scheint kaum glaublich.«

»Irgendwann erwischt es uns alle.«

»Nicht Martin Brosnan. Sie haben ihn nicht so gekannt wie ich. Hat einmal versucht, mich zu töten.«

»Warum?«

»Oh, sagen wir, er hatte etwas gegen die Art und Weise, wie ich damals unseren Krieg führte.«

Romanoff zuckte mit den Schultern. »Alte Geschichten. Aber jetzt, wo er tot ist, spielt das sowieso keine Rolle mehr.«

»Aber Devlin lebt noch«, sagte Barry.

Romanoff runzelte die Stirn. »Halten Sie ihn denn für gefährlich?«, sagte er.

»Der kann selbst dem Teufel einheizen«, antwortete Barry und stand auf, um an das Geländer zu treten. »Ich möchte wissen, was er jetzt ausheckt ... oder, was für uns wichtiger ist, wo er gerade steckt.«

»Gestern war er bestimmt irgendwo bei St. Denis und hat darauf gewartet, Brosnan in Empfang zu nehmen«, sagte Romanoff.

»Ja, und diese Audin war bei ihm. Wo sind sie also jetzt?«

»Vielleicht wieder in Paris.«

»Das lässt sich schnell feststellen. Sie muss schließlich im Telefonbuch stehen.«

Fünf Minuten später klingelte in Anne-Maries Pariser Wohnung das Telefon. Ihr Mädchen, das in der Küche arbeitete, trocknete sich die Hände und ging an den Apparat.

Die Stimme am anderen Ende der Leitung sprach ausgezeichnet französisch, wenn auch mit einem schwachen ausländischen Akzent. »Mademoiselle Audin?«

»Non, Monsieur, sie ist nicht da. Wer spricht dort?«

»Paris-Match«, log Barry ohne Zögern. »Es ist wichtig. Wissen Sie, wo ich sie erreichen kann?«

»Aber natürlich, Monsieur. Sie hat erst vor einer Stunde angerufen und gesagt, sie würde ein paar Tage auf ihrem Bauernhof bleiben.«

»Bauernhof?« Barry lachte herzlich. »Klingt aber gar nicht nach Anne-Marie.«

»Oh, es ist nur ein kleiner Hof bei Vence in den Bergen über Nizza. In einem Dorf, das St. Martin heißt. Ein alter Schäfer, ein paar Schafe. Mademoiselle Audin fährt oft hin, wenn sie Ruhe braucht. Deshalb hat sie dort auch kein Telefon.«

Das Mädchen gehörte offensichtlich zu den Leuten, die nicht aufhören können zu reden, und Barry unterbrach sie. »Macht nichts«, sagte er. »Dann warten wir eben, bis sie zurückkommt.« Er legte auf.

»Was haben Sie nun vor?«, fragte Romanoff.

»Ich denke, ich fliege runter nach Nizza. Es dauert ja nur eine Stunde. Suche ihr Bauernhaus. Sehe nach, ob Devlin bei ihr ist.«

»Warum vergessen Sie es nicht, Frank? Sobald Moskau das Geld bestätigt, können Sie weg. Warum wollen Sie sich mit diesem Devlin anlegen?«

»Alte Rechnungen«, sagte Barry. »Und außerdem bin ich schon immer sehr neugierig gewesen. Sie können sagen, ein zwanghafter Impuls herauszufinden, was der Kerl im Schilde führt.«

»Tun Sie, was Sie wollen«, sagte Romanoff erschöpft.

»Das tue ich doch meist, oder? Ist es Ihnen noch nicht aufgefallen? Eins können Sie noch für mich machen – geben Sie mir eine Adresse in Nizza, wo ich ein bisschen Unterstützung bekommen kann. Nichts Besonderes, intelligent brauchen sie nicht zu sein. Simple Schlägertypen, das reicht. Wäre das möglich?«

Romanoff nickte. »Ja, wir haben auch in Nizza ausgezeichnete Verbindungen. Ich gebe Ihnen eine Adresse.«

»Großartig, ich hab doch gewusst, dass ich mich auf Sie verlassen kann. Ich melde mich, sobald ich wieder da bin.« Er grinste und schlug Romanoff auf die Schulter. »Kopf hoch, alter Junge. Wird schon schief gehen.«

12

Das Bauernhaus am Berg über St. Martin war mit roten, von der Sonne gebleichten Ziegeln gedeckt und wirkte mit seinem gedrungenen Turm an der Seite beinahe mittelalterlich. Devlin schaute zum Dorf weit unten im Tal, das durch ein schmales, im Zickzack verlaufendes Wegband mit dem Haus verbunden war. Die Nachmittagssonne wärmte seinen Rücken, er reckte sich faul, betrat wieder das Haus und ging in die Küche.

Anne-Marie stand am Herd und machte Ratatouille. Sie trug eine Tweedmütze, ein offenes Hemd und einen Overall, dessen Hosen in derben Stiefeln steckten.

»Wie gefällt es Ihnen?«, fragte sie.

»Herrlich einsam. Man könnte hier glücklich sein … oder durchdrehen, je nachdem.« Sie lachte, und er fuhr fort: »Wie geht es Martin?«

»Schlief noch wie ein Murmeltier, als ich vorhin nach ihm sah.« Sie stellte die Kasserolle auf den Herd. »Ich hätte ihn am liebsten geknipst, aber ich wollte nicht riskieren, ihn zu wecken. Er sah so anders aus.«

»Inwiefern?«

»Ich kann es nicht gut definieren. Sehr jung.«

Devlin machte eine Zigarette an und setzte sich kopfschüttelnd. »Ich fürchte, das ist Wunschdenken, Mädchen. In Martins Generation gibt es keine jungen Männer mehr, in Ihrer übrigens auch nicht. Alle Hoffnungen, alle Ziele haben sich schon vor langer Zeit verflüchtigt, in den Sümpfen von Vietnam, in den Gassen von Ulster oder sonst wo.«

Sie drehte sich um, wischte ihre Hände mit einem Lappen ab und sagte ernst: »Ja, ich fürchte, Sie haben Recht.

Was unserer Generation fehlt, ist der Glaube, das Leben sei eine romantische Angelegenheit. Wir haben zu früh gelernt, dass Unaufrichtigkeit wichtig ist, um zu überleben.«

»Was ist denn das, die Tageslosung?«

Brosnan stand, bekleidet mit einem Wollhemd und Jeans, in der Tür. Er hatte eine Rasur bitter nötig, und seine immer noch schulterlangen Haare waren zottelig.

Anne-Marie sagte: »Du siehst ja aus wie ein ...«

Sie suchte nach Worten, und er lachte. »Wie ein was? Ein gemeingefährlicher Sträfling auf der Flucht?«

»Pech gehabt.« Devlin warf ihm eine Zeitung hin. »Anne-Marie ist vorhin im Dorfladen gewesen und hat den *Nice-Matin* gekauft. Du bist tot, alter Junge, und das ist amtlich.«

Brosnan las den Artikel, ohne eine besondere Regung zu zeigen. Anne-Marie sagte: »Fühlst du denn nichts? Gar nichts?«

»Eigentlich nicht.« Er fuhr sich mit den Händen über das Gesicht. »Aber mir ist auf einmal nach frischer Luft und unberührter Landschaft. Könnten wir uns deine Schafe angucken?«

Sie sah Devlin an, und er nickte: »Raus mit euch beiden. Ich mache mir inzwischen eine Tasse Tee und lese ein bisschen.«

Brosnan und Anne-Marie gingen hinaus, und er schirmte seine Augen gegen die Sonne ab und schaute zu den Bergen hoch. »Die Schafe da oben?«

»Ja. Spanische Bergschafe.«

»Ganz schöne Kraxelei!«

»Oh, dem alten Louis – das ist mein Schäfer – macht das nichts. Er hat sein Leben lang nichts anderes getan. Mir würde es dann und wann auch ganz gut bekommen, aber ich mach's lieber so.«

Sie öffnete das Scheunentor, und Brosnan sah ein Motorrad. »Soll das heißen, du fährst mit dem Ding hinauf?«

»Dafür ist es gemacht. Kommt ebenfalls aus Spanien. Eine Montesa – für Speedway-Rennen. Im ersten Gang kann man runter bis auf einen Kilometer in der Stunde, wenn der Boden sehr schlecht ist. Ich fahre aber meist etwas schneller.«

»Na gut«, sagte Brosnan. »Versuchen wir's.«

»Gern.«

Sie schob das Motorrad nach draußen, stieg auf und ließ den Motor an. Er schwang sich auf den Rücksitz und legte die Arme um ihre Taille.

»Jetzt zeig mal, was du kannst.«

Sie legte den Gang ein und brauste los.

Die Montesa tat alles, was Anne-Marie gesagt hatte, nahm die steilen Hänge mit einem befriedigten Brummen, als sie aufdrehte, kletterte, als der schmale Weg zu Ende war, höher und höher, bis sie endlich auf einen Kamm rumpelten und die Schafe fanden, die über das sonnenverbrannte Gras zogen und friedlich weideten.

Anne-Marie hielt in einer kleinen Senke neben einem weiß getünchten Häuschen mit Ziegeldach, das von Olivenbäumen umgeben war. An der einen Seite fiel die Wiese steil in eine wilde, unberührte Schlucht ab.

»Louis benutzt die Hütte als Lager, wenn er hier ist. Er bleibt manchmal wochenlang. Er ist nicht gern unten.« Sie nickte zum Tal hinunter, wo die Dächer von St. Martin in der Nachmittagshitze flimmerten.

»Kann ich verstehen«, sagte Brosnan.

Sie probierte, ob die Tür abgeschlossen war; sie war es nicht, und sie gingen hinein. Es gab einen Wohnraum mit Kochnische und ein Schlafzimmer. Die Fußböden waren aus Steinplatten, die Wände roh verputzt, aber es herrschte eine angenehme Kühle, und genau das hatten die Erbauer gewollt.

»Er muss weiter oben sein«, sagte sie.

Sie nahm den Holzdeckel eines Wasserkühlers ab, holte eine Flasche Weißwein heraus und nahm zwei Gläser von einem Regal. Sie gingen wieder hinaus und setzten sich auf eine Bank an der Hausmauer. Von unten, aus weiter Ferne, drang das dünne Bimmeln einer Glocke herauf.

»Das ist Hercules, der älteste Bock«, sagte sie. »Das Leittier – oder sollte ich sagen der Häuptling?«

Sie stand auf, füllte sein Glas und schaute ins Tal hinunter. »Diese Tageszeit mag ich am liebsten. Alles scheint in Flammen zu stehen.«

Sie wandte sich kurz zu ihm und lächelte, und mit dem Gefühl, es erst jetzt entdeckt zu haben, wurde ihm bewusst, wie schön sie war.

»Hier haben früher mal Menschen gelebt«, sagte er. »In einer anderen Welt. Heute sind sie fort, aber irgendetwas von ihnen ist geblieben. Ich nehme an, dein Louis möchte das Rad der Zeit zurückdrehen.«

Sie setzte sich im Schneidersitz vor ihm ins Gras. »Was passiert nun, Martin?«

»Du meinst, mit uns?«

Sie schüttelte beinahe ungeduldig den Kopf. »Nein, mit dir.«

»Nun, als Erstes muss ich mich um Frank Barry kümmern. Das ist schließlich der Zweck der Übung.«

Sie schüttelte wieder den Kopf. »Lass ihn in Ruhe, Martin. Es wird dich nicht weiterbringen. Er ist sowieso ein toter Mann. Nächste Woche oder nächstes Jahr.« Sie zuckte mit den Schultern. »Irgendwo wartet jemand auf ihn. Er weiß es sicher selbst.«

»Wahrscheinlich. Aber es ist nun mal so, dass ich gern dieser Jemand wäre.« Brosnan war ganz ruhig, und sein Gesicht spiegelte keine Regung. »Es hat persönliche Gründe, aber das hast du bestimmt gewusst.«

»Norah?« Sie schüttelte den Kopf. »Du hast viel von ihr gesprochen, erinnerst du dich? Nach allem, was du mir erzählt hast, wäre sie die Letzte, die nach Rache dürstet.«

»Vielleicht«, sagte Brosnan. »Aber Norah war immer zu gut für diese Welt. Sie hat nie die wichtigste aller Entdeckungen gemacht.«

»Und das wäre?«

»Dass es nicht nur um Halunken wie Frank Barry geht. Die meisten Leute lassen einen letzten Endes irgendwie im Stich. Eine unveränderliche Tatsache.« Bei den letzten Worten bekam seine Stimme einen bitteren Unterton.

Sie antwortete: »Wie ich, willst du sagen, oder wie Liam oder Jean-Paul?« Sie stellte ihr Glas vorsichtig hin und gab sich Mühe, ihren Zorn zu zügeln. »Und was ist mit Martin Brosnan, der einen alten Mann von Belle-Île mitgenommen hat, obgleich es viel leichter gewesen wäre, allein zu fliehen?«

»Ich schuldete es ihm«, sagte Brosnan. »Wir saßen vier Jahre in einer Zelle. Er gab mir die Kraft auszuhalten – mit seinem gesunden Menschenverstand, seinem Humor und seiner Lebenserfahrung.« Er lachte rau. »Das klingt ironisch, nicht wahr? Ein Gangster, der den größten Teil seines Lebens auf der anderen Seite des Gesetzes gestanden hat und trotzdem wahre Tugenden besitzt ...«

Sie stand auf und ging an den Rand der Schlucht und sah wieder ins Tal hinunter. Als sie sich umdrehte, war sie ruhiger. »Na gut, und was kommt nach Frank Barry?«

»Ich weiß es nicht«, sagte er. »Ich nehme an, Irland. Der einzige Platz, wo ich noch sicher bin.«

»Zurück in diesen Krieg, der für dich so wichtig war? ›Mein Leben für Irland‹. Bomben in der Nacht und kein Ende mit dem Blutvergießen?«

»Das einzige Spiel, das wir spielen können, meinst du wohl. Als ich damals, in jener ersten Nacht in Belfast, ein Gewehr nahm, wollte ich die Leute daran hindern, andere Leute zu töten. Dann stellte ich fest, dass ich auf einem Weg war, von dem es kein Zurück gab. Erinnerst du dich, was Yeats einmal gesagt hat? ›Ein Opfer, das zu lange währt, kann das Herz in Stein verwandeln.‹« Er schüttelte den Kopf. »Zu viel Blut, meine liebe Anne-Marie, zu viele Tote. Das kann nichts aufwiegen. Für mich gibt es keine großen Anliegen mehr.«

»Was also hast du vor?«

»Habe ich dir je erzählt, dass die Brosnans aus Kerry kommen? Ich hab dort vor ein paar Jahren eine Farm gekauft. Schafe, genau wie hier.« Er lachte. »Ich mag Schafe. Sie nehmen das Leben nicht zu ernst.«

»Du möchtest also dorthin zurück?«

»Es ist wunderschön. Das Meer und die Berge, grünes Gras, warmer Regen, und abends leuchten die Fuchsien. Man nennt sie *Deorini Dei,* Tränen Gottes.« Er lachte leise. »Und dort gibt's die hübschesten Mädchen von ganz Irland.«

Er war aufgestanden, um sich zu recken, und sah nun, dass sie ihn mit einem Hauch von Schmerz in den Augen beobachtete. Er trat zu ihr und griff nach ihrer Hand. »Du würdest sehr gut dorthin passen.«

Er zog sie an sich und küsste sie. Ihre Lippen waren weich und trocken, er zitterte ein wenig, und seine Kehle zog sich vor Erregung zusammen. Einen Augenblick lang erwiderte sie seinen Kuss, schob ihn zurück, und dann atmete sie tief ein.

»Nein, Martin, ich will nicht wieder damit anfangen. Weißt du, ich glaube nicht, dass du dich geändert hast, trotz allem, was du eben gesagt hast. Ich glaube, du wirst immer ein Henker der Bewegung sein. Und jetzt lass uns bitte zurückgehen.«

Sie drehte sich um und ging zu dem Motorrad.

Die Maschine aus Paris landete um halb fünf auf dem Flughafen Nizza. Frank Barry mietete bei einer Leihwagenfirma einen Peugeot, erkundigte sich nach dem Weg nach St. Martin und fuhr sofort los. Er brauchte nur eine Stunde. Er trank in einem der beiden Dorfcafés ein Glas Wein, und der gesprächige Kellner erklärte ihm, wo Anne-Marie Audins Bauernhof lag. Gegen sechs Uhr hockte er hinter einer Mauer in einem Olivenhain auf der anderen Seite des Tals und beobachtete das Haus durch einen Feldstecher.

Das einzige Zeichen von Leben war der Rauch, der aus einem der Schornsteine senkrecht in die unbewegte Luft stieg. Er zündete sich eine Zigarette an und wartete. Etwa eine Viertelstunde später wurde die Tür geöffnet, und Liam Devlin kam auf den Hof geschlendert.

»Aha«, sagte Barry leise. »Wen haben wir denn da?«

Er hörte ein brummendes Motorgeräusch aus der Ferne. Mit dem Feldstecher suchte er den Hang über dem Haus ab und entdeckte dann die Montesa.

Zuerst sah es aus, als säßen zwei Männer darauf. Anne-Marie hatte ihren Mützenschirm nach unten gedrückt; das Gesicht des Mannes hinter ihr konnte er nicht erkennen. Das Motorrad erreichte den Hof und hielt. Als Devlin auf sie zuging, nahm Anne-Marie die Mütze ab und schüttelte ihre Haare, während Brosnan stehen blieb und sich eine Zigarette anzündete, sodass Barry sein Gesicht sehen konnte.

Barry lachte leise, und ihn durchrieselte ein beinahe lustvolles Gefühl der Spannung, das er sich selbst nicht erklären konnte. »Gott steh uns bei, Martin«, sagte er vor sich hin. »Du bist wieder mal dem Tod von der Schippe gesprungen, du Halunke.«

Die drei gingen ins Haus. Barry wartete noch eine Weile, stand dann auf und ging den schmalen Weg zurück zu der Stelle, wo er den Peugeot gelassen hatte.

»Was machen wir als Nächstes?«, sagte Brosnan zu Devlin.

Es war nach dem Essen, und sie saßen beim Schein einer Lampe am Ofen. Hinter der angelehnten Tür hörten sie Anne-Marie in der Küche hantieren.

»Es gibt nur eine Möglichkeit«, antwortete Devlin. »Barrys KGB-Kontakt in Paris, dieser Romanoff.«

»Wir können nicht gut bei der sowjetischen Botschaft anfragen.«

»Ist auch nicht nötig. Ferguson hat mir die Adresse seiner Wohnung in der Stadt und seines Hauses außerhalb von Paris gegeben. Die Stadtwohnung ist im Boulevard St.-Germain.«

»Gut«, sagte Brosnan. »Dann fahren wir morgen hin.«

Anne-Marie kam, mit Tee und Kaffee auf einem Tablett, ins Zimmer und hörte seine letzten Worte und Devlins Antwort: »Verdammt, Martin, würdest du uns bitte Zeit zum Atemholen lassen!«

»Ich sehe keine Notwendigkeit, noch länger hier rumzuhängen«, erwiderte Brosnan.

»Er kann die Beerdigung nicht abwarten«, sagte Anne-Marie und ging in die Küche zurück.

Devlin sagte: »Wenn du unbedingt willst, gebe ich dir jetzt am besten dein Werkzeug.«

Er ging hinaus. Brosnan goss sich Tee ein und trank mit einem Genuss, den er auf Belle-Île so lange hatte entbehren müssen. Devlin kam mit einem kleinen Koffer zurück, den er auf den Tisch legte und aufklappte.

»Ein Abschiedsgeschenk von Jean-Paul Savary.«

In dem Handkoffer lagen zwei Brownings, eine Smith & Wesson mit kurzem Lauf und eine bedrohlich aussehende Mauser samt Schalldämpfer.

»Sehr interessant«, sagte Brosnan und nahm die Mauser heraus.

»Sie erinnert mich an früher«, bemerkte Devlin. »Modell 1932. Eigens für die deutsche Spionageabwehr entwickelt. Magazin mit zehn Schüssen.«

Brosnan langte in den Koffer und holte eine Weste heraus, deren Nylonaußenhaut im Lampenlicht glänzte.

»Das Neueste für den Mann, der schon alles hat«, sagte Devlin. »Wird von der Wilkinson Sword Company hergestellt. Nylon und Titan. Jean-Paul hat gesagt, sie schluckt sogar eine .44-Magnum auf Kernschussweite.«

»Sehr eindrucksvoll«, sagte Anne-Marie von der Tür aus. »Dann zieht ihr also wieder in den Krieg?«

Brosnan erwiderte gleichmütig: »Ich denke, ich gehe jetzt schlafen. Wir sollten morgen früh los.«

»Gut«, sagte Devlin.

Brosnan ging an Anne-Marie vorbei, ohne etwas zu sagen. Als er den Raum verlassen hatte, kam sie an den Tisch, knallte zornig den Koffer zu und setzte sich.

Bevor sie etwas sagen konnte, fuhr Devlin sie an: »Ich hab Ihnen doch gesagt, Sie sollten nicht versuchen, ihn zu etwas anderem zu machen, als er ist.«

Sie schüttelte den Kopf. »Er ist nicht mehr so wie damals, Liam. Und er ist anders, als ich erwartet hatte.«

»Aber Mädchen, er ist überhaupt nie derjenige gewesen, für den Sie ihn hielten! Der dunkelhaarige Held, der plötzlich aus dem Schilf kam, um Sie zu retten, war genauso unvollkommen und fehlbar wie wir alle. Die Fotos, die Sie in all den Jahren gemacht haben, zeigen doch auch nur die Oberflächen der Dinge. Das ist die Gefahr Ihres Berufes.«

»Ich habe ihn wohl nie richtig verstanden«, sagte sie. »Langsam sehe ich das ein.«

»Ein guter Bildbericht für die Mittelseiten«, sagte Devlin. »Und er ist fotogen. Auf Ihren Bildern sah er immer hinreißend aus.«

»Er und seine verdammten Rosen«, sagte sie bitter. »Noch was, das ich nie verstanden habe: ins Hauptquartier des Army-Befehlshabers in Lisburn einzudringen und eine Rose hinzulegen; als wollte er sagen: Brosnan war da. Das waren doch Kindereien!«

»Ich weiß«, sagte Devlin. »Ich glaube, das ist der irische Barde in ihm. Der Mann, der die schöne Sängergeste macht. Aber es ist noch was anderes dran. Die Prärieindianer, die Sioux und die Cheyenne zum Beispiel, machten im Krieg etwas ganz Ähnliches. Das Tapferste, was ein Krieger tun konnte, bestand darin, dem Feind in der Schlacht so nahe zu kommen, dass er ihn mit einem Stock berühren konnte. Daran wurde der wahre Mut eines Mannes gemessen ... und nicht daran, ob er seinen Gegner tötete oder nicht.«

»Und Sie glauben, das habe er mit seinen Rosen tun wollen? Seht her, wie mutig ich bin?«

»Nein«, sagte Devlin ernst. »Ich glaube, er wollte damit sagen, ich hätte Sie töten können, aber ich habe es nicht getan – wir sollten vielleicht noch mal darüber nachdenken, einen anderen Weg finden.«

»Ich weiß nicht, Liam.« Sie stand müde auf. »Das ist zu kompliziert für mich. Auch er. Ich gehe jetzt besser zu Bett.«

Sie gab ihm einen Kuss auf die Stirn und ging hinaus.

Hinter der Glitzerfassade des Luxustourismus gibt es in Nizza eine Unterwelt, die genauso hart und erbarmungslos ist wie die von Paris oder Marseille. Barry wusste das. Die Adresse, die Romanoff ihm gegeben hatte, war ein Nachtlokal in einer Nebenstraße unweit des Hafens, das von einem Mann namens Charles Chabert geführt wurde.

Chabert war ein kleiner, erstaunlich zivilisiert wirkender Herr mit Schnurrbart und Goldbrille. Sein dunkler Anzug war hervorragend geschnitten. Auch sein Cognac war außergewöhnlich. Barry lächelte anerkennend.

»Fäuste«, sagte er, »mehr brauche ich nicht. Mein Kontaktmann in Paris versicherte mir, Sie seien der Mann, der sie beschaffen kann.«

Chabert nickte. »Ich habe einen gewissen Ruf, Monsieur, das stimmt. Wie viele Männer würden Sie benötigen?«

»Drei.«

»Gegen wie viele?«

»Zwei.«

Chabert machte ein überraschtes Gesicht. »Das macht mit Ihnen vier. Ist das nötig?«

»Bei den beiden, um die es geht – ja.«

»Ich verstehe. Superleute?«

»Kann man sagen. Also, ich brauche die Männer morgen früh. Nur für einen Vormittag. Zwanzigtausend Francs.«

»Könnte es eine kleine Schießerei geben?«

»Gut möglich.«

Chabert nickte. »Ich verstehe«, sagte er. »In dem Fall kostet es dreißigtausend. Mit meinem Honorar – vierzig«, fügte er hinzu.

»In Ordnung.« Barry lächelte befriedigt. »Noch eins. Ich bin der Boss. Stellen Sie das bitte klar. Keine Extratouren.«

»Selbstverständlich, Monsieur. Es sind meine Leute. Sie machen das, was ich sage.« Er nahm den Hörer des Haustelefons und sagte: »Schick Jacaud, Lebœuf und Deville zu mir ins Büro.«

»Das klingt ja wie eine Shownummer«, sagte Barry.

»In gewisser Hinsicht sind sie das auch. Erfahrene Profis. Darf ich Ihnen nachschenken?«

Einen Augenblick später klopfte es, die Tür wurde geöffnet, und drei Männer kamen im Gänsemarsch herein. Sie bauten sich nebeneinander an der Wand auf und warteten. Trotz der Maßanzüge brauchte Barry nur einen Blick auf ihre Gesichter zu werfen, um zu wissen, dass sie genau das waren, was er brauchte.

»Zufrieden, Monsieur?«, fragte Chabert.

»Ja.«

»Gut, dann würden Sie vielleicht die Güte haben, gleich zu zahlen. Bar, im Voraus. Anders mach ich es nie. Das Leben ist eine sehr unsichere Sache. Und auch Sie sind verwundbar, zumal da die Angelegenheit heikel zu sein scheint.«

Barry lachte und zog ein dickes Bündel Geldscheine aus der Brusttasche.

»Sie gefallen mir, alter Knabe«, sagte er. »Wirklich.«

Dann zählte er das vereinbarte Honorar in Tausendfrancscheinen ab.

Gewöhnlich stand Devlin mit den Hühnern auf, eine jahrelange Gewohnheit. Doch an diesem Morgen verschlief er. Als er endlich die Augen öffnete, stellte er fest, dass es bereits halb neun war. Mit einem Satz war er aus dem Bett, duschte und zog sich an.

Er zögerte und warf einen Blick auf die kugelsichere Weste. Dann beschloss er, sie unter dem Oberhemd anzulegen. Ihr Gewicht, gut sieben Kilo, machte sich bemerkbar, aber sie saß gut und war nicht allzu lästig.

Als er die Küche betrat, saß Brosnan am Tisch und aß Rühreier. Anne-Marie stand am Herd und drehte sich um. Sie sah abgespannt aus und hatte dunkle Ringe unter den Augen, als hätte sie schlecht geschlafen.

»Da sind Sie ja. Was möchten Sie gern, Eier?«

Devlin schüttelte den Kopf. »Ich frühstücke seit Jahren nicht mehr. Ich brauche nur eine Tasse Tee.« Er setzte sich

Brosnan gegenüber. »Und wie geht's dir an diesem herrlichen Morgen?«

»Könnte nicht besser sein«, sagte Brosnan. »Zum ersten Mal seit Jahren Eier zum Frühstück.« Er langte über den Tisch und machte Devlins Hemd auf, sodass die Weste zu sehen war. »Du hast einen Knopf vergessen. Wozu trägst du das?«

»Oh, ich dachte, ich probier sie mal an«, antwortete Devlin. »Du solltest es auch tun. Dann gewöhnt man sich besser daran. Trägt sich übrigens ganz angenehm.« Er trank die Tasse aus, die Anne-Marie ihm gereicht hatte, und stand auf. »Wann geht's los?«

»Wann du willst. Nehmen wir das Auto, oder fliegen wir?«

»Mit dem Auto dauert es ewig. Andererseits könnte es sicherer sein. Man kennt dein Gesicht.«

»Ich bin doch tot, Liam«, sagte Brosnan. »Kein Mensch wird mich zweimal ansehen, und das Bild in den Zeitungen war fünf oder sechs Jahre alt. Außerdem hatte ich damals kurze Haare. Eine Sonnenbrille, und ich werde lächeln.«

»Na gut«, sagte Devlin. »Dann fliegen wir. Pack deine Sachen. Ich fahre schnell noch ins Dorf hinunter und telefoniere.«

»Ferguson?«

»Vielleicht kann er mir etwas erzählen, das sich anzuhören lohnt.«

»Wenn es um Barry geht, könnte es sich lohnen.«

Devlin wandte sich zu Anne-Marie. »Ich nehme den Citroën, wenn ich darf.«

Sie gab ihm den Schlüssel. »Ich möchte aber nicht mitfahren, Liam.«

»Ich verstehe.« Er blickte zu Brosnan, der ungerührt weiteraß. »Wie Sie wollen, Mädchen.« Er hielt ihre Hand kurz fest, drehte sich um und verließ das Zimmer.

Barry war mit dem Peugeot von Nizza heraufgefahren, gefolgt von den drei Schlägern in einem kleinen Lieferwagen mit dem Firmenschild eines Elektroinstallateurs aus Nizza. Kurz vor St. Martin fuhren sie auf einen Rastplatz, und Jacaud stieg aus, öffnete die Motorhaube und tat so, als mache er sich am Motor zu schaffen. Barry fuhr weiter ins Dorf. Er wusste nicht genau, was er als Nächstes tun sollte. Er konnte nicht einfach so zu dem Bauernhof fahren; auf der schmalen Straße würden sie ihn sehen, sobald er das Dorf hinter sich hatte.

Die Entscheidung wurde ihm abgenommen, denn als er neben der Kirche an den Bürgersteig rollte, sah er Devlin mit dem Citroën ein kleines Stück weiter tanken.

Barry stieg aus, lief in die Kirche, ließ die Tür einen Spalt offen und beobachtete.

Devlin verließ die Tankstelle, fuhr ein Stück und parkte unter einem Baum. Er stieg aus und ging hinüber zu einem Café. Eine junge Frau wusch draußen das halbe Dutzend Tische und die Stühle ab.

»Bonjour, Monsieur«, sagte sie. »Einen Kaffee?«

»Dieses Gift rühre ich nicht an«, antwortete Devlin. »Aber wenn Sie mir eine Tasse Tee bringen würden, wenn ich telefoniert habe?«

»Mein Vater ist gerade am Telefon, er gibt unsere Wochenbestellung durch. Aber es kann nicht lange dauern. Ich werde Ihnen den Tee bringen, während Sie warten.«

»Wunderbar«, sagte Devlin, zündete eine Zigarette an, setzte sich und wandte sich der Morgensonne zu.

In der Kirche war alles still. Einige Kerzen flackerten, und in der kühlen Luft hing schwerer Weihrauchduft. Die Jungfrau am Altar hatte ein starres Lächeln auf den Lippen und schien im Halbdunkel zu schweben. Die Kirche schien leer, doch dann sah Barry, dass in der ersten Bankreihe ein Junge saß und betete. Er stand wenig später auf, bekreuzigte sich und kam zur Tür.

»Suchen Sie den Herrn Pfarrer, Monsieur? Er ist nicht da. Er ist nach Vence gefahren.« Er war höchstens neun oder zehn, und Barry fuhr ihm übers Haar und lächelte. »Nein, ich beobachte nur einen Freund von mir. Da drüben ... siehst du den Mann vor dem Café?«

»Ja, Monsieur.«

»Weißt du was«, sagte Barry. »Wir wollen ihm einen Streich spielen.«

»Einen Streich, Monsieur?«

»Genau. Du gehst hin und sagst ihm, der Herr Pfarrer möchte mit ihm reden. Wenn er dann hereinkommt und mich sieht, wird er sehr überrascht sein.« Er holte seine Brieftasche heraus und entnahm ihr einen Zehnfranc-Schein.

Der Junge machte große Augen. »Für mich, Monsieur?«

Barry steckte ihm das Geld in die Tasche. »Und jetzt lauf hin, aber nicht verraten, dass es ein Streich ist!«

Devlin hatte die Augen geschlossen, während er sich von der Sonne wärmen ließ, also sah er den Jungen nicht auf sich zukommen.

»Monsieur?«, sagte der Junge schüchtern und zupfte ihn am Ärmel.

»Was ist denn, mein Sohn?«

»Der Herr Pfarrer, Monsieur, in der Kirche«, – er deutete in die Richtung – »er hat mir gesagt, ich soll Sie holen.«

»Der Herr Pfarrer?« Devlin lächelte gut gelaunt. »Aber ich kenne ihn gar nicht. Es muss ein Irrtum sein.«

»Nein, Monsieur, er hat auf Sie gezeigt. Er hat gesagt, der Herr am Tisch, und sonst sitzt hier niemand.«

Devlin blickte sich um. »Das stimmt. Na gut, dann wollen wir mal sehen, was er von mir möchte.«

Er versuchte, die Hand des Jungen zu nehmen, aber dieser drehte sich schnell um und rannte fort. Devlin zuckte mit den Schultern, ging über die Straße, kam an Barrys Peugeot vorbei und stieg die Eingangsstufen hinauf. Er blieb stehen, und sein Instinkt, der sich in vielen gefährlichen Jahren herausgebildet hatte, ließ ihn die Hand in die Tasche stecken und den Kolben des Browning umfassen.

Das Kircheninnere wirkte, nach der strahlenden Helle draußen, pechschwarz. Er blieb hinter der Tür stehen und wartete, und eine Stimme flüsterte heiser auf Französisch: »Hier, Monsieur Devlin.«

Seine Augen hatten sich an das Dunkel gewöhnt, und er sah die Soutane, die mit der Finsternis zu verschwimmen schien. »Was ist denn?«, fragte er und machte einen Schritt vorwärts.

»Eine Nachricht von Jacques Savary, Monsieur. Bitte ... hier herein.«

Der Priester betrat einen Beichtstuhl, zog den Vorhang zu, und Devlin kniete in dem Teil für Beichtende nieder; die Sache war ganz plausibel, denn Savary und sein Sohn waren schließlich die einzigen Leute, die seinen Aufenthaltsort kannten.

Auf der anderen Seite des Vorhangs bewegte sich etwas, und die Stimme sagte: »Hast du etwas zu beichten, mein Sohn?«

»Nun, ich habe schwer gesündigt, Pater, aber was ist mit Savary?«

»Er kann von mir aus zur Hölle fahren, Liam, alter Junge. Und du mit ihm!«

Die mit einem Schalldämpfer versehene Ceska in Barrys Hand hustete zweimal, die Kugeln zerfetzten den Vorhang und schleuderten Devlin gegen die Seitenwand des Beichtstuhls. Einen Sekundenbruchteil rang er nach Luft, und dann war alles dunkel.

Barry zog den Vorhang zur Seite und sah auf die zusammengesunkene Gestalt in der Ecke hinunter. »Die Rechnung ist beglichen, Liam«, sagte er leise.

Er legte die Soutane ab, die er aus der Sakristei geholt hatte, warf sie auf eine Bank, machte den Vorhang wieder zu und ging hinaus.

Im Gegensatz zu Devlin zog Brosnan die Weste aus Nylon und Titan *über* dem Hemd an. Sie sah gar nicht übel aus – zu seinen Jeans passte sie sogar ausgesprochen gut. Dann zog er den Mantel an und steckte einen Browning in die rechte Tasche. Die Mauser schob er hinten in den Gürtel.

Er lächelte, als er daran dachte, dass es Devlin gewesen war, der ihm das beigebracht hatte. Er nahm die

Smith & Wesson mit dem kurzen Lauf und ging damit ins Bad. Er fand eine Rolle Pflaster in dem Medizinschrank über dem Waschbecken, riss einen knappen Meter ab und pflasterte die Smith & Wesson genau über dem Knöchel an die Innenseite seines linken Beins und streifte die Socke darüber.

Als er in die Küche ging, lief das Radio, aber Anne-Marie war nicht zu sehen. Er fand sie draußen auf der Bank; sie hatte die Augen geschlossen und ließ sich von der Sonne wärmen. Er schlenderte langsam zu ihr und blieb stehen, wusste nicht, was er sagen sollte. Weit unten konnte er den Citroen sehen, der die gewundene Straße hochkam.

»Liam kommt«, sagte er.

»Ja?«

Er lehnte sich an die Mauer. »Malst du noch?«

»Ja«, sagte sie. »Aber nur noch Aquarelle.«

»Da hast du wohl Recht. Devlin hat mal gesagt, mit Öl könne jeder Narr malen, aber man müsse ein Meister sein, um Wasserfarben zu beherrschen.«

Der Citroën fuhr auf den Hof, und sie machte die Augen immer noch nicht auf. »Geh, Martin. Geh einfach fort.«

Brosnan drehte sich zu dem Citroën um, und Jacaud beugte sich aus dem Fenster und zielte mit einem Revolver auf seine Stirn. Frank Barry, der hinten saß, stieß mit dem Fuß die Tür auf und stieg, mit der Ceska in der Hand, aus.

Inzwischen hatte auch der Lieferwagen den Hof erreicht, und Lebœuf und Deville stiegen aus. »Soll ich nachsehen, ob er ein Schießeisen hat, Monsieur?«, fragte Jacaud.

»Oh, ich glaube, da gibt's keinen Zweifel.«

Jacaud fand den Browning in Brosnans rechter Tasche.

»Wo ist Liam?«, fragte Brosnan.

»In der Hölle, nehme ich an. Als ich ihn das letztemal sah, schien er mausetot zu sein.«

»O mein Gott ...«, war alles, was Anne-Marie sagen konnte.

Brosnan machte einen Schritt nach vorn und hob die Hände.

»Du Mörder«, sagte er.

Jacaud schlug ihm mit dem Lauf seiner Pistole in die Nieren, und Brosnan schrie auf und ging zu Boden.

»So ist's richtig«, sagte Barry und nickte Jacaud zu. »Durchsuch ihn noch mal. Er hatte immer ein paar schmutzige Tricks. Hinten im Gürtel, soweit ich mich erinnere.«

Jacaud fand die Mauser und gab sie Barry. »Scheußlich«, sagte Barry und warf sie ihm zurück. »Zu altmodisch für mich. Und jetzt das Mädchen.«

Sie versuchte zu rennen, aber Leboeuf und Deville nahmen sie zwischen sich und knallten sie gegen das Auto. Brosnan, der immer noch nach Luft rang, blickte auf. »Was hast du mit ihr vor?«

»Darüber kannst du in der Hölle nachdenken, Martin.«

Jacaud fragte lakonisch: »Töten wir sie?«

Eine Sekunde lang war es Barry, als sähe er Jenny Crowther nach vorn taumeln, nachdem seine Kugel sie in den Rücken getroffen hatte. Grimmig sagte er: »Nein, ich werde mich um sie kümmern.«

Er holte ein schwarzes Plastiketui aus der Tasche, öffnete es und nahm eine aufgezogene Plastikspritze heraus. »Ich finde es ganz richtig, dass du Devlin Gesellschaft leistest, Martin«, sagte er, »aber das Mädchen hier … das wäre schlechter Stil.«

Anne-Marie schrie auf, als er die Nadel roh in ihren Arm stieß. Nach wenigen Sekunden sank sie zusammen, und Barry schob sie auf den Rücksitz des Citroëns und bedeckte sie mit einem Reiseplaid.

»Sie wird schlafen wie ein Baby, den ganzen Weg bis Paris.«

»Drogen«, sagte Brosnan zwischen zusammengebissenen Zähnen. »Immer noch dieselbe miese Tour.«

Barry runzelte die Stirn. »Jetzt mach aber halblang. Sie wird zehn Stunden schlafen und dann aufwachen und nicht mal Kopfschmerzen haben.«

Er stieg in den Citroën und ließ den Motor an. Jacaud sagte: »Was machen wir mit ihm?«

»Offiziell ist er schon tot«, sagte Barry. »Die Antwort liegt also auf der Hand.«

»Hast du nicht mal den Mumm, es selbst zu tun?«, fragte Brosnan. »Sieh mir in die Augen, wenn du abziehst, oder schießt du lieber von hinten?«

Jacaud und Deville drückten ihn zu Boden, während er zappelte, und Barry lachte. »Du hast mich immer verachtet, Martin. Ich war nicht gut genug für dich und deine verdammte Sache. Aber jetzt bist du derjenige, der im Dreck liegt, und so möchte ich dich in Erinnerung behalten. Es lohnt sich nicht mal, dass ich dich selbst töte.«

Er fuhr los. Jacaud und Deville zerrten Brosnan auf die Füße und führten ihn zwischen sich in die Scheune. Lebœuf folgte ihnen. Sie stießen ihn grob nach vorn, sodass er wieder auf die Knie fiel.

Lebœuf ging durch die Scheune und musterte eine alte Schubkarre. »Was für ein Schrott«, sagte er.

Deville lehnte sich neben der Tür an die Wand, und Jacaud trat mit der Mauser in der Hand vor. Brosnan stand auf, taumelte zu einer alten Bank an der Wand und ließ sich darauf fallen.

»Das wär's also?«, sagte er.

Jacaud zuckte mit den Schultern. »Du hättest zu Hause bleiben sollen, mein Freund.«

»Das glaube ich auch.«

Vor Schmerz stöhnend, beugte Brosnan sich vor und legte die rechte Hand an den Kolben der Smith & Wesson, die er an der Innenseite seines linken Beins befestigt hatte. Er stöhnte wieder und sank auf das rechte Knie. Jacaud ging zu ihm, packte ihn bei den Haaren und riss seinen Kopf in eben dem Augenblick nach hinten, in dem Brosnan die Waffe freibekam und in Jacauds Herz schoss.

Die aus unmittelbarer Nähe abgefeuerte Kugel warf Jacaud rücklings zu Boden. Ehe Lebœuf sich umdrehen konnte, schoss Brosnan ihn in den Rücken, und er stürzte mit dem Kopf voran auf die Karre.

Der an der Tür stehende Deville schrie und versuchte,

seine Pistole zu ziehen, aber da traf Brosnans dritte Kugel ihn mitten in die Stirn, und er fiel hinaus auf den Hof.

Alles war still. Brosnan blieb einen Augenblick stehen, wo er war, etwas breitbeinig, die Smith & Wesson schussbereit, und rührte sich nicht. Er war auf einmal ein anderer Mensch, ein völlig anderes Wesen.

Dann steckte er die Waffe in die Tasche, ging zu Jacaud und nahm die Mauser und den Browning wieder an sich. Er lief zum Motorrad, startete es brutal und knatterte über den Hof zur Straße nach St. Martin.

13

Devlin kam beim Klang einer mürrischen Stimme und einer Hand, die ihn rüttelte, zu sich: »Monsieur, ist etwas passiert?«

Er öffnete die Augen und bemerkte, dass ein alter Priester sich über ihn beugte. Ihm war, als habe er mehrere heftige Tritte gegen die Brust bekommen. Er fuhr sich mit der Hand über die Herzgegend, entdeckte einen Riss im Hemd und fand darunter eine der Kugeln, die Barry auf ihn abgefeuert hatte. Sie hatte sich zur Hälfte in die Titanweste gebohrt.

»Haben Sie getrunken?«, fragte der Priester.

»Keinen Tropfen, Vater.« Devlin brachte ein Lächeln zustande. »Sie können meinen Atem riechen, wenn Sie wollen. Ein Malariaanfall, mehr nicht.«

»Malaria?«, sagte der Geistliche erstaunt, als Devlin sich erhob und die Sitzbank zurechtrückte.

»Ich hab sie mir vor Jahren in den Tropen zugezogen. Meist meldet sie sich, wenn ich am wenigsten damit rechne.«

Er ging zur Tür und stellte fest, dass ihm jeder Atemzug wehtat, sodass er sich draußen auf den Stufen kurz an die Mauer lehnte. In eben diesem Moment kam Brosnan mit dem Motorrad angebraust und bremste neben dem Citroën, der an den Stufen parkte.

Devlin sagte: »Wie, zum Teufel, ist der Wagen dahin gekommen? Ich hatte ihn unter dem Baum beim Café gelassen.«

»Frank Barry nahm ihn, um zum Hof zu fahren. Ich dachte, du seist es. Mit ihm hatten wir wirklich nicht gerechnet.«

»Ich auch nicht. Er schoss mir in der Kirche zweimal ins Herz.« Devlin holte die Kugel aus der Tasche und hielt sie hoch. »Jesus, Martin, diese Westen sind eine segensreiche Erfindung. Hat mich nur eine Weile kaltgestellt. Ich werde den Bastard noch zur Hölle schicken.«

»Nur, wenn du mir zuvorkommst«, sagte Brosnan. »Er hat Anne-Marie mitgenommen.«

»Er hat was?« Devlin war entsetzt. »Wieso hat er dich dann am Leben gelassen?«

Brosnan berichtete. Als er fertig war, sagte Devlin: »Dann ist er also heruntergekommen, hat sie in seinen Wagen umgeladen und ist abgehauen. Jetzt fällt mir auch wieder ein, dass noch ein weiteres Auto da war, als ich zur Kirche ging.«

»Weißt du noch, was für eins?«

»Ich glaube, ein Peugeot. Limousine.«

»Gut, dann nichts wie hinterher.«

Brosnan drehte sich um und ging die Stufen hinunter, und Devlin folgte mit unsicheren Schritten. »Moment, Martin. Weißt du überhaupt, wohin er will?«

»Nach Paris. Als er ihr die Spritze gab, sagte er, das würde sie bis Paris ruhig stellen.«

»Na gut, aber welchen Weg hat er genommen? Zehn Kilometer nördlich von hier kannst du zwischen drei Routen durch die Alpen nach Lyon wählen. Er kann aber auch erst zur Küste gefahren sein, um die Straße von Cannes nach Avignon zu nehmen. Soll ich noch ein paar Möglichkeiten aufzählen?«

Brosnan trat wütend gegen den Kotflügel. »Warum, zum Teufel, hat er sie mitgenommen? Wozu?«

»Eine Laune des Augenblicks. Vielleicht solltest du im Augenblick deines Todes wissen, dass sie in seiner Gewalt war. Wie wenn man Fliegen die Flügel ausreißt. Bei dieser Geschichte ist nur eines gewiss: Er fährt nach Paris, und Paris bedeutet Romanoff. Wenn wir von Nizza eine Maschine nehmen, sind wir vor ihm da. Er muss die ganze Strecke fahren, mit Anne-Marie im Wagen kann er nicht anders.«

»Verdammt, du hast Recht«, sagte Brosnan. »Auf nach Nizza.«

»Noch nicht.« Devlin rieb sich die schmerzenden Rippen. »Eines sollten wir noch klären. Wie hat Barry herausbekommen, wo wir waren? Gib mir fünf Minuten, damit ich Ferguson anrufen kann.«

Harry Fox nahm ab. Er lauschte einen Augenblick, wandte sich dann zu Ferguson: »Devlin, Sir.«

»Geben Sie her.« Ferguson riss ihm fast den Hörer aus der Hand. »Um Gottes willen, Devlin, wo haben Sie gesteckt?«

»Spielt im Moment keine Rolle. Können Sie mir sagen, wie Frank Barry es fertig brachte, Brosnan und mich auf dem Bauernhof von Anne-Marie Audin aufzuspüren?«

»Brosnan und Sie?«, sagte Ferguson verblüfft. »Ich dachte, Brosnan sei tot.«

»Sie müssen nicht alles glauben, was in der Zeitung steht. Was ist nun mit Barry? Der Kerl hat gerade eben versucht, mich zu erschießen. Im Augenblick ist er mit Anne-Marie Audin unterwegs nach Paris.«

Ferguson sagte: »Hören Sie, Devlin, es ist ein bisschen kompliziert. Ich fürchte, es hat hier eine undichte Stelle gegeben. Jemand hat Informationen an den Londoner KGB-Kontakt weitergeleitet.«

»Über unser kleines Projekt?«

»Ich fürchte, ja. Ich schätze, die relevanten Einzelheiten wurden an Romanoff in Paris weitergegeben, und er hat natürlich Barry alarmiert.«

»Na danke«, sagte Devlin. »Sehr tüchtig. Mit so was ist das Empire verloren worden. Sie entschuldigen, wenn ich jetzt auflege.«

»Moment noch«, sagte Ferguson hastig. »Was haben Sie vor?«

»Nun, wir haben keine große Wahl, nicht wahr? Nach Paris fahren und Oberst Romanoff einen Besuch abstatten.«

Er verließ das Café und stieg zu Brosnan in den Citroën. »Hast du was rausgefunden?«, fragte Brosnan.

»Zum Flughafen Nizza, und drück auf die Tube«, antwortete Devlin. »Ich erzähle es unterwegs.«

Barry fuhr über die Touristenstraße durch die Alpen. In Grenoble nahm er die Straße nach Lyon und tankte ein paar Kilometer weiter bei einer kleinen Tankstelle.

Der alte Mann an der Zapfsäule sagte: »Ich wünschte, ich könnte im Auto auch so gut schlafen wie Madame.«

Das Reiseplaid war hinuntergerutscht, und Barry langte nach hinten und deckte sie fürsorglich wieder zu. »Ja … Wir wollen nach Paris. So bringt man die lange Fahrt am besten rum. Kann ich mal telefonieren?«

»Aber natürlich, Monsieur. Im Büro.«

»Danke«, sagte Barry. »Wenn Sie Öl, Wasser und Luft nachsehen würden? Vielen Dank.«

Er wählte Romanoffs Sonderanschluss in der Botschaft, und Irana nahm ab. »Hier Barry. Ist er da?«

»Augenblick bitte.«

Romanoff sagte: »Wie ist's gegangen?«

»Bestens. Vielleicht überrascht es Sie, dass die beiden bewussten Herren noch quicklebendig waren?«

»Wirklich?«, sagte Romanoff gelassen. »Ich nehme an, Sie haben das erledigt?«

»O ja. Ich habe die Bücher geschlossen, könnte man sagen. Irgendwelche Neuigkeiten für mich?«

»Wenn Sie unser Geschäft meinen, ja. Man hat mir versichert, es werde keine finanziellen Probleme geben. Sie brauchen nur zu sagen, wann die Transaktion stattfinden soll.«

»Gut, dann stellen Sie mir das versprochene Transportmittel heute Abend zur Verfügung. Irgendwelche Probleme?«

»Nicht dass ich wüsste.«

»Wir sehen uns also in Croix, sagen wir, gegen zehn.«

Als der alte Mann ins Büro trat, legte Barry auf. »Was macht es?«

»Zwei-fünfzig, Monsieur.«

Barry bezahlte und gab ihm fünfzig Francs Trinkgeld. »Das müsste für das Gespräch reichen.«

»Monsieur, bitte, es ist viel zu viel«, sagte der Tankwart.

»Unsinn«, sagte Barry. »Im Augenblick kann ich es mir leisten. Ich möchte, dass Sie an meinem Glück teilhaben.«

Er setzte sich ans Steuer und drehte sich kurz nach Anne-Marie um. Sie schlief immer noch fest, ihre Züge hatten sich geglättet, ihr Gesicht zeigte keinerlei Spuren. Er lächelte, tätschelte ihre Wange und fuhr weiter.

Brosnan und Devlin trafen auf dem Flughafen von Nizza ein und erlebten eine herbe Enttäuschung. Auf dem Abflug-Anzeiger stand, dass alle Maschinen nach Paris bis auf weiteres ausfielen.

»Ich erkundige mich mal, woran es liegt«, sagte Devlin.

Er ließ Brosnan am Zeitungskiosk stehen und ging zum Schalter der Air France, wo zwei charmante und unerschütterliche junge Frauen ihr Bestes taten, um Dutzende von zornigen Passagieren zu beruhigen.

Als Devlin an der Reihe war, fragte er: »Was für Schwierigkeiten gibt's in Paris?«

»In Charles de Gaulle streiken die Feuerwehrmänner. Also streiken die Jungs in Orly und le Bourget aus Solidarität mit.«

Devlin fragte: »Und wie lange wird die Komödie noch dauern?«

»Ich weiß es wirklich nicht. Letztesmal waren es vierundzwanzig Stunden, aber sie lassen einen meist im Unklaren. Sie wissen ja, wie das ist, Monsieur.«

»In der Tat.« Devlin drehte sich um und eilte zu Brosnan zurück.

»Kann bis morgen dauern.«

»Verdammte Scheiße«, sagte Brosnan. »Morgen ist es vielleicht zu spät. Dann müssen wir eben fahren und ein paar Strafzettel riskieren.«

Er nahm Devlin am Arm und lief zum Ausgang hinaus, über den Vorplatz zum parkenden Auto.

Croix war genau das, was Barry erwartet hatte, ein kleines Flugfeld mit einem primitiven Tower, zwei Hangars und drei Nissenhütten, in denen, dem Schild an der Einfahrt zufolge, ein Fliegerclub untergebracht war. Die Tore eines Hangars waren offen, und die Cessna 310 stand schon draußen. Neben ihr parkte ein dunkler BMW, und als Barry bremste und den Motor abstellte, hörte er Stimmen. Romanoff und Irana Wronski kamen auf ihn zu, und ein kleiner, schwarzhaariger Mann in einem weißen Overall folgte ihnen.

Er stieg aus und ging ihnen entgegen. »Ist sie das?«, fragte er und deutete auf die Cessna.

»Ja. Das Beste, was Deforges in dieser kurzen Zeit beschaffen konnte. Er ist hier der Fluglotse.«

»Vielleicht könnten wir in mein Büro gehen und über den Zielort reden?«, sagte Deforges.

»Gut.« Barry öffnete die hintere Tür des Citroëns, beugte sich ins Wageninnere und holte Anne-Marie vorsichtig heraus. »Vielleicht gibt es hier ein Sofa oder etwas Ähnliches. Meine Freundin hat immer noch nicht ausgeschlafen.«

Deforges warf Romanoff einen Blick zu, als warte er auf Anweisungen, und zuckte dann mit den Schultern. »Ich glaube, ja.«

Er ging voran in den Hangar, und Barry, Romanoff und Irana folgten. »Anne-Marie Audin? Das ist verrückt. Was haben Sie mit ihr vor?«

»Ich will sie mitnehmen.«

Sie hatten ein verglastes Büro erreicht, und Deforges öffnete die Tür zu einem winzigen Nebenraum mit einem Waschbecken und einem Feldbett mit Militärdecken.

»Bitte.«

Er ging hinaus, und Barry legte Anne-Marie auf das Bett. Irana beugte sich über sie und legte eine Hand auf ihre Stirn. »Wie lange wird sie noch weg sein?«

»Eine Stunde.«

»Was spielen Sie eigentlich für ein Spiel, Barry?«, fragte Romanoff.

»Ich hatte nur die Wahl, sie zu töten oder sie mitzunehmen, und bei Damen war ich schon immer Kavalier.«

»Sie sind ja nicht bei Trost.«

»Das sagen viele.«

»Haben Sie denn nicht ohne diese Frau genug am Hals?«

»Das ist meine Sorge.« Barry schob ihn und Irana hinaus und machte die Tür zu. »Was ist mit der Maschine?«

»Sie kann jederzeit starten«, antwortete Romanoff.

»Sehr gut«, sagte Barry. »Ich will zum Lake District in England, zu einer Piste in Küstenähe.«

Deforges stöberte in seiner Kartenschublade und fand schließlich, was er suchte. Barry fuhr mit dem Zeigefinger die Küste von Cumberland entlang. »Ravenglass. Ein paar Kilometer südlich muss ein alter RAF-Stützpunkt sein. Ja, da. Tanningley.«

»Das Symbol hier bedeutet, dass er nicht mehr benutzt wird«, wandte Deforges ein.

»Ja, aber die Piste ist vollkommen intakt. Ich habe sie gesehen. Wie lange würde ich mit der Cessna brauchen?«

»Nun, die Reisegeschwindigkeit ist dreihundertachtzig Kilometer, aber es kommt auf das Wetter an. Ich rufe Orly an und erkundige mich.«

Er ging in das andere Büro und wählte eine Nummer. Barry zündete sich eine Zigarette an und sagte: »Übrigens, Nikolaj, ich habe nachgedacht. Es wäre gar nicht schön, wenn ich feststellen müsste, dass bei meiner Ankunft jemand auf mich wartet. Dieser junge Mann zum Beispiel, den ich letztesmal auf der Mole von Morecambe getroffen habe, erinnern Sie sich?«

Irana wurde rot vor Zorn, öffnete den Mund, um etwas zu sagen, aber Romanoff kam ihr zuvor. »Warum reden Sie so, Frank? Wir haben eine Abmachung getroffen. Ich akzeptiere Ihre Bedingungen. Ich möchte keine weiteren Probleme oder Schwierigkeiten. Alles, was ich will, ist der Gefechtskopf.«

»Gut«, sagte Barry. »Dann brauche ich mir ja keine Sorgen mehr zu machen.«

Deforges kam zurück. »Es ist Gegenwind, und von der Irischen See kommt ein Tief, das gegen Morgen starken Regen bringen könnte. Womöglich gibt es sogar Nebel. Unter diesen Umständen würde ich die Flugzeit auf viereinhalb Stunden schätzen. Unter Umständen fünf. Sie werden Licht brauchen, um dort zu landen.«

»Wann geht die Sonne auf?«

»Kurz vor fünf.«

»Gut, dann starte ich gegen Mitternacht.«

»Noch etwas«, sagte Deforges. »Ich muss der Leitstelle melden, dass Sie Frankreich verlassen und in englischen Luftraum einfliegen.«

Barry nickte. »Wohin soll ich offiziell fliegen?«

Deforges sah ein paar Augenblicke auf die Karte. »Flughafen Ronaldsway auf der Isle of Man. Nur achtzig Kilometer von Ihrem wahren Ziel an der Küste entfernt. Sagen Sie den Leuten von der Kontrollstelle Ronaldsway einfach im letzten Moment, Sie hätten sich's anders überlegt und wollten nach Blackpool. Dann fliegen Sie Tanningley am besten unter sechshundert Fuß Höhe von See aus an. So werden Sie nicht vom Radar erfasst. Natürlich könnte jemand sehen, wie Sie landen, aber so früh am Morgen sind bestimmt kaum Leute in der Nähe.«

»Es spielt sowieso keine Rolle«, sagte Barry. »Ich werde kurz danach schon wieder weg sein. Sie können jetzt meinetwegen anfangen. Ich muss noch mal telefonieren.«

Deforges ging hinaus, und Barry betrat das Büro nebenan, machte die Tür zu und nahm den Hörer. Irana und Romanoff beobachteten ihn durch die Scheibe.

»Ich traue ihm nicht, Nikolaj«, sagte sie. »Er hat dich einmal reingelegt. Er könnte es wieder tun.«

»Leider habe ich keine andere Wahl, meine Liebe. Ich muss diesen Gefechtskopf haben ...«

»Damit sie dir einen Orden geben, dich zum General befördern und nach Moskau zurückholen?«, sagte sie. »Ich würde, ehrlich gesagt, lieber in Paris bleiben.«

Er runzelte ungeduldig die Stirn. »Ich hab dir schon ein paar Mal gesagt, du sollst nicht so reden. Eines Tages wirst du aus der Rolle fallen und es in der falschen Gesellschaft tun.«

»Ich tue es nur aus Sorge um dich.«

»Ich weiß.« Er küsste sie mit ungeheuchelter Zuneigung auf die Wange. »Es hat keinen Sinn, wenn du noch länger hier wartest, vor allem, wo du deinen Wagen dabeihast. Fahr wieder in die Wohnung.«

»Und du?«

»Ich winke Barry um Mitternacht zum Abschied zu und komme dann nach.«

Sie drückte seine Hand, nahm ihren Pelzmantel und ging hinaus. Romanoff zündete eine Zigarette an und beobachtete Barry, der nun mit jemandem redete.

In Marsh End wollte Henry Salter gerade nach oben ins Bett gehen, als das Telefon schrillte. Er nahm ohne Zögern ab, denn er war daran gewöhnt, dass Leute zu jeder Tages- und Nachtzeit starben.

»Henry Salter.«

»Sind Sie's, alter Junge? Hier Sinclair.«

Salter drehte sich der Magen, und er zog einen Stuhl her und setzte sich darauf. »Was kann ich für Sie tun, Mr. Sinclair?«, fragte er mit bebender Stimme.

»Wie ist es gegangen, seit ich fort bin? Irgendwelche Probleme?«

»Schrecklich viel Polizei flussaufwärts, dreißig Kilometer von hier in Richtung Wastwater.«

»Ach? Was war denn los?«

»Anscheinend weiß kein Mensch was Genaues.«

Barry lachte. »Das ist gut. Als ich damals ging, sagte ich, wir würden uns bald wieder sehen, und jetzt ist es so weit. Kennen Sie das alte Flugfeld von Tanningley?«

»Ja.«

»Ich werde dort morgen früh gegen fünf mit einer kleinen Maschine landen. Holen Sie mich bitte mit dem Land Rover ab.«

»Aber es ist seit Jahren nicht mehr benutzt worden – das Flugfeld«, sagte Salter.

»Fünftausend Pfund in bar für Ihre wertvolle Hilfe. Ich werde in wenigen Stunden wieder fort sein. Nun?«

Salter kämpfte gegen seine Raffgier – und verlor. »Ich werde da sein, Mr. Sinclair.«

»Ich verlasse mich darauf«, sagte Barry und legte auf.

Devlin und Brosnan erreichten Paris kurz nach elf und fuhren sofort zu Romanoffs Adresse am Boulevard St. Germain.

»Was machen wir, wenn er nicht da ist?«, fragte Brosnan.

»Wie soll ich das wissen, Junge? Auf ihn warten, versuchen, das Schloss zu knacken. Wir werden sehen.«

Sie gingen den mit einem dicken Teppich ausgelegten Flur entlang und blieben vor der Wohnungstür mit der Nummer 13 stehen. »Das wird jemandem Unglück bringen«, sagte Devlin und drückte auf den Klingelknopf.

Es dauerte eine Weile, dann wurde die Tür temperamentvoll aufgerissen, und Irana Wronski sagte: »Was hat dich aufgehalten, Liebling, ich ...«

Das Lächeln schwand jäh aus ihrem Gesicht. Brosnan handelte schnell, presste ihr eine Hand auf den Mund, damit sie nicht schreien konnte, und stieß sie zurück in die Wohnung. Devlin machte hinter ihnen die Tür zu.

Brosnan warf sie auf das Sofa und zog die Mauser mit dem Schalldämpfer. »Das macht kein Geräusch. Irgendwelche Schwierigkeiten, und ich puste Ihnen das Gehirn weg. Wo ist Romanoff?«

Irana holte tief Luft, um die Fassung zurückzugewinnen. »Gehen Sie zum Teufel!«

Sie hatte einen teuren Morgenmantel aus schwarzer Seide an, der sich, als sie aufzustehen versuchte, vorn der Länge nach öffnete und schwarze Seidenstrümpfe und Ministrapse freigab. Brosnan warf sie zurück auf die Couch.

Devlin sagte: »In Anbetracht dieser Aufmachung können wir mit Sicherheit annehmen, dass die Dame den Herrn Oberst jeden Augenblick erwartet. Wir brauchen also nur das Gleiche zu tun.« Er nahm ihr gegenüber Platz, holte eine russische Zigarette aus einem Etui auf dem Tisch und schnupperte daran. »Bolschewistische Lungentorpedos. Ich hatte mal einen Freund, der die Dinger rauchte. Fand im Krieg Geschmack daran, aber das war lange vor Ihrer Zeit. Haben Sie zufällig eine Ahnung, wer ich bin?«

»Wir haben ein gutes Foto«, sagte sie ruhig.

»Und mein Freund hier?«

»Für einen toten Mann scheint Mr. Brosnan sehr gesund zu sein.«

Das war ein böser Fehler, und Devlin nützte ihn sofort aus. »Dann haben Sie Frank Barry entweder gesehen oder mit ihm gesprochen.«

Sie saß da und starrte ihn voll Wut über ihre Dummheit an. »Was wollen Sie?«, fragte sie.

»Eine Tasse Tee würde fürs Erste genügen«, antwortete Liam Devlin.

Anne-Marie schlug die Augen auf, reckte sich und starrte auf die Glühbirne an der Decke. Sie konnte sich an nichts erinnern und fragte sich, wo um Himmels willen sie sein mochte – und dann fielen ihr wieder die Männer auf dem Bauernhof ein, der kniende Martin. Sie setzte sich auf und sah Barry am Fußende des Feldbetts sitzen; er beobachtete sie. Sie staunte selbst, wie ruhig und erfrischt sie war, keine Kopfschmerzen, kein Brummschädel.

»Wo sind wir?«, fragte sie.

»Ein kleiner Flugplatz bei Paris.« Auf einem Tablett neben ihm standen eine Kaffeekanne und zwei Tassen. Er schenkte ein und reichte ihr eine Tasse. »Trinken Sie.« Sie zögerte, und er trank ein paar Schluck aus seiner. »Zufrieden?«

Sie nahm die Tasse, als die Tür geöffnet wurde und Romanoff hereinkam. »Alles fertig. Wenn Sie wollen, können Sie starten«, sagte er zu Barry. »Deforges lässt die Motoren schon warm laufen.« Er warf einen Blick auf Anne-Marie. »Soll sie immer noch mit?«

Barry sah sie fragend an. »Nun?«

»Habe ich eine Wahl?«

Er lachte und drehte sich zu Romanoff. »Ja.«

Romanoff zuckte mit den Schultern und ging hinaus. Anne-Marie sagte: »Darf man fragen, wohin es geht?«

»Nach England, zum Lake District. Es wird Ihnen gefallen. Eine herrliche Gegend, besonders um diese Zeit. Wenn Sie keine Zicken machen, fahren wir anschließend nach Irland. Und wenn Sie dann immer noch brav sind, lasse ich Sie laufen.«

»Sehr großzügig. Aber warum nehmen Sie mich überhaupt mit?«

»Oh, Sie werden sehen, dass ich ein sehr verträglicher Mensch bin, und in Irland kann mir nichts passieren. Sie können mich weder an die Briten noch an die Franzosen ausliefern. Ich bin ein politischer Täter, und das ist manchmal außerordentlich nützlich. Die irische Regierung wird mich nicht gerade mit offenen Armen empfangen, aber wenn wir erst mal dort sind, können Sie Zeter und Mordio schreien, es ändert nichts an der Situation.«

Sie hatte sich auf einen Ellbogen gestützt und starrte ihn an. »Haben Sie Liam wirklich getötet?«

»Ja«, sagte er. »In der Kirche von St. Martin.«

»Und Brosnan?« Er schwieg.

»Warum nicht auch mich?«

Er sagte: »Mein Freund, der eben hereingeschaut hat, ist der Meinung, ich hätte es tun sollen.«

»Warum haben Sie es dann nicht getan?«

»Wir haben alle unseren schwachen Punkt, meine Liebe, sogar jemand wie ich. Ich töte keine Frauen.« Er zögerte und dachte an Jenny Crowther. »Jedenfalls nicht absichtlich.«

»Ich verstehe«, sagte sie. »Nicht absichtlich? Das ist wirklich ein großer Trost.«

Er stand auf, nahm die Ceska heraus, spannte den Hahn, sicherte die Waffe und steckte sie wieder in die Tasche. »Die Entscheidung liegt bei Ihnen.«

Sie wussten beide, dass sie in Wirklichkeit keine Alternative hatte.

Sie stand auf und fragte: »Wann geht's los?«

»Wunderbar«, sagte Barry, »ich hab gewusst, dass Sie vernünftig sein werden. Bedenken Sie, was für eine Story Sie daraus machen können. Strecken Sie bitte die Hände aus.« Er holte Handschellen hervor und ließ sie um ihre Gelenke zuschnappen. »Die Welt ist trügerisch, und ich gehe lieber auf Nummer sicher.«

»Im Augenblick ist nur sicher, dass Sie mich noch nicht getötet haben, Mr. Barry«, sagte Anne-Marie.

»Oh, ihr Kleingläubigen.«

Er machte die Tür auf und führte sie hinaus.

Es war feucht und neblig, und obwohl Deforges die Pistenbefeuerung eingeschaltet hatte, konnte man das Ende der Startbahn nicht sehen. Romanoff beobachtete, wie die Cessna drehte und stehen blieb. Barry gab Gas, sie rollte an, und das Brüllen der Motoren füllte die Nacht. Dann hob die Maschine langsam ab und wurde augenblicklich vom Nebel verschluckt.

Deforges kam vom Hangar herüber, hob den Kopf und horchte auf das gedämpfte Brummen der Motoren, während Barry immer höher stieg. »Ist er gut?«

»Ja«, sagte Romanoff. »Der hat den Teufel auf seiner Seite. Gute Nacht, Deforges.« Er eilte zu seinem Auto.

Barry ging auf 6000 Fuß und ließ sich von der Leitstelle Orly einen Kurs zur Kanalküste geben. Er schaltete den Autopiloten ein, schob den Kopfhörer von den Ohren und drehte sich zu Anne-Marie um.

Sie saß in der Mitte der Kabine, ihre Gelenke waren immer noch in Handschellen. »Viereinhalb bis fünf Stunden wird es dauern. Wenn Sie vernünftig sind, können Sie's bequem haben. Sonst müssen Sie so sitzen bleiben. Die Entscheidung liegt bei Ihnen.«

Wortlos streckte sie die Hände aus, und er holte den Schlüssel aus der Tasche und schloss die Handschellen auf. »Braves Mädchen«, sagte er. »In der Kiste vor Ihnen sind Sandwiches und Kaffee und sogar ein paar Fläschchen Schnaps. Bedienen Sie sich.«

Er drehte sich zurück, schaltete den Autopiloten aus und nahm wieder den Knüppel.

Eine halbe Stunde nach Mitternacht erreichte Romanoff seine Wohnung am Boulevard St.-Germain. Er war müde und fror, und das Bewusstsein, dass Irana auf ihn wartete, erfüllte ihn mit Freude. Er holte den Schlüssel aus der Tasche, öffnete und hörte sie schreien: »Lauf, Nikolaj!«

Aber da starrte er bereits in eine Pistolenmündung. Dann packte Brosnan ihn am Kragen, stieß mit dem Fuß die Tür zu und zerrte ihn ins Wohnzimmer.

Irana saß auf dem Sofa, Devlin stand hinter ihr. Romanoff starrte ihn sprachlos an, während Brosnan ihn mit flinken Händen durchsuchte, die Walther in seiner Tasche fand und herauszog.

Devlin sagte: »Sie scheinen überrascht zu sein, Oberst Romanoff. Darf ich daraus schließen, dass Sie wissen, wer wir sind?«

Romanoff versuchte zu bluffen. »Ich weiß nicht, was Sie von mir wollen, und ich weiß noch weniger, wer Sie sind. Wenn Sie Geld suchen – in meiner Brieftasche sind ungefähr viertausend Francs.«

»Sie können sie behalten«, sagte Devlin. »Ihre Freundin hier hat bereits ausgepackt. Sie war ebenfalls überrascht, uns zu sehen, weil sie dachte, wir seien tot. Das kann nur eines bedeuten: Entweder Sie haben Frank Barry gesehen, oder Sie haben von ihm gehört. Wo ist er?«

Romanoff nahm eine Zigarette aus dem Etui auf dem Couchtisch. »Sie denken doch nicht wirklich, dass ich darauf antworten werde.«

»Als er das letztemal gesehen wurde, hatte er eine Freundin von uns bei sich, eine junge Dame namens Anne-Marie Audin. Wir machen uns große Sorgen um sie, Oberst«, sagte Devlin. »Ich glaube, ich darf so weit gehen zu sagen, dass mein Freund hier ziemlich aufgebracht ist, und wenn er wütend wird, ist er unberechenbar.«

Romanoff warf einen Blick auf Brosnans hartes, unerbittliches Gesicht. »Dafür kann ich nichts.«

Brosnan öffnete die Fenstertüren zur Terrasse. Er trat zu Romanoff und schlug ihn mit ausgestreckter Hand unter das Brustbein. Der Russe ging in die Knie.

Brosnan sagte: »Es ist mir scheißegal, wer Sie sind. Es Ist mir sogar egal, auf welcher Seite Sie stehen. Ich will nur das Mädchen retten. Sie haben eine Minute – wenn Sie bis dahin nicht geredet haben, werfe ich Sie vom Balkon hinunter, und ich schätze, das sind fünfzehn Stockwerke.«

Irana stieß einen lauten Schrei aus und versuchte aufzustehen. Brosnan stieß sie zurück und sagte zu Devlin: »Sorg dafür, dass sie ruhig bleibt.«

Er trat Romanoff in den Hintern, und der Russe sauste zur Terrassentür und landete auf allen vieren. Irana blickte zu Devlin hoch und sagte verzweifelt: »Sagen Sie ihm, er soll aufhören. Um Gottes willen, sagen Sie es! Ich werde Ihnen alles erzählen, was Sie wissen wollen.«

Romanoff drehte sich auf Händen und Knien halb zu ihr um und schüttelte den Kopf, und Brosnan griff ihn beim Kragen und zog ihn zu der offenen Tür.

»Nein, bitte, sagen Sie doch was!« Irana griff nach Devlins Jacke.

»Die Wahrheit«, sagte er. »Alles.«

»Ich schwöre es.«

Er rief Brosnan zu: »In Ordnung, Martin, bring ihn ins Bad, damit der arme Kerl sich die vollen Hosen ausziehen kann.«

Romanoff stand am Waschbecken und betrachtete zitternd sein Gesicht im Spiegel. Seine Nase blutete, und er wischte sie sorgsam mit ein paar Kleenex ab.

»Sie gehen ran, Mr. Brosnan.«

»Es hat funktioniert, nicht wahr?«

»O ja«, sagte Romanoff. »Der alte Trick. Der eine macht auf vernünftig, der andere spielt den wilden Mann. Es klappt immer. Ich habe es selbst oft gemacht.« Er seufzte. »Leider wusste die arme Irana das nicht.«

»Wenn Sie meine Meinung hören wollen … Irana weiß nur, dass sie Sie liebt.«

»Ja«, sagte Romanoff sachlich. »So scheint es.«

Die Tür wurde geöffnet, und Devlin rief: »Ihr könnt wieder rauskommen.«

Irana sprang auf und lief in Romanoffs Arme. »Es tut

mir so Leid, Nikolaj, aber ich konnte nicht zulassen, dass sie dich umbringen.«

»Schon gut.« Er strich ihr mit der Hand über die Haare. »Um die Wahrheit zu sagen, fühle ich mich sogar geschmeichelt.«

Devlin wandte sich zu Brosnan. »Er ist gegen Mitternacht mit Anne-Marie von einem kleinen Flugplatz bei Paris abgeflogen. Er fliegt selbst. Die Maschine ist eine Cessna 310.«

»Wohin?«

»Zum Lake District. Ich werde später alles erklären. Behalt die beiden hier im Auge, während ich Jean-Paul anrufe. Oder sollte ich mit Ferguson telefonieren?«

Devlin lächelte. »Warum Ferguson damit behelligen? Dies fällt nicht mehr in sein Ressort.«

Jean-Paul zählte im Maison d'Or in Marseille gerade zusammen mit dem Geschäftsführer des Clubs die abendlichen Spieleinnahmen, als das Telefon läutete. Der Geschäftsführer nahm ab, hörte kurz zu und reichte Jean-Paul dann den Hörer.

»Für Sie, Chef. Ein Monsieur Devlin.«

Jean-Paul nickte und nahm den Hörer. »Hier Savary.«

»Wie geht es Ihrem Vater?«

»Sonnt sich in Algerien. Und Ihnen und Martin?«

»Es könnte schlimmer sein, aber ich zweifle daran. Sie haben gesagt, ›irgendetwas und jederzeit‹?«

»Ja. Was brauchen Sie?«

»Wir sind in Paris. Wir brauchen ein leichtes Flugzeug und einen Piloten, der keine Fragen stellt und uns zu einer alten Piste in England bringt, im Lake District.«

»Wann wollen Sie los?«

»Sofort.«

»Geben Sie mir Ihre Nummer. Ich rufe zurück.«

»Können Sie es schaffen?«

»Die Union Corse schafft alles, mein Freund, außer vielleicht die Präsidentschaft.«

Jean-Paul legte auf, nahm ein kleines schwarzes Buch

aus einer Schreibtischschublade und blätterte darin. Dann griff er wieder zum Hörer und wählte eine Pariser Nummer.

Devlin lehnte am Fenster und rauchte. »Ich habe über die Sache nachgedacht, Oberst«, sagte er, »und ich habe den Eindruck, Barry hat Sie ganz schön aufs Kreuz gelegt.«

»Ja«, sagte Romanoff kühl. »Ich bin geneigt, Ihnen zuzustimmen. Worauf wollen Sie hinaus?«

»Ich hätte gedacht, das sei ganz klar. Sie haben ihm zwei Millionen versprochen und sich mit der Übergabe in Irland einverstanden erklärt. Einer Bemerkung Ihrer kooperativen Freundin hier habe ich entnommen, dass die Deutschen keine Lust haben, ihren amerikanischen Verbündeten die neue Wunderwaffe zu zeigen. Sehr verständlich, da die Beziehungen in letzter Zeit nicht gerade sonderlich herzlich waren.«

Romanoff fragte tastend: »Was beabsichtigen Sie?«

»Ich möchte Ihnen den Abend nicht noch mehr verderben, aber wenn Frank Barry zwei Millionen von Ihnen bekommen kann, würde ich es für möglich halten, dass die CIA ihm auch mehr geben würde. Oder glauben Sie, ich bin unrealistisch?«

Romanoff starrte ihn an, und Irana umfasste seinen Arm. »Ich habe dich gewarnt«, sagte sie. »Ich habe dir gesagt, wie er ist.«

»Alles nur Spekulation.«

Das Telefon klingelte, und Devlin nahm ab. Er lauschte einige Augenblicke, sagte dann: »Gott segne Sie, Jean-Paul.« Er wandte sich an Brosnan: »Ein kleiner Flugplatz etwa eine halbe Autostunde von Paris, bei einem Ort namens Brie-Comte-Robert.«

»Kenn ich«, sagte Brosnan.

Romanoff sagte: »Dann wollen Sie mit dem Flugzeug hinter ihm her?« Er zuckte mit den Schultern. »Zu spät, mein Freund. Barry hat bis dahin mindestens zwei Stunden Vorsprung.«

»Na und?«, erwiderte Devlin.

Brosnan fragte: »Was machen wir mit den beiden hier?«

»Du hast Recht.« Devlin steckte die Hände in die Taschen und sah auf sie hinunter. »Sie könnten natürlich versuchen, diesen Salter zu erreichen, und ihm sagen, er solle Barry warnen, wir seien hinter ihm her, trotz all dem, was ich ihnen gesagt habe?« Romanoff antwortete nicht, aber sein Blick sprach Bände. »Hab ich mir gedacht. Martin, schau doch mal in der Küche nach, ob du eine Schnur findest.« Brosnan ging hinaus und kam mit einer Rolle Bindfaden und einer Wäscheleine zurück. »Sehr gut.« Devlin wandte sich an Irana: »Wann kommt das Mädchen? Sieben, acht Uhr?«

»Halb acht«, antwortete sie, ohne zu überlegen.

»Gut, bis dahin werden Sie es aushalten. Sie kommen in das eine Schlafzimmer, er in das andere. Morgen früh können Sie uns nicht mehr schaden.«

Romanoff blieb nichts übrig, als sich zu fügen, und nach ein paar Minuten war er sicher gefesselt, die Hände auf den Rücken, die Knöchel mit den Handgelenken verbunden. Brosnan knebelte ihn und drehte ihn auf die Seite.

»Ich hoffe, es ist nicht zu unbequem?«

Romanoffs Augen funkelten, und Brosnan salutierte ironisch, ging hinaus und schloss die Tür ab, als Devlin aus dem anderen Zimmer kam. Er hatte die Telefonschnur aus der Anschlussbuchse gezogen.

»Das wäre das«, sagte Devlin. »Und jetzt nichts wie los.« Sie eilten schnell hinaus.

Der Nebel war erheblich dichter, und es regnete heftig, als sie Brie-Comte-Robert erreichten. Sie fanden ohne weiteres den Flugplatz, der drei Kilometer hinter dem Ort lag.

Das Tor in der Umzäunung war geöffnet. Das Flugfeld lag größtenteils im Dunkeln, und im Licht der Autoscheinwerfer sah Brosnan rissigen Beton und hohes Unkraut auf beiden Seiten der Piste. Vier Hangars ragten aus dem Nebel, und hoch oben an der Wand des einen brannten einige Lampen. Ihre Lichtkegel wurden von Regenbahnen durchschnitten.

Eine kleine Tür in einem der Hangars wurde aufgemacht, und eine männliche Gestalt erschien in der Öffnung. »Mr. Devlin?«, rief der Mann, als Brosnan den Motor abgestellt hatte.

Devlin stieg zuerst aus. »Der bin ich.«

»Kommen Sie herein.«

Der Hangar wurde von ein paar Glühbirnen schwach beleuchtet. Drei Flugzeuge standen darin, eine alte Dakota, eine Beaver und eine Navajo Chieftain.

»Barney Graham.« Der kleine, drahtig wirkende Mann streckte die Hand aus. Er hatte blassblaue Augen und trug eine britische Fliegerjacke aus dem Zweiten Weltkrieg und Lammfellstiefel.

»Sie haben von Savary gehört?«

»Natürlich. Sie wollen zum Lake District. Kommen Sie bitte ins Büro.« Sie folgten ihm und sahen, dass auf dem Schreibtisch mehrere Karten ausgebreitet waren. »Eine dunkle Nacht für dunkle Arbeit«, sagte Graham.

»Heißt das, Sie wollen es nicht machen?«, sagte Brosnan.

Graham lachte. »Der Union Corse schlägt man nichts ab. Dieser Platz gehört ihr. Sie geben mir Brot und Butter und eine gute Portion obendrauf. Wo genau möchten Sie landen?«

»Ein alter RAF-Stützpunkt aus dem Krieg, südlich von einem Ort, der Ravenglass heißt. Flugplatz Tanningley.«

»Schlechtes Gelände«, sagte Graham. »Ein Freund von mir ist dort dreiundvierzig mit einer Lancaster gegen einen Berg gerast. Nur der hintere Bordschütze überlebte, er brach sich aber beide Beine.« Er suchte auf den Karten, während er sprach. »Das ist es. Stillgelegt.«

»Die Piste scheint aber noch intakt zu sein«, sagte Devlin. »Der Mann, den wir suchen, kennt den Platz. Er fliegt gerade hin. Ist um Mitternacht gestartet.«

»Womit?«

»Cessna drei-eins-null.«

»Wir haben Gegenwind«, sagte Graham. »Ich habe mir den Wetterbericht geben lassen. Mit dem Ding kann er deshalb höchstens dreihundertzehn fliegen. Ich würde sagen, er wird gegen halb fünf da sein. Vielleicht gegen fünf, aber das ginge auch noch. Im Morgengrauen, verstehen Sie? Auf einer alten Piste ohne Funk- und Leuchtfeuer kann er nur einen Sichtflug machen, er braucht also Tageslicht.« Er faltete die Karten zusammen. »Genau wie wir.«

Devlin sah auf die Uhr. Es war zwei. »Er hat zwei Stunden Vorsprung.«

Graham schüttelte den Kopf. »Meine Navajo ist hundertfünfzig Kilometer schneller als er, und der Gegenwind macht uns nicht so viel aus. Ich schätze, wir können es in drei Stunden schaffen.«

»Dann wären wir um fünf da.« Brosnan wandte sich an Devlin. »Etwa zur gleichen Zeit wie er. Warten wir nicht länger.«

»Noch eines, bevor wir starten«, unterbrach Graham. »Ich brauche einen Zielflughafen, um die Jungs von der Kontrollstelle zu befriedigen. Ich habe Orly deshalb gesagt, dass ich dringend nach Glasgow muss, um Blut abzuholen, das heute Nachmittag für eine Operation in Paris benötigt wird.«

»Blut?«, sagte Brosnan.

»Ja, eine seltene Gruppe. Sie kennen das ja. Ein Trick, den wir manchmal benutzen, wenn wir einen Flug vorhaben, der ein bisschen aus dem Rahmen fällt. Jean-Paul hat sich schon bei einem Kontaktmann in Glasgow abgesichert, nachdem er mit Ihnen sprach, sodass ich einen stichhaltigen Grund für den Flug habe.«

»Und wie wollen Sie uns einbauen?«

»Der Lake District liegt genau auf der Strecke und gehört nicht zum kontrollierten Luftraum. Im richtigen Augenblick gehe ich schnell runter, Sie springen hinaus, und ich starte wieder und bete, dass ich nicht doch von irgendeinem Radar erfasst werde. So früh am Morgen ist die Chance aber nicht schlecht.«

»Und wenn man Sie doch entdeckt?«

»Dann werde ich mir was ausdenken«, sagte Graham lächelnd. »Ich hab 1939 bei der RAF mein Fliegerabzeichen gemacht, Mr. Devlin. Ich bin schon lange dabei. Mir können sie nicht mehr viel beibringen. Wenn ich sage, ich hätte Probleme mit den Instrumenten gehabt, kann mir kein Mensch das Gegenteil beweisen. Aber wie dem auch sei, wir müssen los.«

Sie schoben die Hangartore auf, und Devlin und Brosnan kletterten in die Navajo. Drinnen war Platz für zehn Leute. Graham stieg hinter ihnen ein, zog die Tür hoch und verriegelte sie.

»Ich habe nur meine Tragflächenbeleuchtung«, sagte er. »Bei einer solchen Suppe scheint man kaum starten zu können, aber es ist nicht so schlimm, wie es aussieht. Wenn Ihnen mulmig wird, machen Sie einfach die Augen zu.«

Die Motoren donnerten los, und Devlin und Brosnan schnallten sich an, während die Maschine ins Freie und zum Ende der Piste rollte und in den Wind drehte.

»Du weißt doch, was die Leute vom Theater sagen?«, fragte Devlin. »Jemandem Glück wünschen, bringt Unglück.«

»Vielen Dank«, erwiderte Brosnan. »Darauf hab ich gerade gewartet.«

Und dann pflügten sie durch den Nebel. Graham zog den Steuerknüppel genau im richtigen Moment zurück, und sie hoben ab. Er wollte nicht zu schnell steigen, also bewegte er den Knüppel nur behutsam. Bei 800 Fuß durchbrachen sie den Nebel. Graham betätigte das rechte Ruder, und die Maschine fing an, nach Steuerbord zu drehen.

Anne-Marie hatte eine Weile geschlafen, und als sie erwachte, sah sie, dass der Himmel sich im Osten hellgrau färbte. Weit links von der Cessna zeichnete sich die Isle of Man schattenhaft am Horizont ab. Der Höhenmesser zeigte ihr, dass sie 2000 Fuß hoch flogen. Das Meer unter ihr war eine trostlose, graue Fläche.

Trotz des Motorenlärms hörte sie Barry in sein Mikrofon sprechen. »Ronaldsway. Hier Golphe Alpha Yankee Yankee Foxtrott. Ändere Kurs, neuer Kurs Blackpool.«

Eine Pause, und dann sagte er: »Kein Notfall, nur eine Kursänderung. Ende.«

Er schaltete den Autopiloten ein und drehte sich zu ihr um. »Nicht dass ich glaube, Sie wären so dumm, irgendeinen Mist zu machen, der uns umbringen würde, aber ich habe ein besseres Gefühl, wenn Sie die hier wieder tragen.«

Sie wehrte sich nicht, es hatte auch keinen Sinn; sie streckte einfach die Hände aus, damit er ihr die Handschellen anlegen konnte.

»Braves Mädchen.« Er grinste. »Jetzt lehnen Sie sich zurück und genießen es, denn nun kommt der aufregende Teil.«

Er nahm wieder den Knüppel und ging schnell tiefer.

14

Henry Salter hatte in weiser Voraussicht eine Zwölfzoll-Drahtschere ins Auto gelegt, ehe er zum Flugplatz Tanningley fuhr. Die rostige Kette am Vorhängeschloss des Haupttors ließ sich so mit Leichtigkeit durchschneiden, und er stieg wieder in den Land Rover und fuhr auf das Gelände.

Er war seit Jahren nicht mehr hier gewesen, und überall sah er Anzeichen des Verfalls. In den Ritzen der alten Piste wuchs Gras, und die Dächer von zwei Hangars waren eingestürzt.

Der dritte sah noch einigermaßen intakt aus. Die verwaschene weiße Aufschrift *Tanningley Aero Club* war noch zu entziffern. Mit einiger Mühe rollte er die Tore zur Seite und ging hinein. Selbst hier tropfte Regen durch die Löcher im Dach. Es war kalt und deprimierend, und er schauerte zusammen und schlug den Mantelkragen hoch. Und dann hörte er in der Ferne das Flugzeug und lief nach draußen.

Die Cessna näherte sich sehr tief vom Meer her, drehte nach Steuerbord ein und schien geradezu auf die Piste zu fallen. Salter rannte ihr armefuchtelnd entgegen. Die Maschine hielt auf ihn zu und rollte direkt in den Hangar. Die beiden Motoren brüllten ohrenbetäubend laut. Dann schaltete Barry sie ab, öffnete die Tür und stieg auf die Tragfläche.

»Mr. Sinclair«, sagte Salter schwach.

Barry griff ins Flugzeug, zog Anne-Marie heraus und half ihr hinunter. Salter betrachtete sie und registrierte nervös die Handschellen.

»Wir müssen weiter.« Barry führte Anne-Marie hastig

zum Land Rover, schob sie hinten hinein, setzte sich ans Steuer und drehte bereits den Zündschlüssel, als Salter auf den Beifahrersitz kletterte.

»Aber … wohin fahren wir?«

»Ich hoffe, Ihr Boot – die *Kathleen* – liegt noch an dem Steg am Fluss?«

»Natürlich.« Salter war verwirrt. »Ich verstehe nicht.«

»Sie werden schon noch verstehen«, entgegnete Barry und fuhr durchs Tor.

»Halten Sie«, sagte Salter. »Ich mache besser zu, sonst könnte es jemand sehen und sich fragen, was da los war.«

Barry hielt, und Salter ging zum Tor zurück. Als er wiederkam, blieb er neben dem Land Rover stehen, hob den Kopf und lauschte. »Was ist denn?«, sagte Barry ungeduldig.

»Mir war, als hätte ich ein Flugzeug gehört. Muss mich getäuscht haben.«

»Steigen Sie ein, Mann, um Gottes willen, ich habe nicht den ganzen Tag Zeit«, sagte Barry gereizt, und er fuhr wieder an, ehe Salter die Tür zumachen konnte.

Das Geräusch, das Salter gehört hatte, war die Navajo beim ersten Landeanflug gewesen. Das Wetter hatte sich jedoch schon so sehr verschlechtert, dass die Sichtweite nur noch 800 Fuß betrug, und Barney Graham drehte wieder zum Meer ab.

»Es ist zu verdammt riskant, blind anzufliegen. Ehe wir wissen, was passiert, rasen wir gegen den Berg.«

»Sie müssen uns irgendwie nach unten bringen, das ist schließlich der Sinn des Unternehmens«, sagte Brosnan.

»Möchten Sie vielleicht springen?« Graham fluchte leise. »Meinetwegen. Ich werde es von See her versuchen.«

Er drehte zum Meer ab, wendete, ging sehr tief und kam in 500 Fuß Höhe aus der Nebelwand. Er flog genau auf den Berg zu.

Es war Devlin, der ein paar hundert Meter weiter rechts, durch den strömenden Regen, die Piste und die Hangars ausmachte. Graham riss die Maschine sofort herum und ging so tief, dass die rechte Tragfläche kurz vor der Landung keine zehn Meter vom Boden entfernt war. Das Flugzeug kam holpernd auf und rollte schließlich zu den Hangars.

»Raus!«, schrie Graham. »Jetzt!«

Im Nu war er aus dem Cockpit und stieß die Tür auf. Brosnan sprang hinaus, und Devlin kam so schnell hinter ihm her, dass er strauchelte und hinfiel. Hinter ihnen wurde die Tür samt Treppe hochgezogen, und während sie aus dem Weg rannten, rollte die Navajo schon wieder auf die Piste, hielt kurz, brauste dann los und hob ab.

Binnen Sekunden war sie im Nebel verschwunden, und ihr Motorengeräusch wurde immer schwächer.

Devlin sagte: »Hoffentlich sind wir hier richtig. Wir können uns keinen Fehler leisten.«

Brosnan war schon bei dem halb geöffneten Hangartor, schob es noch ein Stück weiter auf, sodass die Cessna zu sehen war. »Wir sind richtig. Aber wo steckt Barry?«

»Ich denke, das müsste dieser Salter uns sagen können. Aber lass uns das Ding hier erst unbrauchbar machen, falls Barry vorhaben sollte, es noch mal zu benutzen.«

Devlin zog einen Browning aus der Tasche, zielte sorgfältig und schoss zweimal auf das Fahrwerk. Die Cessna wackelte ein bisschen, als die Luft aus den beiden Reifen entwich.

»Sehr gut«, sagte Brosnan. »Und jetzt nichts wie weiter. Nach der Karte sind es bis Marsh End ungefähr fünf Kilometer.«

Aber das Glück war ihnen hold, denn als sie ein paar Minuten später die Hauptstraße entlangmarschierten, überholte sie ein Pritschenwagen mit Milchkannen und hielt vor ihnen.

Der Mann, der sich aus dem Fenster beugte, schien trotz der frühen Stunde guter Laune zu sein. Er war unrasiert, und unter seinem alten Regenmantel lugte eine Pyjamajacke hervor.

»Schwierigkeiten?«

»Ja, gestern Abend«, log Devlin geistesgegenwärtig.

»Wir hatten auf dem Pass hinter dem nächsten Tal eine Panne.«

»Wastwater?«

»Stimmt. Wir müssen schon acht oder zehn Kilometer gelaufen sein.«

»Zwölf, würde ich sagen. Wohin wollen Sie denn?«

»Kennen Sie Mr. Salters Geschäft?«

»Komme jeden Tag daran vorbei. Wenn Sie dahin wollen, springen Sie hinten auf, und ich setze Sie ab.«

»Danke«, sagte Devlin. »Von dort können wir die nächste Werkstatt anrufen.«

Sie kletterten auf die Pritsche und hockten sich zwischen die Milchkannen. Brosnan sagte: »Dir fällt auch immer was ein.«

Devlin grinste. »Wenn man lange leben will, darf man nicht auf seinem Hirn sitzen.«

Barry fuhr den Pfad am Fluss entlang und hielt am Bootssteg. Die *Kathleen* dümpelte im Regen vor sich hin; der Nebel hüllte das Moor in eine graue Decke. Er half Anne-Marie aus dem Land Rover, nahm sie am Ellbogen und führte sie auf den Steg.

Salter lief hinter ihnen her. »Was haben Sie vor, Mr. Sinclair?«

Barry half Anne-Marie über die Reling. »Ich will nur etwas holen, das mir gehört, Mr. Salter, und dafür brauche ich Ihr Boot. Danach bekommen Sie die fünftausend, bringen uns wieder nach Tanningley, und ich fliege weg, in den grauen Morgen, wie ein Gespenst, das sich in Luft auflöst. Ich bin sicher, Ihnen wird ein Stein vom Herzen fallen.«

Salter blieb auf dem Anleger stehen und starrte ihn an. »Aber das geht nicht.«

»Warum nicht?« Barry runzelte die Stirn. »Als ich neulich hier war, sagten Sie doch, die *Kathleen* sei immer fahrbereit.«

»Der Zündschlüssel«, sagte Salter. »Ohne ihn kann ich die Maschinen nicht anlassen, und er ist oben im Haus.«

Barry fluchte. »Dann fahren Sie und holen ihn, Sie verdammter Idiot. Und machen Sie um Gottes willen schnell.«

Salter drehte sich um, lief ans Ufer und sprang in den Land Rover. Barry schob Anne-Marie über das Deck ins Ruderhaus.

»Wie gefällt es Ihnen bis jetzt?« Sein Lächeln war starr, seine Augen glänzten vor Erregung, und als er eine Zigarette anzündete, zitterten seine Hände.

»Ihre Nerven machen nicht mehr lange mit«, sagte sie.

»Meine Nerven?« Er lachte hektisch. »Da muss schon was anderes passieren.«

Er öffnete die Klappe unter dem Instrumentenbrett. Die Sterling und die Smith & Wesson waren noch da. Als er die Klappe wieder schloss, sagte sie: »Das erwartet also den armen Mr. Salter.«

»Ja«, sagte er. »Ich hasse es nun mal, etwas nicht zu Ende zu bringen. Er hätte gar nicht erst mitmachen sollen, stimmt's?«

Er schob sie aus dem Weg, hob den Deckel der Bank und stöberte herum, bis er die Aktentasche gefunden hatte. Er öffnete sie, vergewisserte sich, dass das Geld noch darin war, und machte sie wieder zu.

»Die Kriegskasse?«, sagte sie.

»So ungefähr.« Sie trat in den Eingang und lauschte. »Nun mach schon«, sagte er leise.

»Vielleicht kommt er nicht zurück.«

»Reden Sie keinen Mist.«

»Oh, ich weiß nicht. Ich hatte den Eindruck, dass er Todesängste ausstand.«

Er drehte sich um und sah sie an, sein Lächeln war fortgewischt. Er packte ihren Arm, zerrte sie aus dem Ruderhaus, lief mit ihr über das Deck zum Niedergang in die Kajüte, stieß sie hinunter, verriegelte hinter ihr die Tür und ging wieder an Deck. Dann sprang er über die Reling und rannte auf dem Steg an Land.

Der Milchwagen entfernte sich im Nebel, und Devlin und Brosnan wandten sich zu dem Schild mit der goldenen Inschrift neben der Pforte.

»Henry Salter – Begräbnisinstitut. Erd- und Feuerbestattungen«, las Devlin. »Auch ein Job. Sehen wir nach, ob er da ist.«

Der Morgenregen trommelte auf das Dach des Hauses, als sie im Schutz der Rhododendronbüsche zur Rückseite gingen. Als sie den Hof erreicht hatten, blieben sie stehen. Das Scheunentor war offen. Ein Motorgeräusch näherte sich, dann bog der Land Rover in den Hof und hielt. Salter stieg aus und ging durch die Hintertür ins Haus.

»Ich würde sagen, das ist er«, flüsterte Devlin. »Sein Aussehen passt zu dem Geschäft, findest du nicht?«

Salter war äußerst unbehaglich zu Mute. Die ganze Sache stank, und Sinclair machte ihm Angst. Andererseits hatte er im Grunde keine Wahl. Er langte nach dem Zündschlüssel, der an dem Schlüsselbrett über dem Kühlschrank hing. Da wurde hinter ihm die Tür aufgerissen. Ehe er wusste, was geschah, lag er rücklings auf dem Küchentisch, fühlte eine Hand an der Kehle und eine Pistolenmündung an der Schläfe.

Brosnan hielt ihn mit der Mauser in Schach.

Salter hatte noch nie solche Angst gehabt. »Bitte nicht!«, stammelte er.

Devlin sagte: »Ich nehme an, Sie sind Henry Salter?«

»Ja«, sagte Salter, als Brosnan seinen Griff lockerte.

»Wo ist Frank Barry?«

Salter sagte: »Frank Barry? Ich kenne niemanden, der so heißt.«

Brosnan drückte fester. »Sie haben ihn vor einer halben Stunde vom Flugplatz Tanningley abgeholt.«

»Der hieß aber Sinclair, Maurice Sinclair.«

»Verstehe«, sagte Devlin. »Hatte er ein Mädchen dabei?«

»Ja. Sie trug Handschellen, als sie aus dem Flugzeug stieg.«

»Und wo sind sie jetzt?«

»Unten im Moor bei meinem Boot, es heißt *Kathleen*. Er

hat mich hergeschickt, um den Zündschlüssel zu holen – da!«

Er hielt den Schlüssel in seiner rechten Hand, und Brosnan sagte: »Den nehme ich.«

Devlin sagte: »War er schon mal hier?«

»Ja, vor ein paar Tagen.«

»Um den Gefechtskopf zu klauen?«

Salter sah ihn verständnislos an. »Ich habe keine Ahnung, was er wollte. Er bezahlte mich, damit ich zwei Leute beschaffte. Sie waren zwei Tage hier. Dann gingen sie. Das ist alles, was ich weiß.«

Er sagte offensichtlich die Wahrheit, und Devlin nickte. »Wie kommen wir zu diesem Boot?«

»Sie nehmen die Hauptstraße, bis zu dem Wegweiser zum Marsh End Creek, da biegen Sie rechts ab. Die *Kathleen* liegt ein Stück weiter am Bootssteg. Sie können sie nicht verfehlen. Außer ihr ist kein anderes Boot da.«

Devlin riss eine blaue Wäscheleine herunter, die über dem Waschbecken aufgespannt war. Er warf sie Brosnan zu. »Martin, fessel ihn.«

Er ging hinaus, kletterte auf den Beifahrersitz des Land Rover und holte seinen Browning aus der Tasche. Er nahm das Magazin heraus, stieß die Kugeln nacheinander hinaus und lud sorgfältig neu. Als er fertig war, kam Brosnan aus der Küchentür und setzte sich ans Steuer.

Mit bleichem Gesicht wandte er sich zu Devlin. »Er gehört mir, Liam, denk daran.«

Devlin sagte: »Die Japaner glauben, Rache sei eine Läuterung, aber ich persönlich bezweifle es.«

Er lehnte sich mit geschlossenen Augen zurück, ohne den Browning aus der Hand zu legen. Brosnan fuhr los.

Frank Barry, der die Abkürzung durch den Garten genommen hatte, sah den Land Rover hinter den Bäumen auf dem Hof stehen und zögerte. Was trieb dieser verdammte Salter so lange? Vielleicht hatte das Mädchen Recht gehabt. Er ging weiter und sah Liam Devlin aus dem Haus kommen und zu dem Wagen gehen.

Barry hatte den Drang, dem Geist mit einem lauten Schrei Angst einzujagen, damit er sich in Luft auflöste. Doch in Wahrheit war er derjenige, der plötzlich eine unerklärliche Furcht spürte. Er verfluchte sich. Er war doch kein abergläubischer Idiot! Und dann beobachtete er, wie Martin Brosnan aus der Küche kam und zur anderen Seite des Land Rovers ging, wo er ihn nicht mehr sehen konnte. Noch ein Geist? Er spürte, wie er zitterte, und er versuchte, beim Gedanken an die Ceska in seiner Tasche Mut zu schöpfen. Wie oft musste man jemanden töten, bis er wirklich tot war?

Als Barry, keuchend vor Anstrengung, den Bootssteg erreichte, hatte er seine Fassung zurückgewonnen. Dass Devlin und Brosnan noch lebten, war eine Tatsache. Wie das Phänomen zu erklären war, spielte im Augenblick keine Rolle.

Er lief den Steg entlang und horchte. Der Land Rover, der den längeren Umweg über die Straße hatte nehmen müssen, näherte sich bereits, obgleich er ihn wegen des Nebels noch nicht sah. Ohne den verdammten Zündschlüssel konnte er das Boot nicht in Gang bringen, jedenfalls nicht mit Motorkraft.

Er machte die Leinen an Bug und Heck los, stieß die *Kathleen* mit aller Kraft ab und sprang gerade noch rechtzeitig an Bord, ehe der Abstand zwischen Boot und Steg zu groß geworden war. Bald war sie schon drei oder vier Meter vom Steg entfernt, aber dann trieb sie plötzlich breitseitig zum Anleger zurück. Als er über die Reling ins Wasser schaute, erkannte er den Grund; es war Flut, und das Wasser strömte ins Moor ein.

Anne-Marie hörte ihn den Niedergang hinunterpoltern. Die Tür wurde aufgerissen, er packte sie und zerrte sie nach oben. Sie erstarrte innerlich, denn sie war sicher, dass er sie gleich töten würde. Aber er schob sie das Deck entlang ins Ruderhaus.

»Was ist los?«, fragte sie.

»Das Jüngste Gericht«, sagte er grimmig.

Und dann kam der Land Rover aus dem Nebel, hielt am Ende des Stegs, und ihr Herz hörte für einen Augenblick auf zu schlagen.

Zweierlei geschah überstürzend schnell: Barry zerschmetterte das Seitenfenster des Ruderhauses mit dem Ellbogen, und Anne-Marie schrie, so laut sie konnte: »Martin, pass auf!«

Barry stieß sie zu Boden und feuerte ein paar Mal durch die Fensteröffnung, während Devlin und Brosnan gebückt den Steg entlangrannten. Der Abstand zwischen der *Kathleen* und dem Steg betrug nur noch einen knappen Meter, Brosnan hechtete aufs Achterschiff und duckte sich hinter dem Decksaufbau. Devlin hatte sich für den Bug entschieden und war hinter dem Ruderhaus nicht zu sehen.

»Na, Frank«, rief er. »Wie geht's Ihnen an diesem wunderschönen Morgen?«

»Machst du jetzt in Wundern, Liam?«, rief Barry zurück.

»Genau. Der Teufel schickt uns aus der Hölle, um dich zu holen.«

»Er wird noch ein bisschen warten müssen.« Barry packte mit einer Hand Anne-Maries Haar. »Ich stehe jetzt zusammen mit deiner Freundin auf, Martin«, rief er. »Und wenn ich zur Hölle gehe, kommt sie mit. Knall mich ruhig ab – aber meine letzte Handlung wird darin bestehen, diesen kleinen Hebel abzuziehen.«

Er zog Anne-Marie mit sich hoch und drückte sich an sie, als wären sie ein Liebespaar, nur dass er ihren Kopf so brutal nach hinten riss, dass es wehtat. Die Mündung der Ceska presste er unter ihr Kinn.

»Zwei Möglichkeiten«, sagte Barry. »Sie stirbt, selbst wenn ich mit ihr sterben muss, oder ihr kommt da raus und werft eure Schießeisen weg.«

»Nein, Martin«, rief Anne-Marie. Barry drehte die Hand in ihren Haaren so, dass er beinahe ein Büschel ausgerissen hätte.

»Ich warte nicht. Ja oder nein.«

Nach einer Pause richtete Brosnan sich auf und hielt die Mauser hoch. »Ins Wasser werfen!«, sagte Barry.

Brosnan tat es mit einer fast lässigen Geste, ohne Barry einen Sekundenbruchteil aus den Augen zu lassen. Devlin war hinter der Rückseite des Ruderhauses hervorgetreten. Er schleuderte den Browning in den Fluss, ohne die Aufforderung abzuwarten.

»Sehr gut«, sagte Barry. »Kommt näher ran.« Seine Stimme war rau, der Stress machte sich langsam bemerkbar. »Näher, habe ich gesagt.«

Die beiden standen nun genau vor dem Ruderhaus. »Lass das Mädchen gehen, Frank«, sagte Devlin.

»Sicher, warum nicht?« Barry stieß sie aus dem Ruderhaus, in ihre Arme. Im selben Augenblick griff er nach dem Knopf auf dem Instrumentenbrett. Die Klappe fiel, und er riss die Sterling mit seiner freien Hand aus der Halterung.

»Mein Ass im Ärmel, Liam.« Er grinste. »Wie wichtig das ist, hab ich von dir gelernt, erinnerst du dich?«

Devlin sagte: »Was passiert jetzt? Schon wieder eine Hinrichtung?«

»Noch nicht«, sagte Barry. »Vorher müsst ihr ein bisschen für mich arbeiten. Ein paar hundert Meter weiter abwärts gibt's einen Teich im Schilf, mit einem versenkten Boot. In der Kabine liegt etwas, das ich unbedingt haben möchte. Du darfst für mich tauchen, Martin.«

»Der Gefechtskopf?«, sagte Devlin. »Sehr schlau.«

»Du bist bemerkenswert gut informiert«, sagte Barry. »Aber jetzt haben wir genug gequatscht. Martin, du gehst mit dem Mädchen zur Treppe, aber hübsch langsam. Ihr werdet im Salon warten, während wir dieses Ding in Fahrt bringen.« Er richtete den Lauf auf Devlin. »Du gehst vor ihnen bis zum Heck.«

Devlin ging los. Brosnan schob Anne-Marie vor sich, drehte sich um, ging rückwärts, deckte sie mit seinem Körper, und seine brennenden Augen ließen Barrys Gesicht keinen Moment los. Barry blieb im Eingang des Ruderhauses stehen und hielt die Sterling-MP auf sie gerichtet.

Brosnan sagte: »Du hättest auf dem Bauernhof bleiben

sollen, Frank. Es war ein dummer Fehler, dass du mit diesen drei miesen Schlägern aus Nizza gearbeitet hast. Sie hätten in Belfast keinen Tag überstanden.«

»Ja, deshalb mach ich es diesmal allein«, antwortete Barry.

Brosnan drehte sich um, stieß Anne-Marie roh die Treppe hinunter, hechtete über die Reling ins Wasser und tauchte in die moorige Brühe hinab. Er zog sich unter den Rumpf der *Kathleen* und strampelte verzweifelt in dem dicken Schlamm am Grund.

Die Salve, die Barry mit der Sterling abfeuerte, zersplitterte die Reling, aber es war zu spät. Er lief zur anderen Seite und schoss ins Wasser. Brosnan war nicht zu sehen. Anne-Marie kam die Treppe hinaufgekrochen. Barry kam erneut zurück und schickte noch eine Salve ins Wasser.

Devlin sagte: »Hat keinen Sinn, Frank, er ist weg.«

»Halt's Maul«, schrie Barry.

Devlin zündete sich in aller Ruhe eine Zigarette an, und Brosnan, der sich inzwischen an den Bug klammerte, hörte ihn sagen: »Wenn es darauf ankam, hast du schon immer das Flattern gekriegt, stimmt's, Frank?«

Barry ging auf ihn zu: »Aber für dich reicht's noch alle Mal.«

»Du hast es einmal versucht und Mist gebaut.« Devlin ging ihm langsam entgegen. »Ich glaube nicht, dass du es diesmal besser machst.«

Barry feuerte vier oder fünf Schüsse ab, die Devlins Regenmantel über der linken Brust zerfetzten und ihn herumwarfen. Er schrie und fiel hin.

Anne-Marie robbte trotz ihrer gefesselten Hände weiter. Im selben Moment zog Brosnan sich unter der Backbordreling hoch, gelangte ins Ruderhaus und holte die Smith & Wesson heraus.

Barry merkte, dass das Boot sich bewegte. Er wollte sich umdrehen, doch da schoss Brosnan ihm in den rechten Arm. Die Aufprallwucht warf ihn herum, die Sterling segelte über die Reling ins Wasser und versank augenblicklich.

Barry stand da und drückte die linke Hand auf seinen blutenden Arm. Brosnan sagte: »Der Schlüssel für die Handschellen. Her damit.«

Barry tastete mit blutbeschmierten Fingern in seiner Tasche herum, fand den Schlüssel und warf ihn auf das Deck. Anne-Marie nahm ihn und versuchte, die Handschellen selbst aufzuschließen, was ihr schließlich auch gelang.

»Bei Gott, du hast schon immer mit schmutzigen Tricks gearbeitet, aber dass du auf der anderen Seite landest, hätte ich doch nicht gedacht«, sagte Barry ächzend.

»Ich tue es nicht für sie«, sagte Brosnan. »Sondern für Norah. Für das, was du mit ihr gemacht hast. Sie ist schreiend gestorben, Frank, in einer Nervenklinik auf ein Bett geschnallt, und dahin hast du sie gebracht!«

»Wer immer dir das erzählt hat, ist ein verdammter Lügner.« Barrys Entsetzen war echt. »Die Franzosen haben es gemacht, die Schweine von Sektion Fünf des SDECE. Du weißt ja, wie die *barbouzes* sind. Sie haben es mit Strom versucht, um sie kleinzukriegen. Als das nicht klappte, benutzten sie Drogen und gingen zu weit.«

Liam Devlin, der aus der Schulter blutete und sich an Anne-Marie lehnte, sagte schwach: »Du lügst.«

»Es ist die reine Wahrheit.« Barry wandte sich grimmig zu Brosnan. »Norah getötet, das ist es also? Bei Gott, sie war die einzige Frau, die ich jemals geliebt habe. Der einzige Mensch, der mir wichtiger war als ich mir selbst.«

»Lügner!«, schrie Brosnan und feuerte dreimal, sehr schnell hintereinander. Die erste Kugel traf Barry in der Schulter, warf ihn herum, die beiden anderen erwischten ihn im Rücken und katapultierten ihn über die Reling ins Wasser.

Vögel kreischten auf und flatterten aus dem Schilf in die Wolken. Brosnan ließ sich auf den Decksaufbau fallen.

»Ein verdammter Lügner«, flüsterte er und sah Devlin an. »Das stimmt doch, oder?«

Aber Devlin hatte vor Schmerz die Augen geschlossen, von ihm kam keine Antwort. Nur in Anne-Maries Gesicht stand Mitleid, das er nicht ertragen konnte. Er musste härter werden. Killer wie Barry würden immer durch andere Killer ersetzt werden. Selbst die französischen Folterer würden durch andere ersetzt werden. Die Schuld lag bei dem, der die Verantwortung trug, der die Befehle gab, oder? Bei Ferguson? Bei den Regierungschefs? Bei der Premierministerin …? Oder bei wem sonst?

Er wünschte, es wäre keine Frau. Es würde leichter sein, einen Mann zu töten.

Die Weste hatte wieder ihren Nutzen bewiesen und den größten Teil der Garbe abgefangen, die Barry auf Devlin abgefeuert hatte, aber eine Kugel hatte ihn in der rechten Schulter getroffen, und eine andere hatte seinen Oberarm durchschlagen.

Brosnan hatte den Erste-Hilfe-Kasten der *Kathleen* neben sich auf die Koje gestellt und verband die Wunden mit geübten Fingern. Als er fertig war, nahm er eine der Morphiumspritzen heraus.

»Das dürfte die Schmerzen eine Zeit lang vertreiben.«

Devlin, dessen Gesicht ganz grau geworden war, lächelte verzerrt. »Du wärst ein guter Arzt geworden, Martin.«

»Gehörte zur Ausbildung.«

Anne-Marie sagte: »Er muss ins Krankenhaus.«

»Ja, aber nicht hier, nicht in England. Der sicherste Weg in eine Gefängniszelle. Hast du in Nizza immer noch dein Motorboot?«

»Ja. Warum fragst du?«

»Du könntest also mit dem hier umgehen?«

»Natürlich, kein Problem. Es scheint ein ausgezeichnetes Schiff zu sein.«

»Gut. Ich schätze, du kannst es in acht Stunden nach Irland schaffen. Liam wird dir sagen, wo du landen sollst.«

»Liam?« Sie runzelte die Stirn. »Soll das heißen, du kommst nicht mit? Das verstehe ich nicht.«

Er achtete nicht auf sie, nahm Barrys Aktentasche auf, die er im Ruderhaus gefunden hatte, öffnete sie und zeigte Devlin das Geld darin.

»Das sind mindestens dreißigtausend Pfund, Liam, wahrscheinlich sogar noch mehr. Sag mir einen Namen, nenn mir einen Mann in London, der für so viel Geld alles erwartet.«

Devlin antwortete müde: »Lass das, Martin. Es bringt einfach nichts.«

»Ferguson hat die Geschichte mit Norah *erfunden*, Liam!«

»Na gut«, sagte Devlin. »Dann hat er eben gelogen. Er glaubte, der Zweck rechtfertige die Mittel. Er wollte Frank Barry erledigen.«

»Das wollten sie alle«, sagte Brosnan mit leiser Stimme. »Ferguson, DI5, die Premierministerin. Wo soll das aufhören? Irgendjemand muss zahlen, Liam. Ich habe es satt, die Drecksarbeit für andere zu machen, meine Haut für Leute zu Markte zu tragen, die mich nichts angehen.«

Devlin schüttelte den Kopf. »Nein, Martin.«

Brosnan sagte nachdrücklich: »Du bist es mir schuldig, Liam. Du hast mich da reingezogen.«

»Ich hab dir geholfen, aus dem Knast zu kommen, verdammt noch mal! Ohne mich wärst du jetzt nicht frei«, fuhr Devlin ihn an.

»Frei?« Brosnan lachte hart. »Wer ist schon frei?«

Anne-Marie verblüffte sie beide, als sie sagte: »Tun Sie es, Liam. Sagen Sie ihm, was er wissen will, und dann nichts wie weg hier. Lassen Sie ihn seinen eigenen Weg gehen, meinetwegen zur Hölle ...«

Sie wandte sich ab. Brosnan sagte: »Nun?«

Devlin wollte eine Zigarette, Brosnan zündete sie für ihn an. »Ich kann dir keinen Mann sagen, aber es gibt da eine Frau, die ich vor ein paar Jahren kennen gelernt habe. Völlig unpolitisch, nicht mal irisch. Eine Jüdin, stammt aus Deutschland: Lily Winter. Sie wohnte damals an der Great India Wharf in Wapping. Ich denke, sie könnte das sein, was du suchst.«

Brosnan machte die Aktentasche zu und stand auf. »Und Fergusons Telefonnummer.«

Devlin sagte sie ihm, und Brosnan nickte. »Danke. Lebwohl, Liam.« Er drehte sich um und wollte an Deck gehen.

Anne-Marie sah sich im Ruderhaus suchend um, und er nahm den Zündschlüssel aus der Tasche und gab ihn ihr. »Suchst du das?«

Sie nahm den Schlüssel, steckte ihn ins Zündschloss und drehte ihn halb um. Die Maschinen erwachten dröhnend zum Leben. »Das wäre also geregelt«, sagte Brosnan.

»Was soll ich sagen?«, fragte sie zornig. »Mögest du in Irland sterben!«

Das war der alte irische Trinkspruch. Brosnan erwiderte: »Ein frommer Wunsch, aber wahrscheinlich wird er nicht in Erfüllung gehen.«

Er kletterte über die Reling auf den Steg und schaute zu, wie die *Kathleen* ablegte, meerwärts drehte, im Nebel verschwand. Erst dann wandte er sich um und ging zum Land Rover.

Die Auswahl an Kleidungsstücken in Salters Schlafzimmer war so umfangreich, dass Brosnan nur annehmen konnte, der Bestattungsunternehmer habe sich angewöhnt, die ihm anvertrauten Leichen zu fleddern. Er duschte, wusch den Gestank des Flusses von sich ab und wählte einen grauen Tweedanzug und ein dazu passendes Wollhemd samt Krawatte. Dann fand er noch einen passenden Regenmantel und ging nach unten ins Wohnzimmer, wo Salter noch immer auf einen Stuhl gefesselt war.

Er sah auf die Uhr. Es war erst sieben, und er sagte zu Salter: »Wann kommt Ihr Personal?«

»Als Sinclair angerufen hatte, habe ich ihnen gesagt, sie könnten den Vormittag frei haben.«

»Also kommen sie erst gegen Mittag?«

»Ja.« Salter befeuchtete seine trockenen Lippen.

»Ich werde Ihnen einen Gefallen tun und Sie gefesselt lassen. Dann finden Ihre Leute Sie in diesem Zustand, und Sie können behaupten, ein unschuldiges Opfer zu sein, wenn die Sache hier rauskommt.«

Salter sagte: »Ich bin Ihnen sehr dankbar. Darf ich etwas fragen? Ist Mr. Sinclair tot?«

»Ja«, sagte Brosnan. Er ging hinaus und machte die Tür hinter sich zu.

Einige Augenblicke später hörte Salter, wie der Land Rover angelassen wurde. Bald verlor sich das Brummen des Motors. Salter zerrte so lange an den Fesseln, bis er die Hände ein bisschen bewegen konnte. Dann blieb er still sitzen und überlegte, was er der Polizei sagen sollte.

15

Die Themse unterhalb der London Bridge war früher einmal der Mittelpunkt der Weltschifffahrt. Jene Tage waren längst vorüber, und als Brosnan an jenem Dienstagabend durch Wapping zu den Kais ging, sah er nur Zeichen des Verfalls, rostige Kräne, die in den Himmel ragten, leere Lagerhäuser mit vernagelten Fensteröffnungen.

Irgendwo glitt ein Schiff den Fluss hinunter, und das Nebelhorn tutete; außer diesem unheimlichen Ton hörte er nichts, und es kam ihm vor, als sei er weit und breit das einzige Lebewesen.

Er bog zur Great India Wharf ab, ging ein paar leere Kais entlang und kam zu einem Schuppen am Ende des Piers, unmittelbar am Wasser. Auf dem Schild am Tor stand *Winter & Co. – Import*. Brosnan öffnete die kleine Tür, die in das Tor eingelassen war, und ging hinein.

Das Innere war voll gestellt mit einem Sammelsurium alter Möbel. Es war dunkel, wie bei seinem letzten Besuch, aber diesmal drang gedämpfte Musik aus dem kleinen verglasten Büro oben, zu dem eine steile Treppe führte.

»Mrs. Winter?«, rief er.

Die Bürotür wurde geöffnet, die Musik kam lauter. »Sind Sie's, Mr. Brosnan?«

»Ja.«

Sie knipste eine Lampe im Lagerhaus an, um ihn sehen zu können, trat ans Geländer und blickte hinunter. Sie war wenigstens 70 Jahre alt, die Haare waren aus einem gelblichen, wie Pergament wirkenden Gesicht nach hinten gezogen und zu einem strengen Knoten gebunden. Sie trug ein Tweedkostüm, dessen Rock beinahe bis zu den Knöcheln reichte. Mit der rechten Hand hielt sie einen der prachtvollsten Hunde fest, den Brosnan je gesehen hatte, einen schwarzen Dobermann mit lohfarbener Zeichnung.

Ihr Englisch war ausgezeichnet, wenn auch mit einem deutschen Akzent. »Wissen Sie, Sie interessieren mich, Mr. Brosnan. Karl hat keinen Mucks von sich gegeben, als Sie mich das erste Mal besucht haben, und jetzt eben auch nicht. So was hab ich bei ihm noch nie erlebt.«

»Es gibt da eine Redensart«, sagte Brosnan. »Kinder und Hunde haben einen besseren Instinkt.«

Er ging die Treppe hoch und kraulte den Hund zärtlich hinter den Ohren, als er ihr ins Büro folgte. Die Quelle der Musik war ein Kassettenrecorder auf dem Schreibtisch. Das Lied war »A Foggy Day in London Town«, aber Brosnan kannte den Sänger nicht.

»Al Bowlly«, sagte sie. »Der Beste, den es je gab. Er kam beim großen Luftangriff auf London ums Leben. Ich hab ihn öfter mit Roy Fox und seiner Band im Monseigneur gehört, einem Restaurant am Piccadilly Circus. Das war 1932, ehe ich so dumm war, nach Deutschland zurückzukehren, weil mein Vater gestorben war.«

Brosnan steckte sich eine Zigarette an, setzte sich auf einen Stuhl an der anderen Seite des Schreibtisches und lauschte der faszinierenden Stimme, dem Lied aus einer anderen Welt, das aus einem unerklärlichen Grund irgendetwas tief in ihm anrührte.

»Gefällt es Ihnen?«

»O ja. Ich habe schon immer große Städte bei Nacht geliebt, oder am frühen Morgen. Nebel, nasse Straßen, die absolute Gewissheit, dass ein Stück weiter, an der nächsten oder übernächsten Ecke, was Herrliches und Atemberaubendes auf einen wartet. So ist es natürlich nur, wenn man jung ist und noch glaubt.«

Das Lied war zu Ende, und sie schaltete den Recorder ab. »Ich habe in Dachau aufgehört zu glauben, Mr. Brosnan.«

Sie schob ihren Ärmel hoch und zeigte ihm die tätowierte Nummer. Brosnan zog die Jacke aus und knöpfte seine Manschette auf. Sie zog seinen Arm über den Schreibtisch und betrachtete ungläubig die Häftlingsnummer. »Aber Sie können nicht im Lager gewesen sein, dazu sind Sie viel zu jung. Ich verstehe nicht.«

»So was Ähnliches«, sagte er. »Es gab zwar keine Gaskammern, aber wenn man rauskam, dann fast immer mit den Füßen zuerst.«

»Sie aber nicht?«

Er zog die Jacke wieder an. »Man kann sagen, ich war eine Ausnahme.«

Sie steckte eine schwarze Zigarette mit Goldmundstück in eine Zigarettenspitze aus Elfenbein und sah ihn forschend an, als er ihr Feuer gab.

»Haben Sie das Geld mitgebracht?«

»Ja.« Er legte Barrys Aktentasche auf den Schreibtisch und klappte sie auf.

Sie sah auf die Bündel Zwanzigpfund-Noten, die drinlagen, und nahm eines heraus. »Wie viel ist es?«

»Fünfunddreißigtausend Pfund.«

Sie starrte auf die Aktentasche und machte sie dann zu. »Das ist eine Menge Geld. Als ich 1945 aus Dachau nach England zurückkam, war Geld für mich das Einzige, was zählte, Mr. Brosnan. Ich hatte aufgehört, an Menschen zu glauben, verstehen Sie?« Sie stand auf, ging zu einem Beistelltisch und schenkte Kaffee aus einer elektrischen Kanne in zwei Tassen. »Ich wurde aus Zufall eine Hehlerin für Diebesgut, und kurz bevor es aus war, war ich die erfolgreichste in ganz London. Ich habe mit ihnen allen gearbeitet, mit all den Größen der Unterwelt. Den Kray Brothers, der Richardson-Gang ...«

»Und Liam Devlin?«

»Liam, der gute Liam.« Sie lächelte. »Er war anders. Ihn mochte ich.«

»Und die Sache, für die er arbeitete?«

»War mir schnurz. Wenn er Pässe brauchte, besorgte ich ihm welche. Waffenhändler auf dem Kontinent oder die Adresse eines diskreten Arztes. Solche Sachen, aber das ist lange her. Jetzt handle ich nur noch mit gebrauchten Möbeln, wie Sie sehen.« Sie hielt inne, öffnete wieder die Aktentasche. »Wirklich eine Menge Geld.«

»Es gehört Ihnen, wenn Sie mir helfen können.«

»Wobei, Mr. Brosnan? Das ist der springende Punkt. Was haben Sie vor?«

»Das geht nur mich etwas an.«

Sie schüttelte den Kopf. »Sie haben eine zornige Aura, Mr. Brosnan, und das ist schlecht. Geben Sie mir Ihre Hände.«

»Meine Hände?«, sagte er.

»Ja, ich bin Hellseherin. Mediale Kräfte. Wussten Sie das nicht? Ich werde es Ihnen zeigen.«

Ihre Hände waren kühl und weich, erinnerten ihn aus einem unerklärlichen Grund an seine Großmutter mütterlicherseits in Dublin, an seine Jungenzeit, an frische Bettwäsche, Rosmarin und Lavendel. Dann fasste sie fest zu, und er war sich eines plötzlichen Kribbelns bewusst, wie von einem schwachen Stromstoß. Sie hatte die Augen geschlossen und machte sie wieder auf, streckte die Hände aus, fasste sein Gesicht an und lächelte.

»Ja«, sagte sie. »Jetzt sehe ich alles.«

Brosnan sagte: »Ich verstehe nicht.«

Ihre Stimme hatte sich geändert, und sie redete auf einmal sachlich und geschäftsmäßig. »Die Frau, hinter der Sie her sind, wird morgen Abend zu Hause sein.«

»Zu Hause?« Brosnans Stimme war heiser. »Aber das ist Downing Street zehn. Kein Mensch weiß, wie man da hineinkommt.«

»Auf den ersten Blick ist es in der Tat schwierig. Man braucht eine persönliche Einladung oder einen amtlichen Ausweis, der sehr gründlich geprüft wird, zuerst von den Polizisten an der Tür und dann von Beamten drinnen. Man könnte sich aber zunutze machen, dass alle Empfänge und offiziellen Essen von privaten Unternehmen organisiert werden.«

»Ach?«

»Morgen Abend um halb sieben gibt die Premierministerin eine Weihnachtsfeier für wenigstens hundert Leute, ehemalige und gegenwärtige Mitarbeiter. Büroangestellte, Schreibkräfte, die Putzfrauen – alle werden da sein. Das Fest findet im so genannten Säulenzimmer statt. Ich habe bereits dafür gesorgt, dass Sie als Extrakellner bei einer Firma arbeiten werden.«

Brosnan war verblüfft über die Ungeheuerlichkeit des Ganzen. »Aber wie komme ich wieder raus? Ich meine, ich kenne das Haus überhaupt nicht.«

Sie öffnete eine Schublade und nahm ein zusammengefaltetes Blatt Papier heraus. »Das sind Grundrisse vom Erdgeschoss und vom ersten Stock. Es ist nicht weiter schwer.«

Er faltete das Blatt auseinander und studierte die Pläne. »Woher haben Sie das?«

»Allgemein zugängliche Informationen, die im Lauf der Jahre von Zeitungen und Illustrierten veröffentlicht wurden«, sagte sie. »Sie brauchen natürlich einen offiziellen Ausweis mit Bild, aber so etwas ist für meinen Vertrauensmann ein Kinderspiel. Wichtig ist allerdings, wie Sie aussehen. Sie werden Ihr Äußeres erheblich verändern müssen, ehe das Foto gemacht wird.«

»Und wie soll ich das machen?«

»Ich habe einen alten Freund, der sich darauf spezialisiert hat. Ich schlage vor, Sie kommen später wieder. Sagen wir, um zehn. Ziehen Sie aus dem Hotel aus. Es ist besser, wenn Sie von nun an hier wohnen.«

»Gut.«

Er stand auf und ging zur Tür. Sie sagte: »Übrigens, beinahe hätte ich's vergessen. Ich habe mich in Dublin erkundigt. Devlin liegt in der Privatklinik Mountjoy. Offenbar macht er gute Fortschritte.«

»War eine junge Frau bei ihm?«

»Ja, aber sie ist gestern zu seinem Haus in Mayo gefahren. Anscheinend für länger.«

Brosnan nickte. »Sehr gut. Bis nachher.«

Er ging die Treppe hinunter, und der Dobermann lief bis zum Geländer mit und sah ihm nach. Er kehrte erst zu seiner Herrin zurück, als die Eingangstür ins Schloss fiel.

Im Arbeitszimmer der Premierministerin war es fast dunkel, die einzige Lichtquelle war eine Leselampe auf dem Schreibtisch. Sie schrieb eifrig, als Ferguson hereingeführt wurde.

»Brigadier Ferguson«, sagte der Sekretär und ging wieder.

Sie machte sich nicht einmal die Mühe aufzusehen, schrieb einfach weiter, und da das Protokoll dem Besucher verbot, sich unaufgefordert zu setzen, musste Ferguson wie ein Schuljunge vor dem Schreibtisch stehen bleiben. Endlich hörte sie auf, lehnte sich zurück und sah zu ihm hoch. Das Gesicht war gelassen, aber die Augen blickten kalt.

»Ich habe Ihren Bericht über die Sache Brosnan gelesen, Brigadier. Darf ich annehmen, dass Sie nichts ausgelassen haben?«

»Nichts, von dem ich Kenntnis hätte, Ma'am. Ich gebe Ihnen mein Wort«, versicherte Ferguson ihr.

»Gut. Dann gleich zum wichtigsten Punkt. Sie sagen in dem Bericht, Sie wollten nach den Anhaltspunkten, die dieser Brosnan Ihnen gegeben hat, den Gefechtskopf suchen. Haben Sie schon Erfolg gehabt?«

»Ich freue mich, Ihnen sagen zu können, dass wir das Objekt heute Nachmittag gefunden haben, Prime Minister. Ich war selbst dabei.« Eine Tatsache, an die er sich noch lange erinnern würde, und er schauderte, als er an die Leichen dachte, die von den Tauchern geborgen worden waren.

»Dann können wir zumindest hoffen, die Vertrauensbasis zwischen uns und Bonn wiederherzustellen.« Sie öffnete eine Akte und tippte mit dem Zeigefinger auf den Inhalt. »In Ihrem ersten Bericht über die Angelegenheit, von dem diese Baxter eine Kopie hatte, stand nichts von Norah Cassidy. Jene unangenehme Affäre wird erst in dem Report erläutert, den Sie mir jetzt vorgelegt haben. Darf man den Grund wissen, Brigadier? Ist es vielleicht, weil Sie sich geschämt haben?«

Ferguson fiel keine Antwort ein.

Sie bohrte weiter: »Sie haben Professor Devlin also bewusst die Unwahrheit über Norah Cassidy gesagt, und er hat es Brosnan weitererzählt.«

»Ich sah mich dazu gezwungen, Ma'am. Ich musste Brosnan wütend machen, damit er sich auf das Unternehmen einließ, und dann war die Sache plötzlich nicht mehr zu steuern, wie so oft bei solchen Dingen!«

»Ich finde nicht, dass der Zweck die Mittel rechtfertigt, Brigadier. Ich glaube an moralische Imperative.« Sie war jetzt zornig. »Ich habe nicht die geringste Sympathie für Martin Brosnan und seine Anliegen, und was das betrifft, habe ich auch nichts für Devlin übrig, wie unwiderstehlich Sie und alle anderen seinen Charme auch finden mögen. Für mich ist ein Terrorist nichts weiter als ein Terrorist, und eben das sind die beiden.«

»Ja, Ma'am«, sagte Ferguson.

»Noch einmal: Sie haben Brosnan belogen, Sie haben ihn reingelegt, und dafür macht er nicht nur Sie verantwortlich, sondern auch mich. Würden Sie sagen, dass er sich dahingehend ausdrückte, als er Sie vorgestern anrief?«

»Ja, Prime Minister. Er sagte wörtlich: ›Dafür muss jemand zahlen. Unter diesen Umständen werde ich mich an die Dame persönlich halten.‹ Dann legte er auf.«

Sie nickte gelassen, ohne das kleinste Anzeichen von Besorgnis. »Glauben Sie, dass er mich töten will, Brigadier?«, fragte sie.

»Wer kann das wissen, Ma'am? Dieser Mann ist ein ziemlich komplexer Charakter.«

»Den Eindruck habe ich auch.« Sie blätterte in den abgehefteten Dokumenten. »Rosen, besser Teufelsrosen. Was für eine Selbstüberschätzung.« Sie klappte die Akte abrupt zu und richtete sich kerzengerade auf. »Ich bilde mir gewöhnlich in wenigen Sekunden eine Meinung über einen Menschen, und ich irre mich nicht gern. Unter diesen Umständen lege ich meine Sicherheit in Ihre Hand, Brigadier. Was sagen Sie dazu?«

»Eine sehr schwere Verantwortung, Prime Minister.«

»Es ist angenehm, ernst genommen zu werden. Ich habe

nicht die geringste Absicht, meinen Terminkalender zu ändern, dazu habe ich viel zu viel um die Ohren. Und noch etwas – ich habe keine Lust, Brosnans Gesicht neben meinem auf der ersten Seite des *Daily Express* zu sehen, mit melodramatischen Schlagzeilen wie ›Verrückter IRA-Killer jagt Premierministerin‹. Gehen Sie also bitte diskret vor.«

»Sicher, Ma'am.«

Sie reichte ihm einen maschinegeschriebenen Bogen. »Das sind meine Termine für morgen. Unten liegen Sonderausweise für Sie und Ihren Assistenten bereit, damit Sie sich in Downing Street und im Unterhaus frei bewegen können.« Sie nahm ihren Füllhalter. »Fangen Sie ihn, Brigadier. Ich hätte gedacht, das sei nicht weiter schwer. Nun müssen Sie leider gehen. Ich habe noch zu arbeiten.«

Sie drückte einen Knopf, und als er die Tür erreicht hatte, wurde sie von dem jungen Sekretär geöffnet, der ihn hinaufgebracht hatte.

Ferguson ließ seinen Fahrer am Embankment halten und sagte zu Fox: »Gehen wir ein kleines Stück zu Fuß, Harry.«

Sie schlenderten die Straße entlang, der Fahrer folgte im Schritttempo. Schließlich blieb Ferguson stehen, lehnte sich an eine Hausmauer und schaute über den Fluss.

»Schlimm, Sir?«

»Sie war nicht erfreut. Die letzte derartige Standpauke bekam ich von meinem Hausaufseher im Internat. Damals war ich zwölf.« Er zog seine Brieftasche, nahm eine Karte heraus und gab sie Fox.

»Was ist das, Sir?«

»Ein Sonderausweis, für Downing Street und das Unterhaus. Sie können damit jederzeit hinein. Sie hat mir die Verantwortung für ihre persönliche Sicherheit übertragen, bis diese Sache ausgestanden ist.«

»Ich verstehe.« Fox steckte den Ausweis sorgfältig weg. »Ich glaube nicht, dass ihre persönlichen Sicherheitsbeamten sich darüber freuen werden.«

Ferguson nahm den Terminplan heraus, den sie ihm

überlassen hatte, und faltete ihn auseinander »Das steht morgen auf dem Programm. Lesen Sie bitte vor.«

Er nahm einen Stumpen aus einem Lederetui und zündete ihn pedantisch an. Fox studierte das Blatt. »Großer Gott, Sir, Sie fängt morgens um halb sieben an und hört erst um ein Uhr nachts auf.«

»Ich weiß. Lesen Sie nur das vor, was Ihnen wichtig erscheint.«

»Morgens ein paar Stunden Kabinettssitzung. In Downing Street.« Fox runzelte die Stirn. »Und dann ... ich würde sagen, das wäre eine Möglichkeit.«

»Was ist es?«

»Gedenkgottesdienst für Lord Mountbatten. Glauben Sie, er würde es dort riskieren?«

»Ich weiß nicht«, sagte Ferguson. »Was kommt sonst noch?«

»Wieder nach Downing Street. Um drei Uhr Unterhaus. Dann wieder Downing Street, eine Besprechung mit ein paar Ministern. Warten Sie ... dann gibt sie ein Rundfunkinterview und empfängt den deutschen Botschafter, offenbar ein Abschiedsbesuch.«

»Sonst noch etwas?«

»Um halb sieben eine Weihnachtsfeier für das Personal im Säulenzimmer. Kurz vor neun wird sie wieder im Unterhaus erwartet, zum Dinner. Danach fährt sie nach Haus, Papierkrieg.« Er gab Ferguson den Bogen zurück. »Ich möchte wissen, ob sie die Überstunden bezahlt bekommt.«

Ferguson sagte: »Die einzige weiche Stelle scheint also der Gedenkgottesdienst für Mountbatten in der St. Paul's Cathedral zu sein. Wer wird sonst noch da sein? Prinz Charles, Prinzessin Margaret.« Er schnitt eine Grimasse. »Der letzte Ort, wo wir eine Bombe gebrauchen können.«

Fox sagte: »Aber Brosnan hatte noch nie was für Bomben übrig, Sir.«

»Es gibt immer ein erstes Mal.«

»Glauben Sie das wirklich?«

»Nein.« Ferguson seufzte. »Es ist nicht sein Stil. Unser

Junge ist der letzte Samurai, er würde mit gezücktem Säbel gegen Kanonen reiten.«

Sie gingen wieder zum Bentley und stiegen ein. »Trotzdem, die einzige weiche Stelle ist dieser Gottesdienst in St. Paul's«, sagte Fox. »Alles andere ist entweder in Downing Street oder im Unterhaus, und er hat bestimmt keine Möglichkeit, in Nummer zehn hineinzukommen.«

»Das Unterhaus wäre schon leichter«, sagte Ferguson. »Eine Menge Leute kommen und gehen. Wähler, die ihre Abgeordneten sprechen wollen und so.«

Fox sagte: »Was werden Sie also machen, Sir?«

»Alle, die es angeht, zu einer Besprechung holen.« Ferguson warf einen Blick auf seine Uhr. »Um elf in meinem Büro im Yard. Entschuldigungen werden nicht akzeptiert. Höchste Priorität. Ich möchte alle Dezernenten von DI5 sehen, die es irgendwie betrifft. Ich möchte auch die Special Branch sehen. Sie wissen doch, mit wem Sie reden müssen?«

»Ja, Sir«, sagte Fox. »Wir werden ihn ranholen, Sir, notfalls mit Gewalt.«

»Ich wünschte, ich hätte Ihren Optimismus«, sagte Charles Ferguson, lehnte sich zurück und schloss die Augen.

Brosnan saß mit einem Frottiertuch um die Schultern vor der Frisierkommode und sah zu, wie der alte Mann mit einem Eisenkamm durch seine langen Haare fuhr, die jetzt strohblond waren.

»Sehr gut«, sagte der Alte. »Ich bin sehr zufrieden. Das meiste muss jetzt natürlich ab.«

Er griff zu einer Schere und ging vor sich hin summend an die Arbeit. Er war mindestens in Lily Winters Alter und ähnelte ihr so sehr, dass sie Geschwister hätten sein können. Sie saß auf einem Stuhl und schaute zu, zündete eine Zigarette an und reichte sie Brosnan. »Shlomo ist unglaublich tüchtig. Er fing in einem jiddischen Kabarett in Amsterdam an. Flüchtete im letzten Moment, ehe die Deutschen kamen.«

»Ich war jahrelang in den Studios von Elstree.« Der alte Mann hatte die Schere gegen ein gefährlich scharfes Rasiermesser eingetauscht. »Margaret Lockwood, James Mason. Die Stars sind fast alle durch meine Hände gegangen. Noel Coward hat mir mal ein Zigarettenetui geschenkt. Es hatte die gravierte Inschrift ›Für Shlomo, den Zauberer, vom Meister‹.«

Brosnans Haare hatten jetzt normale Länge, und der alte Mann trocknete sie schnell mit einem Fön und zog einen ordentlichen Scheitel. Verblüffend, was für einen Unterschied es machte, vor allem die gebleichten Augenbrauen.

»Fantastisch«, sagte Brosnan.

»Noch nicht. Jetzt sehen Sie nur ein bisschen anders aus. Aber wenn ich fertig bin, werden Sie ein neuer Mensch sein. Ziehen Sie die Oberlippe nach unten und lassen Sie sie so lange da, wie ich sage.«

Brosnan tat es. Der alte Mann passte sorgfältig einen Schnurrbart an. Er langte nach der Schere und schnitt ihn zurecht. »Das tue ich manchmal bei Prominenten. Wissen Sie, Pop-Stars, die bei Harrods einkaufen möchten, ohne von den Fans gejagt zu werden.«

»Und ich?«, sagte Brosnan. »Von wem will ich wohl nicht gejagt werden?«

»Das will ich gar nicht wissen. Es interessiert mich nicht. Für mich sind Sie ein netter Junge.« Shlomo zuckte mit den Schultern. »Es reicht, wenn Lily zufrieden ist. Machen Sie bitte den Mund auf.« Brosnan tat es, und der alte Mann legte behutsam Wangenpolster ein. Er studierte Brosnans Gesicht über dessen Schulter hinweg. »Auf Nasenringe können wir wohl verzichten, was meinst du, Lily?«

Sie schüttelte den Kopf. »Nur noch die Brille.«

Die Brille hatte ein goldenes Gestell und blau getönte Gläser und wirkte irgendwie französisch. Die Wirkung war erstaunlich. Der Mann, der Brosnan aus dem Spiegel anstarrte, war ein Fremder.

»Wir werden Sie nicht zu einem Ausländer machen«,

sagte Lily. »Ich meine, wenn wir zum Beispiel sagen, Sie seien Däne, laufen Sie garantiert irgendeinem echten Dänen in die Arme, also wird George Jackson aus Manchester genügen müssen.« Sie trat hinter ihn, musterte sein Spiegelbild und nickte. »Das ist wirklich sehr gut. Jetzt kommen Sie und lassen Sie sich fotografieren.«

Ferguson stand oben an den Stufen zum Hauptportal der St. Paul's Cathedral und beobachtete, wie die Mitglieder der Königsfamilie unten in ihre Wagen stiegen. Der Gedenkgottesdienst für Mountbatten war ohne jeden Zwischenfall verlaufen. Die Premierministerin, die ein schwarzes Kostüm trug, schritt die Stufen hinunter und stieg in ihre Limousine.

Fox sagte: »Gott sei Dank, das wäre gut gegangen.« Die beiden gingen hinunter, während der Bentley vorfuhr. Als sie einstiegen, fügte er hinzu: »Wenn wir nur wüssten, ob das heute die einzige Gelegenheit war, bei der sie ein leichtes Ziel abgab.«

»Hängen Sie sich an sie wie ein siamesischer Zwilling«, befahl Ferguson. »Das ist alles, was wir tun können.« Er klopfte an die Trennscheibe, und der Chauffeur fuhr sofort los, folgte dem Wagen der Premierministerin.

Im Souterrain von Downing Street 10 herrschte kurz vor halb sieben hektische Betriebsamkeit. Die ersten Gäste trafen bereits ein, denn es waren viele pensionierte Mitarbeiter eingeladen, die genug Zeit hatten, um so früh zu kommen. Der Hintereingang, der innen von einem uniformierten Sergeant bewacht wurde, stand offen, weil sechs oder sieben Kellner Weinkisten und kalte Platten aus einem davor parkenden Lieferwagen ins Haus trugen.

Brosnan war einer von ihnen, und als er mit zwei Kisten Bier ins Haus wankte, sagte der Sergeant zu ihm: »Eine können Sie ruhig hier fallen lassen.«

Brosnan grinste und ging weiter in die Küche, wo er sofort Anweisung bekam, bei den Gläsern zu helfen. Einige der anderen Kellner servierten schon, er hatte gesehen, wie sie nach oben gingen. Er stellte sich plötzlich vor, dies könne das Ende seiner Bemühungen sein, er werde bis zum Ende der Feier in der Küche arbeiten müssen.

»Sie … Wie heißen Sie doch noch?«

»Jackson, Sir.«

»Ja, richtig, ziehen Sie Ihre Sachen an und gehen Sie nach oben. Sie werden gebraucht.«

Brosnan zog seine dunkle Alpakajacke aus und hängte sie an einen Haken. Dann zog er die weiße Servierjacke an und holte die weißen Handschuhe aus der Tasche. Er streifte sie sorgfältig über und steckte eine Hand unter die Jacke, berührte die Smith & Wesson, die hinten unter dem Hemd im Hosenbund steckte. Dann nahm er ein silbernes Tablett, holte tief Luft und eilte den Korridor entlang zur Treppe.

Die Premierministerin, die ein giftgrünes Abendkleid trug, war mit ihrem Mann und ihrer Tochter gekommen und ging sichtlich gut gelaunt von einer Gästegruppe zur anderen. Brosnan beobachtete sie von der anderen Seite des Raums, während er sich mit Weißweingläsern auf dem Tablett durch das Gedränge schob.

Als das Tablett leer war, ging er zum Serviertisch zurück, und der Oberkellner befahl ihm, die leeren Gläser einzusammeln und in die Küche zu bringen. Brosnan tat es, ging insgesamt dreimal zur Küche und zurück.

Bis hierher hatte er es geschafft, aber er wusste nicht, was er als Nächstes tun sollte. Als er das dritte Mal aus der Küche zurückkehrte, bemerkte er, dass die Regierungschefin sich lächelnd von einer Gruppe trennte, durch die geöffnete Flügeltür hinausging und die Haupttreppe in den ersten Stock hinaufstieg.

Er dachte an die Grundrisse, die er eingehend studiert hatte. Im ersten Stock waren ihr Arbeitszimmer, der Weiße Salon und der Blaue Salon.

Am Serviertisch waren seine Kollegen gerade dabei, Champagnerflaschen zu öffnen. Er wartete mit einigen anderen Kellnern, und als er an der Reihe war, nahm er eine.

Alles wimmelte durcheinander. Er nahm zwei Gläser vom Tischende, stellte sie vorsichtig zu dem Champagner auf das Tablett, schritt dann durch die fröhliche Schar in die Halle, wo sich gerade niemand aufhielt. Ohne zu zögern, ging er die Treppe zum ersten Stock hoch.

Als es klopfte, saß die Premierministerin an ihrem Schreibtisch, las ein Memorandum und machte sich Notizen. Die Tür ging auf, und Brosnan kam herein. Er machte die Tür hinter sich zu und näherte sich dem Schreibtisch.

Sie blickte überrascht hoch. »Was haben Sie denn da?«

Brosnans Kehle war ausgedörrt, sein Herz hämmerte, die Smith & Wesson bohrte sich plötzlich schmerzhaft in seinen Rücken. Seine Stimme war leise und ziemlich rau, als er sagte: »Champagner, Ma'am.«

»Ich habe keinen Champagner bestellt.«

»Der ... äh, der Oberkellner hat gesagt, ich solle ihn hochbringen, mit zwei Gläsern. Er tat sehr wichtig.«

»Zwei Gläser?« Sie lächelte plötzlich. »Ach so. Nun, lassen Sie es dort auf dem Tisch.«

Sie schrieb weiter. Auf Brosnans Stirn glänzten Schweißperlen, als er das Tablett auf einen kleinen Kaffeetisch stellte. Er richtete sich auf, blickte zu ihr, und seine rechte Hand glitt unter die Jacke, fasste nach dem Kolben der Smith & Wesson. In drei Sekunden würde es vorbei sein.

Für sie, nicht für ihn.

Würde es für ihn jemals vorbei sein?

»Sie können jetzt gehen«, sagte sie, ohne aufzublicken.

Ich existiere gar nicht für sie, dachte er, und doch bin ich ihr Tod. O Norah, wird dies oder irgendetwas anderes dich rächen?

Er sah die Rosen in der Kristallvase am Ende des Beistelltisches. Langstielige weiße Weihnachtsrosen.

»Haben Sie noch einen Wunsch, Ma'am?«

»Nein, danke«, sagte sie mit einem ungeduldigen Unterton.

Sie blickte immer noch nicht auf, nicht einmal als er mit pochendem Herzen eine Rose aus der Vase nahm und sie neben die beiden Gläser auf das silberne Tablett legte.

Er öffnete die Tür, ging hinaus, machte leise wieder zu.

Die Halle war leer, als er die Treppe hinunterging, vorbei an den Porträts all der Premierminister, die vor ihr hier regiert hatten. Er ging sofort zwischen den Gästen hindurch zum Serviertisch, nahm ein Tablett und fing an, leere Gläser einzusammeln. Als das Tablett voll war, eilte er zur Küche hinunter.

Unten im Gang herrschte dichtes Gedränge, denn die Party näherte sich dem Ende, und die Kellner hatten schon begonnen, Kisten mit leeren Flaschen zum Lieferwagen zurückzubringen.

Brosnan ging in die Küche, zog die weiße Servierjacke aus und hängte sie an den Haken. Dann zog er wieder die dunkle Arbeitsjacke an, nahm eine Kiste und trug sie zu der offenen Hintertür, wo der Sergeant stand. Er stellte sich bei der Schlange vor dem Lieferwagen an, reichte die Kiste hoch, lief dann zur anderen Seite des Fahrzeugs und ging über einen kleinen Platz mit einem Stück Rasen in der Mitte. Die Downing Street war voll von Gästen, die das Fest verlassen hatten, und viele entfernten sich zu Fuß, um irgendwo ein Taxi zu suchen. Brosnan schloss sich ihnen einfach an, bog um die Ecke nach Whitehall und eilte mit schnellen Schritten davon.

Ungefähr fünf Minuten später beendete die Premierministerin ihr Memo. Sie stand auf und ging um den Schreibtisch herum zur Tür, da sie wieder nach unten wollte. Ihr Blick fiel auf das Tablett mit dem Champagner und den Gläsern, und sie blieb wie angewurzelt stehen. Dann drehte sie sich um, lief zum Schreibtisch zurück und drückte mehrere Male auf die Taste der Gegensprechanlage.

Ferguson sagte: »Er ist fort, Ma'am, spurlos verschwunden.«

»Ist doch klar, oder? Jedenfalls jetzt.«

Die Rose lag zwischen ihnen auf dem Schreibtisch. Ferguson sagte beinahe stotternd: »Ich verstehe das nicht. Was, um Himmels willen, hat er damit bezweckt?«

»Das ist doch ganz einfach, Brigadier, sehen Sie es nicht?« Sie nahm die Rose. »Kein Mensch ist sicher, das hat Ihr Mr. Brosnan uns mitgeteilt. Die Welt, die wir geschaffen haben…«

Ferguson erstarrte, als sie die Rose behutsam wieder hinlegte. »Und jetzt, Brigadier, gehe ich besser zu den paar Gästen hinunter, die noch ausgehalten haben.«

Er öffnete ihr die Tür, und sie ging hinaus.

Als Brosnan das Lagerhaus betrat, hörte er wieder Musik; oben im Büro brannte Licht. Langsam ging er die Eisentreppe hinauf. Lily Winter saß am Schreibtisch, hielt sich ein Lorgnon vor die Augen und begutachtete eine antike Halskette. Der Dobermann stand auf, trottete zu Brosnan und drückte sich an ihn. Lily Winter ließ das Lorgnon sinken und sah ihn einen langen Augenblick an. »Sie sind also in den Krieg gezogen und haben stattdessen Frieden geschlossen.«

»Woher wissen Sie das?«

»Sie Narr.« Sie holte eine Flasche Brandy und ein Glas aus einer Schublade und schenkte ihm ein. »Da. Glauben Sie, ich hätte Ihnen geholfen, wenn ich es nicht von Anfang an geahnt hätte?«

»Ich stand so nahe bei ihr wie jetzt bei Ihnen«, sagte Brosnan, und das Glas in seiner Hand bebte. »In einer Vase waren weiße Rosen. Ich legte eine aufs Tablett und ging.«

»Eine schöne romantische Geste, und was soll sie beweisen?«

»Ich habe einen Sonderfrieden geschlossen«, sagte Brosnan. »Einen Sonderfrieden.« Er legte sich auf das Feldbett an der Wand und starrte zur Decke hoch. »Ich fühle mich auf einmal alt … richtig alt. Wissen Sie, was ich meine?«

»Ja«, sagte sie.

Ihre Stimme kam wie aus weiter Ferne. Er machte die Augen zu, und kurz danach glitt ihm das Glas aus der Hand, und er schlief.

Epilog

Liam Devlin versuchte, sich in seinem Einzelzimmer im dritten Stock der Privatklinik Mountjoy in Dublin mit Geduld zu wappnen, als die Schwester den Verband von seiner Schulter und seinem Arm entfernte. Die Stationsschwester, eine imposante Person, so steif wie ihre gestärkte Haube, stand hinter dem Chirurgen und sah zu, wie dieser seine Näharbeit in Augenschein nahm.

»Sehr hübsch«, sagte er. »Wirklich sehr hübsch.« Er nickte der Schwester zu. »Neuer Verband.«

Devlin sagte klagend: »Um Gottes willen, Patrick, wann kann ich endlich nach Haus? Das ist ja nicht auszuhalten hier. Kein Tropfen weit und breit, und sie versuchen sogar, einen zum Nichtraucher zu machen.«

»Warten Sie noch eine Woche, Liam«, sagte der Chirurg, der wie Devlin am Trinity College Vorlesungen hielt. »In einer Woche wollen wir noch mal darüber nachdenken.« Er wandte sich an die Stationsschwester. »Diese Autounfälle ... schreckliche Verletzungen. Er hat noch Glück gehabt.«

»Und Tabak und Whisky werden nicht helfen«, sagte sie. »Sie stimmen mir doch sicher zu, Herr Professor?«

»Aber ja, Sie haben völlig Recht.« Sie öffnete ihm die Tür, und er drehte sich zu Devlin um und zuckte hilflos mit den Schultern. »Ich schaue morgen wieder herein, Liam.«

Als die Tür zu war, sagte Devlin laut: »Bei Gott, so eine Beinharte wie die hab ich noch nie erlebt.«

Die Schwester lächelte und versorgte wieder seine Schulter und seinen Arm. »Sie wollen doch nicht wirklich, dass ich etwas dazu sage, Professor Devlin? In einer halben Stunde bekommen Sie Ihren Tee.«

Sie ging hinaus, und er legte sich zurück gegen das Kissen. Es klopfte leise, und eine junge Lernschwester kam mit einem langen, schmalen Päckchen herein, das in Goldpapier gewickelt und mit einer Schleife verziert war.

»Was, zum Teufel, ist das?«, fragte Devlin.

»Von Interflora. Ist eben gebracht worden. Soll ich es für Sie öffnen?«

»Eine gute Idee.«

Er lag da und sah zu, wie sie zum Tisch ging und das Goldpapier entfernte. »Sieh da.« Sie drehte sich um und hielt einen Folienzylinder mit einer Rose hoch.

»Es gibt jemanden, der Sie mag, Herr Professor.«

Er betrachtete die Rose einen langen Moment. »Ist eine Karte dabei?«

»Ich hab keine gesehen.«

»Nein, das hätte mich auch gewundert.«

»Sie wissen, von wem sie ist?«

»O ja«, sagte Devlin leise. »Ich weiß es. Legen Sie sie einfach aufs Bett.«

Sie ging hinaus, und er betrachtete die Rose, und dann lächelte er. »So, Martin«, sagte er leise. »Das muss gefeiert werden.«

Er langte zum Nachttisch, verzog vor Schmerz das Gesicht, machte die Schublade auf und holte eine Flasche Bushmills und eine Schachtel Zigaretten heraus.

Es war einer der schönsten Abende, die Anne-Marie je erlebt hatte. Sie saß vor einer Staffelei am Rand der Steilküste unterhalb von Devlins Haus, malte sehr schnell, bemühte sich, die Farben des schwindenden Abendlichts einzufangen. Unter ihr erstreckte sich die Bucht von Killala, und in der Ferne, auf der anderen Seite des Wassers, waren die Berge von Donegal als purpurner Schatten zu erkennen.

Hinter ihr kamen Schritte. Sie drehte sich nicht um, ein merkwürdiger sechster Sinn sagte ihr, wer es sein musste. Brosnan sagte: »Du wirst immer besser. Dieser verschwimmende Hintergrund ist Spitze.«

Sie sah auf und runzelte die Stirn. »Was hast du denn mit deinen Haaren gemacht?«

»Das ist eine lange Geschichte.« Er zündete eine Zigarette an und ging neben ihr in die Hocke.

»Die große Umkehr?«, sagte sie.

»So ungefähr. Ich hatte vergessen, wie friedlich es hier ist.«

Sie ließ den Pinsel sinken und drehte sich zu ihm, ihr Gesicht wirkte in dem abendlichen Licht dunkel, fast melancholisch. »Aber für wie lange, Martin?«

Er gab keine Antwort. Das Meer war glatt, der Himmel messingfarben. Eine Sturmschwalbe schrie heiser, als sie über ihren Köpfen nach unten schoss und dicht über dem Wasser davonsauste.